mizukami tsutomu

水上 勉

わが別辞

導かれた日々

Kodansha Bungei bunko

目次

野口冨士男　平成五（一九九三）年十一月

吉行淳之介　平成六（一九九四）年七月

わが別辞

導かれた日々

ひとすじの光

檀一雄

「新潮」昭和五十一（一九七六）年三月号

連載中にも読んでいたが、こんど一冊になって、あらためて、長篇として一気に読み通して、甚だ痛快無類というしかない主人公の極道記録に、一貫して流れる澄んだ眼《まな》ざしのあるのにふかく感動した。かくしごとも多くて、虚妄の家宅に生きる私などには到達し得ない自己告白だし、独自の男性的文体には、とりわけて会話の巧妙な技術もあって、登場人物のそれぞれの性格、風姿がよく描かれ、興深い父親小説だという気もした。読み終えて、いろいろと思いが起き、いま、かんたんに、その複雑さは処理できない。檀さんの通夜へゆき、いまその霊前で合掌してきた直後である。いえることは、霊前でも思ったことだが、檀さんは「火宅の人」で、私のような者にも、ちゃんと物をいって逝《い》かれた、そんな感懐がふかい。世の中に小説は数多くあって、それぞれ面白い。が、ちゃんと物をいわれたと思える作品はそう多くはない。

一しょに何どか旅もしたし、呑み屋で逢いもして、大きな軀と、健康と、大酒ぶりと、それから、眼鏡の奥で眼を細めて、大きく笑われた、あの風貌は消えやらずにあったため、主人公と作者のけじめのとりこぼたれたこの小説の諸所で、檀さん自身が笑いながらちらついた。それが一気に読まされる誘いとなったことも偽れない。何やら檀さんが、自分の云いたかったことを、すっかり云ってしまって、云い残しているように思えるところがあったら、それはお前さんの勝手な思いだ、おれはさっさとゆくぞ、と笑っておられるような思いなのである。小説を読んでの衝撃もいろいろあるが、こんな思いもめずらしい。たとえば、同じように、いくらか歳月を経てから、あるいはその恋愛の進行中にも筆をとって、妻と三人の恋人とのあいだを描かれた「思ひ川」の作者宇野浩二氏にも私は逢っている。家庭の事情もよく知っていたので、読後に、複雑な思いを抱かせられたが、「火宅の人」の事情はいくらか似ていても、まったく違う気もするのである。それは何だろう。

檀さんは水泳が好きだった。あれはもう十二、三年も経つだろうか。角川源義さんの故郷富山県水橋へ二人で講演にいった。富山駅前に宿をとったが、水橋での仕事を終えて、招宴になり、かなり酒もまわった頃、「さあ、ボツボツ行こうか」檀さんは座を立った。きけば私も誘って海へ泳ぎにゆく計画だったらしい。真夜中のことだし、せっかく美女もいて、座敷がにぎやかな時である。私は海泳ぎに自信はない。カナヅチに近いので辞退した。すると「美女は勉さんにまかせようか」檀さんは二、三人をつれてさっさと出てゆかれた。富山へきて富山湾で泳がぬ法はない、そんなことをいわれたような気もする。私は美女たちと市内を泳いだ。とてつもない広い庭のある料理屋で待っていると、檀さんが、ぬれた髪をさらっとさせて帰ってきて「さあ呑み直そう」私は魂消《たまげ》た。檀さんの泳ぎは酩酊の上のサカナだったのか。

もう一つ雪のさなかに小千谷へゆかぬかと誘いがあった。八、九年も前だ。二人だけということなので、やはり講演をひきうけることにした。市内の料理屋で招宴があった。ずいぶんな人数で、盃の交換に途切れがなく、かなり廻ったころ「勉さん出かけようか」ゆき先は長岡であった。吹雪をついて二時間の車である。せっかく小千谷へきて、小千谷で呑んでいるのだ。腰をすえたい気もしたが、誘われるまま車に乗りこんだ。雪はどんどん降っていた。やがて長岡へ着くと某でまたウイスキーだった。東京からきた檀さんの連れもいた。私はこのまま相手していたら沈没だと警戒して、新潟へ逃げた。とにかく、吹雪の中でも、町から町への大ハシゴである。車で二時間かけてもすっ飛んでゆく。「火宅の人」にも、スケールの大きなハシゴはふんだんに出てくるが、私など弱体の風邪ひき男では、とてもついてゆけない。真似の出来ぬつよさ。これも、小説中に出るが、奥多摩の川へ泳ぎに行かれて、その時、不慮の事故で某女が水死する。あれも真夜中のことだ。私もその女性や、あの夜、一しょに泳いだ連中も知っているので、健康な檀さんについて、同じようにはしゃいでいたら、水死しかねないぞ、という思いが、あの事件直後、霊感のように走ったのを偽れない。とにかく、思いつくと真夜中でも、とんでゆきたくなる。格別な健康と、ぬき手を切って泳げる檀さんのすらりとした巨軀は羨しかった。おそらく、檀さんという人は、故郷の柳川時代から、このように豪快で、健康で、水泳を喜ぶ血をうけておられたのだろう。その呑みっぷりもだが、いつも、体質的に届かぬ人の気がした。田中英光さんともよく一しょに呑んで、無頼奔放の酔いっぷりにあきれたものだが、英光さんともちがって檀さんには暗さはなかった。なごやかで、屈託せぬ、快活な笑いがあった。だが、その笑いはどこやら、淋しかった。何ともいえぬ、咽喉の奥にかすれ音をひく笑いだった——。

「火宅」の冒頭も、次郎君の水泳からはじまっている。「第三のコース、桂次郎君」感動的な場面だが、これは檀さんの地なのである。剛健な父親が、不健全な障害をになわざるを得なくなった子への慈悲である。長男一郎君が半月の入院生活を解かれて帰宅して入浴する。そのたくましい裸姿を見て、父親は述懐する。

「私はその四肢のはりつめたような光沢から、咄嗟に、青春の永い業苦のようなものを予感して、ひとごとならず、荒涼の感慨を催すのである」

非行の子の帰宅に、この父親はあくまでやさしいのである。

「この息子の心身にも、まぎれもない青春の業火が点火したのである。業火であるか、聖火であるか、収束の行方はしばらく問うところではないが、その来源は今見る一郎の肉体が、さながらかもし出している熾烈な生命の本能だ。人体というこの危うい坩堝は、危ういが故に、巨大な人類の流れを今日まで存続させてきたようなものだろう」

女々しい父親なら、ここで一つ訓戒をたれて、横面の一つも撲《なぐ》りかねないシーンだが、やさしい人はこうつぶやく。

「出来得れば、少年の門出の日から剛毅におのれの心身のバランスを統御出来るに越したことはない。そうしてその吹きつのってくる過剰な活力を、人間の調和的な生存の幸福の側《がわ》にねじむけ得る人は仕合せだ。私達はその人達を、羨み、尊ぶが、しかし、私の血は別様に燃えたのだ」

「また、こうも考えてみたことがある。私から一郎につながる妄動の性癖は、ひょっとしたら、私達の並はずれた健康の過剰によるものではなかろうか。人は笑うだろう。その心身のアンバランスこそ、不健全の最たるものだと。私もまたそう信じて、自分の中に跳梁するさまざまの官能と浮動心を呪いつづけながら生きてきたようなものだ。それは、ほとんど私の心身を八ツ裂きにするように私自身を駆りたてて、逸脱へ、逸脱へと、追い上げるのである」

　血統への自覚であり、過剰の健康に手を焼いている父子。私が富山や小千谷の宿で、真似のできぬ豪放の人と感じたところのものは、この述懐で晴れるのである。しかしなが

ら、父親は、もう一人の健康でない次郎君を抱いていた。同じ章で、

「次郎をどうする。まさか別れてしまう細君に、次郎を預ってくれとは云えないだろう。もっとも、これは口実かもわからない。看護婦を一人雇い入れて、次郎の生活のことごとくを見て貰う。女中を二人置いて……」

「私は、男女はサッパリと結ばれる通りに結ばれて、何の恥じるところもないと、固く信じてきたものだ。次郎の状態は、恵子と事を起す前から、ほとんど変りがないのである。その状態を、もちろん、私は知っていた」

たまに帰れば、「第三のコース」と一しょにあそんでやる不具の子の処理についてはこの男性的父親は、多少甘いな、と思われる思案もする。そしてその思案の果てに、

「ただ、私達の関係が、きわめて持続しにくい、危うい尾根伝いの道だということも、私はよく知っている。八方から火は放たれているのである。行手も、後ろも、炎の手があがっている。私はただ、その崩れやすい、きわどい炎の道を走る以外にないではないか」

泳ぎは出来ないから、深いところを泳ぐ気持がわからぬものの、途中で力をぬくわけにゆかないことはわかる。沈んでしまうからだ。泳ぎ切って向岸が何であろうとぬき手をきらねばならぬ。深淵の水を泳ぐ主人公は、周辺は炎だというのである。痛快なる父親小説といった理由もここらにあって、男女はサッパリと結ばれるとおりに結ばれていいと信じつつ、つまり、主人公が好んでもらすことば「天然の旅情に忠実であれ」である。この主

人公の言にしたがえば、いまは火宅とよぶその家に、夫のふしだらを見守りつつ、幼い子を養育する妻も、じつは天然の旅情で結ばれたはずだ。健康すぎて非行な子も、病気を背負って不具となった子も、やはり旅情の所産であるか。天然の旅情に忠実に生きようということは、主人公によれば、泳ぎたい時はどこへでもすっ飛んでゆく、その気概らしい。町ですれ違った女性に気が動けば素直に結ばれてよいそうである。だから、十八歳頃から知り合ってもいた、格別に縁もふかい恵子との情愛が捨てられずに、もう一つ新しい火宅の建設に走っているわけだ。このあたりの正直な告白に、あるところは感動もし、あるところは複雑な感懐をもった。感懐は、檀さん、たまには一服してくれぬか、あんたの健康な泳ぎにはついてゆけぬ、といった思いである。ぬき手を切ってばかりおられては、天然の旅情とて、山も川も空も見えやせぬだろう。たまに女のこともわすれて一服しなさらぬか。そう思いながらも、火の中におれば一服も出来なかろう。人の切迫した業を思って、深い感動をおぼえたというのである。

そのためか、私には、恋人恵子との転々流浪、情痴のくだりは、さほど格別なけしきとうつらなかった。かわいい新劇女優は生き生きと描かれてはいるが、これは、金も入って、時間的にも自由の利く流行作家の、妻のほかに恋した相手であってみれば、格別のことはない。まあ、似たりよったりのけしきである。女のつく嘘も、男の正直さも、他の小説でも読める世界であった。むしろ、恵子よりは、私はお葉に興味をもった。主人公に似た天然の旅情に忠実な不思議な女の、島での人となり。深い血の問題が口をあけて覗いていたことにもよるが、この女性の出現で、恵子は遠景となって、主人公に都合よく終末の予兆に協力してくる。さらに次郎君の死にいたって、健康な主人公の慟哭《どうこく》をきいたようにも思う。「骨」をすぎて、急にふかまる作者の無常観は、あらゆる登場人物を、灰いろに染めて終章へみちびく。小説の仕上げにふかく誘われた。

生きの身の、露のにぎわい。それがふかく暗示される後半部に、私は感銘をうけた。神楽坂のホテルに閉じこもって日がな一日地下鉄を出入りする人をみているとか、いかがわしい女をまだ残り火のある軀をもてあましつつ追いかけるあたり、檀さんは小説づくりの名人だと吐息をついた。

正直な告白だといったけれど、檀さんは何もかも告白されたわけでもなかろう。まだまだかくしたことや、意識して落したことや、本当にあったことでも忘れたことなどがあってよく、事実そのとおりをここに書かれたはずもない（事実のとおりだと思う人があってもそれは自由だが）。私が書いて欲しかったことの一つに、お父さんのことがある。お祖父《じい》さんのことは多少は出てくる。お父さんも少し出てくるが、淡いように思う。お母さんもである。何げない叙述で、お母さんへの仕送りのことなども出るけれど、無類に健康な体軀をさずかったお父さんと、お母さんの、幼い日の別れ。主人公の精神形成と無縁であろうはずもない。そこらあたり火の絆のことを、もっとくわしく読みたかったのは、ないものねだりだったろうか。つまり、そんなことは私の勝手な思いであって、檀さんは、この作品で、云いたいことを云ってしまっておられるのだろうと思う。月日を経て、また読みかえせば、そこの事情も、よくわかるように書かれているのかもしれないが。

また、この小説は、主人公四十五、六歳頃から五十二歳頃までの行状を、六十三歳頃まてかかって、約二十年のあいだに、恋の進行中も書きついで、時間をへだてて発表されたものである。一作品にかけられた歳月の長さもだが、天然の旅情に忠実な放浪がそれからとまっていたわけでもないのに、その旅の期間も、この作品ゲラを持ち歩いて、完結にまで魂をかたむけられた情熱は尋常でないと思う。ある期間の自己の行状に、生涯の文学的主題をかけ、練りに練って書きあげられたとみてよいだろう。また不治の病の床でその完結が、死の直前にみられたということも、この作品への作家の入魂の深さを知らせるのである。孤独な営為の真骨頂を教える。

いやはや生きる術《すべ》のふらりと描く
老いてははがゆいが
思うこと為すこと
みなばらばらのていたらく

作者の杜甫の詩の意訳だが、このほかにも老いてもうろくしながら長生きするだろう想像場面があったかと思う。それと二ど登場する浅草でのエロ映画。フランス兵と女の裸体の向うにゆれるすすき。

「いずれ男女のなりわいははかないものだが、別してこの映画は、その背景のススキの揺れが、男女の裸形を、いたいたしく置き去りにしたようにさえ感じられ、そこを吹く風と、ススキと、天地の内ふところのひろがりというか……」

ここには無常迅速の極楽がある。檀さんの小説づくりのうまさに感嘆するしかない。極道な人、無頼な人、というのはやさしく、そんな人などではなくて、いつも小説のことばかり考えていた作家だったと思う。家に恐妻をもち、智恵の足りぬ弟ももち、それでいて外に三人の恋人をもって、一人には子をうませた、己れの業の深淵に佇《たたず》み、日夜吐息をつきながら、おもしろ、おかしく、それでいて深い人生の悲哀を裏打ちさせる小説を書いた宇野浩二の文学を思いおこしたのは、私だけかもしれぬが、宇野さんにあった虚実とりまぜた楽天性が、檀さんの場合にもあるように思う。形をかえて、それは何どもいった健康過剰の特異な生きざまの述懐がかさなるにしても、必死でつたわってくる。切実な人生体験も、原稿紙に向うと多少どころでない距離がもてた人と、もてぬ修羅の人との差か。そのところはいま私にわからない。これから何ども読みかえして、考えてみたいな、と思っている。

作者が、血も、汗も、金も、命もかけて、とうとう何もかもかけつくしてしまって、作品だけが残った。「火宅の人」にはそういう一条の光がある。作家に、代償は何もない。死ねば作品もない。檀さんは私にそういって笑っている。合掌。

火宅の人へ

檀一雄

新潮社刊「新潮現代文学21・檀一雄」解説　昭和五十四（一九七九）年七月

「火宅の人」は、昭和三十六年九月号の「新潮」に載った「微笑」から、昭和五十年十月号の「新潮」に載った「キリギリス」で完結を見ている。「檀一雄全集」の解題によると、「微笑」の一部「誕生」は昭和三十年に発表されているから約二十年かけての完成である。檀一雄さんは、昭和五十一年一月二日に逝去されたので、晩年といっても、死の三ケ月前の擱筆《かくひつ》とみてよい。昭和十年に二十三歳で「夕張胡亭塾《こていじゅく》景観」を発表、第二回芥川賞候補となり、十二年に赤塚書房から「花筐」を出版してから、浪曼派文学の道ひと筋を歩いてきた檀さんの、最後の長篇小説である。と同時に、秀作として昭和五十年度の文壇に波紋を投げ、没後の五十一年二月に読売文学賞、六月に日本文学大賞を受賞した。檀さんは、二十年かかってこの「火宅の人」を書きつづけ、完了すると三ケ月後にさっさと冥府へ去ったといえる。私は、檀さんの死後特集された「新潮」の追悼号で、「火宅の人」についての感想をのべたので、同じ作品についての二どめの解説であるが、重複を承知でいえば、「火宅の人」は、檀文学の中でもっとも檀さんの資質と文芸上の技巧が溶けあった高い完成を見せている。檀さんは、「われ天涯に一人」と題して、昭和五十年十一月号の「波」で、

「なんでそんなに（完成するのに）時間がかかったかと言いますと、（略）雑誌社とか出版社とか、または読者の方に忠実にものをとんとんと書いていくことは出来ないが、素材を自分の気持の中に抱いていて、放り出してはしまわない。心のどこかで繋いでいるんだけど、繋いでいながら一気に書き上げてしまわないのは、時のふるいの中で安定した何ほどか――人間の生死の哀れに近いものを生み出したいという願望があったから」

といっておられる。二十年の歳月をかけた理由が語られているわけだが、作者が心魂をこめて書きつないできた息づかいがきこえてくる。

この小説は、檀さん自身の体験が材料になっている。ご自身は桂と名のり、女主人公は恵子となっているが、わきで登場する友人、知己には本名も多い。実際の事件、地名も出てくる。だが実際あったことと照合してみると、その地名が、たとえば「ノーモア・ヒロシマ」を「ノーモア・センダイ」に変えているように、場所を変えたり、あるいは空想の場所もあったり、創造の人物ではないか、と思われるようなところがある。だが、そうはいっても、小説の大筋をなす妻子ある作家桂が、新劇女優恵子と天然の旅情で結ばれ、妻

子のいる家を省みずに諸方を転々流浪する物語は、ほぼ実体験といえる。このあたりの事情を、檀さんはかく語っている。

「この作品は、いわゆる私小説の形をとっています。私は私小説信奉の徒輩でもないし、もともと好きじゃないのだけど、ことさらに逆用した。私小説に復讐してもろともに滅びるつもりで悪用し、それに復讐を受けるつもりでおります。（略）私小説というみみっちい小説形態を存分に駆使して、それこそロマンよりも大きなロマンにしてみたい、という気がしたんです」

つけ足すことはない。ここに作者のながいあいだの文学生活の創作態度というものがのぞけるし、「火宅の人」が「私の実体験」に見せかけたもう一つのロマンへの意図があったのである。虚実まじわっていて不思議はない。ここが事実、ここが嘘と、実証派の人々がこの小説をどう料理してもはじまらぬ。これこそ小説だとする作者の気構えが語られていて、この言葉こそ、「火宅の人」の作者自身の解説だといってよい。したがって、私も、いま、あらためて、「檀一雄全集」第八巻の年譜や月報に書かれた真鍋呉夫氏の詳細をきわめる「人と作品」などを参考に、事実と作品との違いをここに探ってみる趣好を拒否する。

私は嘗て、「ひとすじの光」で次のように書いた。

「恋人恵子との転々流浪、情痴のくだりは、さほど格別なけしきとうつらなかった。かわいい新劇女優は生き生きと描かれてはいるが、（略）格別のことはない。（略）女のつく嘘も、男の正直さも、他の小説でも読める世界であった。むしろ、恵子よりは、私はお葉に興味をもった。主人公に似た天然の旅情に忠実な不思議な女の、島での人となり。深い血の問題が口をあけて覗いていたことにもよるが、この女性の出現で、恵子は遠景となって、主人公に都合よく終末の予兆に協力してくる。さらに次郎君の死にいたって、健康な主人公の慟哭をきいたようにも思う。「骨」をすぎて、急にふかまる作者の無常観は、あらゆる登場人物を、灰いろに染めて終章へみちびく。小説の仕上げにふかく誘われた」

生きの身の露のにぎわい。それがふかく暗示される後半部に、私は感銘をうけた。神楽坂のホテルに閉じこもって日がな地下鉄を出入りする人をみている主人公とか、いかがわしい女を、まだ残り火のあるわが軀《からだ》をもてあましつつ追いかけるあたり、檀さんは、小説づくりの名人だと吐息をついた、と私は書いた。この考えは今日もかわっていない。さらにもうひとつつけ加えれば、こんなところである。後半で二ど登場する浅草でのエロ映画見物だ。フランス兵と女の裸体の向うにゆれているススキ。

「いずれ男女のなりわいははかないものだが、別してこの映画は、その背景のススキの揺れが、男女の裸形を、いたいたしく置き去りにしたようにさえ感じられ、そこを吹く風と、ススキと、天地の内ふところのひろがりというか……」

ここには無常迅速の極楽を見すえた作者の眼ざしが光っている。極道な人、無頼の父親、というのはやさしい。だが、そんなことばでしめくくれる人ではない。いつも書けぬ小説のことを考えつめながら、さすらっていた人の、もう一つの顔があって、これはたとえば、時代はさかのぼるが、妻のほかに三人の恋人をもって、しかも、その恋人の一人に子をうませ、文学、文学といいつつ、己が業の深淵にたたずんで、吐息をつきながら、書く小説はおもしろおかしくふかい人生の悲哀をかなでていた宇野浩二文学の味ともちがう、檀さん独擅場の、楽天性というよりは、即《つ》いて離れた眼ざしがあるのである。切実な人生体験も、原稿紙に向うと距離がもてずにへばりつき、修羅をうめく人と、しずかに己れをもう一つの眼ではなれて見る人がいる。このあたりが、前記した、檀さん自身の述懐による私小説への考えだろうと思う。

それから、檀さんには、スポーツ好きなところがあったように、諸所に男性的な、さっぱりした感懐が出てすくわれる。隠微で、女性的な作家なら、こうは書けない。それは非行の子の帰宅に、あくまでやさしくするくだりにも出ている。

「この息子の心身にも、まぎれもない青春の業火が点火したのである。業火であるか、聖火であるか、収束の行方はしばらく問うところではないが、その来源は今見る一郎の肉体が、さながらかもし出している熾烈な生命の本能だ。人体というこの危うい坩堝は、危ういが故に、巨大な人類の流れを今日まで存続させてきたようなものだろう」

女々しい訓戒の一つもたれて、息子のよこ面の一つも撲りかねない父親もいようが、この主人公はちがう。

「出来得れば、少年の門出の日から剛毅におのれの心身のバランスを統御出来るに越したことはない。そうしてその吹きつのってくる過剰な活力を、人間の調和的な生存の幸福の側にねじむけ得る人は仕合せだ。私達はその人達を、羨み、尊ぶが、しかし、私の血は別様に燃えたのだ」

「また、こうも考えてみたことがある。私から一郎につながる妄動の性癖は、ひょっとしたら、私達の並はずれた健康の過剰によるものではなかろうか。人は笑うだろう。その心身のアンバランスこそ、不健全の最たるものだと。私もまたそう信じて、自分の中に跳梁するさまざまの官能と浮動心を呪いつづけながら生きてきたようなものだ。それは、ほとんど私の心身を八ツ裂きにするように私自身を駆りたてて、逸脱へ、逸脱へと、追い上げるのである」

子への理解は、己れを省みての述懐とかさなり、ぬきさしならぬ父子の血がしたたり落ちてくる。過剰の健康に手を焼く父子の、このけしきは、「火宅の人」の主人公だけのもつ世界である。私は、檀さんとよく旅もして、夜中の水泳や、巷《ちまた》のハシゴ酒の豪快さに、ついてゆけない怖気をおぼえた者のひとりであるが、たしかに檀さんには、制止できない力が、いつも檀さんの内部で燃えていた気がする。作品中にも出てくるが、檀さんが奥多摩の川へ泳ぎにゆかれて、その夜、不慮の事故で某女が水死する。真夜中のことだった。

私もその女性や、一しょに泳ぎにいった連中も知っているので、某女の水死をきいた時、ぎょっとして健康な檀さんについて、走りまわっていたら、こっちも水死しかねないぞと思ったものだった。とにかく、思いつくと真夜中にもとび出て、海へ走る人だった。これは富山の講演旅行にお供した時の記憶だが、酒盃の最中に、檀さんは急に海へゆきたくなって、私を放っておいて、出かけ、二時間ほどして、ずぶぬれで帰ってきて、「さあ、これから呑み直しだ」といって盃をもちはじめられた。

こういう健康な無頼奔放ぶりは、太宰治さんにも、田中英光さんにもなかったもので、檀一雄の世界である。そういえば、「火宅の人」の冒頭も次郎君の水泳からはじまっている。感動的な場面だが、これは檀さんの地なのである。豪気な父親が、心身の不健全なる子をもって、その子への慈悲をそのように示すのである。長男一郎君の半月の入院生活がとけての帰宅の時も、父子は一しょに風呂へ入る。

「私はその四肢のはりつめたような光沢から、咄嗟に、青春の永い業苦のようなものを予感して、ひとごとならず、荒涼の感慨を催すのである」

と書いてある。だが父親は、楽天的に、障害の子と畳の上の水泳をやっていたわけでもある。

「ただ、私達の関係が、きわめて持続しにくい、危うい尾根伝いの道だということも、私はよく知っている。八方から火は放たれているのである。行手も、後ろも、炎の手があがっている。私はただ、その崩れやすい、きわどい炎の道を走る以外にないではないか」

この小説が日本文学でも稀と思われる父親小説といわれる所以である。

だが、こういう健全な親ゆえ炎の道を走る、天然の旅情も、前記した如く、終末にいたって、次郎君の死をむかえ、急に灰いろのけしきに変ってゆくのである。主人公は人にやさしく生きてきたがゆえに、いっそう、恋の終末がふかく、われわれにつたわり、檀さん自身のいう如く、はじめから意図された「人間の生死の哀れ」が迫るのである。また『火宅の人』とは、孤独の喜びを自覚するまでの長い間の物語だと言えるでしょう」とも作者はいっている。

「逆にいえば、一人であることの充足感に到るまでに二十年という時間がかかったということになります。人間は様々によろめきながら、いろいろなものと繋っているけれど、窮極においては個人個人の生命は、一人だけのとおりに生れて滅んでいきますから、自分で責任を持たなくちゃならんし、自分でその哀れに充足しなくちゃならない。（略）人間の目出度さと賑わいを。しかし一人だぞ、ということを言いながらね」

こういってから檀さんは、

「不忠の臣であれ、火宅の人であれ、どう呼ばれたって構わないけど、私は〝天然の旅情〟についたつもりである」

といい切っておられる。この述懐は、完結後のこととはいえ、死の直前であるから、おそらく、病状重い枕もとでの談話によるものだろう。とすると、檀さんは、死に直面して、「火宅の人」をちゃんと解説して旅立たれた。

私が、この小説に感動するのは、そういう思いのたけを、「小説を創る」ことに封じこめて、天然の旅情の旅のカバンに、校正刷りと原稿紙を入れ、書きあげようとする心を持続した作者の力についてである。どこに、かような、楽しくて、苦しくて、つらい己れが業苦の生を、はなれて書き得た作家があっただろうか。この小説が、不思議な光を放つ所以である。

忘れがたい人

舟橋聖一

「群像」昭和五十一（一九七六）年三月号

伽羅《キアラ》の会へ入ってくれ、じつは昨夜の会で満場一致で貴君の入会を会員が認めたという電話がかかってきた。十四、五年も前のことだ。京都ホテルの早朝の部屋で考えこんでしまった。こっちが入会を希望したわけでもなかった。突然そんなことをいわれてどういってよいかわからない。黙っていると、十返君も一しょです、と舟橋さんはいわれた。十返肇さんとなら入ってもいいな、という気がしたので、「そんなら入れて貰います」といったら、それでは、次の会にはゲストとして招待しますからぜひ来て下さい、ということだった。その日がきてゲストのつもりで出かけたが、会員に昇格していた。舟橋さんはそういう人であった。私が仲間もなくひとりで歩いているのをみて、肩をたたいて仲間へ入れて下さったのだ、と思う。

この会へ入っても、三、四どしか出席できなかった。旅行や仕事の都合でだったが、舟橋さんはいちいち電話を下さって万障くりあわせて来るようにすすめられた。会で見る舟橋さんは、率直で、一風変った風格のある物言いだった。そこに好感をもった。どこか宇野浩二さんに似たような頑固さだが、ちょっとそれとも違う、やはり舟橋さん独得の、子供のようなというと変な言いまわしにもなるが、一徹さがあった。そして、それは文士のものだったと思う。

敗戦早々の頃、小さな出版社にいた私は、目白のお宅に伺って、「毒」という単行本を出したことがある。豊田三郎さんの紹介で、同道したのが最初だった。校正その他で一人で伺うようになって、応接間で二時間待たされたあげくに、たった五分ぐらいの時間で仕事をすませた日などよくおぼえている。作家になって、伽羅の会に入っても、その当時の舟橋さんの応対の顔つきは、いささかも変っていなかった。このことも気持よかった。二十三年頃は、まだ食糧事情がきびしく、私は腹をへらしてドタ靴をひきずっていたが、ある一日舟橋邸へゆくと、書斎へ通され、奥さんが、電気ヒーターで餅を焼いておられるのを見た。舟橋さんもわきに坐っておられて、私にもすそ分けで皿にふたきれの切餅が出た。ていねいに海苔でまかれていた。腹に沁みたその味がいまも残っている。当時の餅は闇の産物にちがいなくて、舟橋さんはつまりその頃からぜいたくだったのだろう。もうダットサンが一台あったのではないか、と思うが、どうだったろう。編集者時代に会った舟橋さんは、若僧の記者には、めんどうな作家の一人で、それは定評にもなっていたが、座敷で切餅をごちそうになった若僧は私ぐらいかもしれない。その日はどういう風の吹きまわしだったか、たぶん虫が好いたのだと思う。

この正月二日に、湯河原の加満田《かまた》にいたら電話がかかってきた。年末に若狭かれいを京都から送っておいたものの礼だった。その時、軀の具合はどうですか、ときいたら、病院にいっていたが、経過は甚だよく自分でも安心している、加満田は自分も嘗て投宿したところでなつかしい、といったようなことをいわれ、上機嫌の様子がうかがわれた。それから二週間もたたぬうちに逝かれた。訃報をきいて、嘘だと思ったぐらいである。

私にとって、舟橋さんはどんな人だったか、と問われれば、ざっと右のようなかかわりがあっただけだが、じつは、舟橋さんのきめのこまかい文章に魅《ひ》かれてきた。「源氏物語」もそうだし、「太閤秀吉」もそうだった。晩年は口述ときいたが、あの文体は、活眼の文章である。いったん筆記させたものを、どんなふうに推敲《すいこう》されていたのかしらないけれど、眼をわるくされてからの文章に、私は達人の域を見ている。

舟橋さんという人は、大勢の人がいうように、自分の世界を頑固に守り通した人だという気はした。文士なら当然のことかもしれぬが、世渡りにおいても、ちっとも妥協せず、我を通されたという。その我のありように敬服するところがあった。宇野浩二さんに似ているといったのも、じつはこのあたりのことをいったのだ。また、舟橋さんの尋常でない親族愛についても敬服したことがあった。十数年前、まだ若僧の頃にバアにいたら、舟橋さんがやってこられて、私を見るなりわきへきて「弟がお世話になりました」と丁重なあいさつだった。和郎さんに、「雁の寺」を脚色してもらった映画が、封切られていた。バアの子らがびっくりするほどのいんぎんさは、舟橋さん独得のものだった。こういう舟橋さんにも心を打たれた。つまり、わが道をゆく姿勢は、いつも行儀をわきまえておられ、時には几帳面すぎてユーモラスでさえあった。本人は大まじめでそれは私らの育ちにないもののようにも思えた。

云いたいことを云った人、我のつよかった人、いろいろと故人にむけられたことばがあった。それぞれうなずけるところではあったが、我のつよいその生涯に、軟派に徹した一筋の文芸の道をふかめ、独自の境地に到った人のことについて、話をすすめてくれた人は少なかった。私には忘れがたい人である。

舟橋さんの「風景」

舟橋聖一

「風景」昭和五十一(一九七六)年四月号

愛読した「文芸的グリンプス」に次のような文章がある。

「作家の社会的発言や政治的発言は結構珍らしげに採り上げられるものの、ゴシップ記事的で、それがそのまま社会政策の上に実行されるという例は極めて僅少である。……もともと文士は権力の座を夢みるものではないのだから、そんなことで絶望をもつことのほうがどうかしている」

たぶん、そのあとは、自分の考えで言ったことがすぐ役に立たないでいいし、また、すぐ役立つことを求めないで世人に率先して言いたいことを、ありったけ言うのがいいと結論されていた。

私はこの当時、先天性の障害児をかかえていたことから、この国の身心障害者対策が外国にくらべておくれていることがわかり、政府にあれこれ文句をいっていた。厚生省へも、官房長官室へも行って、施策の実行を頼んでいたが、なかなか目に見える効果はなかった。

「文芸的グリンプス」のこの一文は、そんな私をなぐさめもし、反省もさせた。なるほど世人に率先して言いたいことを言ったつもりだが、はねかえってくるものは空しいのだった。やっぱり文士は文士らしく、黙っていた方がよかったのかもしれぬ、と自らまいたタネで、会合や雑用で押しまくられる日常を悔んでいた身に、やわらかく勇気づけられる気もした。役に立つことを求めないで言え、このあたりの舟橋さんの信念の消息は心を打つ。

舟橋さんも、言いたいことは、正直に言った人だった。その場で言っておかねばと思うことがあれば、場の雰囲気に妥協せず、ちゃんと言っておいて退場するところがあった。文芸家協会の会合でそんな姿を見た。

「風景」はこんど舟橋さんの逝去とともに廃刊になる。「文芸的グリンプス」にあえぬ淋しさはかくせない。この淋しさは、ああいう独自の言いまわしで、自己を主張しておく文士が、逝かれた惜愛につながるのである。

伽羅の会に招かれて、私が会員になった年数はきわめて短く、したがって、「風景」になんの力もなさず、ただ講演会にひきだされてしゃべったくらいのことしかなかったが、しかし「留園」や「舟橋邸」でひらかれた伽羅の会に出席する楽しみは、舟橋さんを中心とする集りの風景を垣間みる喜びにあった。

これも「文芸的グリンプス」で読んだのだと思うが、好きな相撲見物も、じつは剛雄壮大の大力士の取組みより、一桁小さい力士をひいきにされたとあった。そんなところも、私は好きなのだった。

吉田健一さんと私

吉田健一

吉田健一さんは私にとって忘れられない恩人であった。私は迷っていたところを救われて、吉田さんのことばで一つの道が見えたように思う。昭和三十六年四月七日の読売新聞の大衆文学時評で、私の作品「雁の寺」を賞《ほ》めて下さった時のことばだった。
「凡てが確かにそこにあるといふ、このことが大きいのである。心理小説だから心理を、推理小説だから推理をといふのは、後から便宜的に付けた名称に訳もなく縛られてゐることを示すばかりであつて、何小説だらうと、読者がそのどの一部を取つても堪能することが出来るのでなければ、それは小説ではない。それが作者の頭にしかない架空のものであつても、その現実のまま描くのが、この小説といふ多少ふしだらな形式の唯一の特色なので、それがなければこの形式は意味をなくし、もしあれば、他にどのやうな欠陥があつても、この形式は認められなければならなくなる」

「文藝」昭和五十二（一九七七）年十月号

この方向はまちがっていないから、頑張って書きなさい、そう云われた気がした。私はそれまで書いてきた、主に雑誌の注文をきいての迷いながらやってきた仕事の、大方をあらためて、「雁の寺」の書き方で書くようになった。吉田さんは、たぶんその年の十二月まで読売紙の時評をなさっていたと思うが、爾後《じご》私の発表する作品を注目して下さっていて、合格するものであれば、率直に賞めて下さった。これでよい、頑張れ、とその都度いわれている気がした。「越前竹人形」の第一回目の激賞も忘れられない時評だった。私は、それから吉田さんが時評をやめられても、吉田さんのお顔を念頭にうかべて、先生に合格するかな、どうかな、と考えて雑誌社に原稿をわたすようにした。道が見えたという意味は、私の道がはっきりしたというのではなくて、小説を書く心構えといったようなものを教わったというにつきる。迷いは正直今日もあるが、根本的なことは、「凡てが確かにそこにあるといふ」小説。「読者がそのどの一部を取つても堪能することが出来る」小説。それへ向うことだった。

　吉田さんのお顔を念頭に、と書いたが、会っていたわけでもなかった。写真でしか知らないお顔なのだった。私は、救国の宰相として夙《つと》に知っていた人のご長男でありながら、復員後はドタ靴をひきずって、カストリを呑んで放浪しておられたというような噂を耳にして、吉田さんの写真のお顔を見るたびに敬意と親しさをもっていたにすぎなかった。著名な評論も読んでいなかった。とつぜん大衆文学時評を担当されて、偶然に作品がお目にとまって、以上のような私にとっての大事を教わったのだった。

私は吉田さんの推挙で文壇に出たようなものだった。文壇に足をかけてから、パーティや酒場に出かけるようになって、吉田さんとお会いする機会をもった。そういう場所ではぺこぺこするくせのある私は、吉田さんのお姿を遠くから拝見すると、しゃっきりと背すじが伸び、寡黙になった。わきへ寄ってご挨拶するのも気がひけて、隅の方から眼をすえて、じっとしていた。吉田さんはたいがい酔っておられた。大きな笑顔だった。声も特徴があって、遠くからでも、すぐ吉田さんだとわかるのだった。あんな物怖じしない、大笑いと、それから、にこやかな笑顔をする人を私は知らない。

声をかけられたのは、葡萄屋《ぶどうや》であった。かなり混んでいた。吉田さんは、河上徹太郎さんとご一しょだった。偶然、席がとなりになったので、私ははじめて身近で挨拶した。相当酔っておられるように見えた。あるいは、酔っておられなくても、そういう風に見えたのかも知れない。

「水上さんですか。そうですか。あんたはいい小説を書いたんですよ。それは確かですよ。それは確かなことなんだ」

吉田さんは、ぺこぺこしている私に叱りつけるようにそう云って、コップを口に近づけて、肩を張り、少し顎をひいて、糸のように眼をすぼめて私をしばらく見ておられた。

これが吉田さんと話したたった一どの夜だった。それっきり、私は吉田さんと話す機会はなかった。パーティでも、酒場でもよくお会いしたものの、話の出来るほど近くに寄ることはなかったのである。

私は吉田さんをやさしい人だと思ってきた。いまもそう思いつづけ、まちがいはないと信じている。若狭の貧農出身の私が、宰相のご長男に、親しく声かけられたのも文芸の世界を生きることのありがたさだが、吉田さんには、とりわけて、私への温かい眼ざしがあった気がする。だがその眼ざしは、葡萄屋の一夜、わずかな時間に、面と向って感じたものでもあるが、遠くから拝見していても私が勝手に感じとったものだった。じつをいえば、私は、吉田さんに読んでほしいな、と思う本を出した場合は、ひそかに献呈してきた。出版社から発送してもらわないで、自分で包みをつくって、上書きを書いて出した本もあった。そうすることで、私は私の身固めのようなことをやってきたように思う。読んで下さらなくても。

一どだけ信州北軽井沢から、お手紙を貰ったことがあった。やさしい文面だった。私はたぶん「雁の寺」を改訂して献呈したのだったと思う。十何年たってからの改訂なのだった。そのことをみとめて下さった快いおことばだった。

わきにいる人よりも、遠いところにいる人の眼がおそろしいことがある。おそろしいから大事なのだった。そういう恩人を私は失った。だが、吉田さんの死は、私にとっては身近に迫って、やさしく、頑張れ、といって下さっているお顔と今もかさなる。亡くなられてからも、大事なのである。

和田芳恵さんの思い出

和田芳恵

「朝日新聞」昭和五十二(一九七七)年十月八日夕刊

七月はじめに電話で、土浦へ行ってくれないか、と和田さんから講演依頼だった。八月三十一日。日曜日なのとむし暑いのとで、常磐線は海水浴客で混んでいた。ステッキをついた和田さんはネクタイをしめておられた。しょっちゅう咳《せき》が出て痰《たん》がからむ様子である。座席にならんですわり、古い話をした。まだ新潮社におられたころ、和田さんの紹介でぼくが学芸社につとめ、片岡鉄兵、高見順、武田麟太郎氏らの本を出した。みな和田さんの企画である。戦後早々、焼け残った神田の封筒工場の二階にいた頃和田さんはよく来られた。袖ぐちの裂けた茄子紺無地の袷《あわせ》に二重廻しを着ておられた。大地書房から中間小説雑誌を出すことになった。誌名を考えてくれぬか。ぼくは「日本小説」はどうかといった。採用になって酒二升が工場へとどいた。但しこの記憶はぼくにはない。本当に二升も戴いたのかときいたら、あの当時二本の瓶をさげてゆくのは大変だった、と和田さんはいわれた。土浦は和田さんが十年も教鞭をとられた女子短大があった。何とか会という卒業生の集りで、会場は京成ホテルだった。和田さんは、さきに演壇に立った。少し足もとがよろめいていた。ぼくとの昔のことを語り、丁寧な紹介をされたあと、自分はこれから筑波山の北の方にある身内の墓詣りをしてくるから、と去られた。これが和田さんを見た最期になった。

和田さんは、思いがけない時に手紙をくれる人だった。「だましだまし仕事をしています。急にあんたに便りしたくなった、いまは深夜です」というような文面だった。よくわかるしっかりした大きな字で。和田さんが咳きながら坂道をのぼっておられる姿がその文面とかさなった。あえぎあえぎ登る坂。焼け跡に便所壺がのこっていたりする。そんな道を和田さんは老境の主人公によく歩かせていた。和田さんのそういう小説が好きだったので、和田さんの風景として手紙の向うにうかぶのだった。

ここ数年の和田さんのお仕事は世評高かった。「接木の台」「抱寝」。和田さんがたどりつかれた芸だった。戦争中、和田さんは「十和田湖」「愛読する作家達」など書き、武田麟太郎さんの「情婦」のモデルでもあった。そんな頃にくらべて、「接木の台」の和田さんのきびしさは格段の差があった。だましだましといっておられたのにはお軀のこともあったろう。ぼくにはもうひとつ大事な闘いのようにもうけとれていた。「暗い流れ」で新潮文学大賞受賞がきまった時、和田さんの嬉しい顔が見えるようだった。式当日、ぼくも川端賞で同席したが、「あんたは三十枚で百万円ですね」と真顔でささやかれ、「お互い文学をやっててよかったね」といわれた。そんなことをきいたのははじめてだった。小説のことばかし考えてきた人だな、と思った。そうでなければいくつもの名短篇はうまれまい。老境の官能を描いたと新聞に出ていたがそうかもしれぬ。だがぼくには和田さんはむしろおもしろい小説を追求して、あそこまでゆきついた人のように思える。受賞あいさつに「死に欲」ということをいわれた。ユーモアたっぷりだったが、正直な刃物が光ったようなこわさがあった。ぼくの身近から、親しい、かけがえのない大事な作家がまた消えた。いま急逝をきいて、一っしょに歩いた戦後早々の日本橋かいわいの焼け野を思いだしている。

和田芳恵さんのこと

和田芳恵

「新潮」昭和五十二（一九七七）年十二月号

和田芳恵さんとはじめて会ったのは、昭和十五年の春ごろで、和田さんは新潮社におられた。私は和田さんの紹介で新橋の日吉ビルにあった学芸社につとめた。二十二歳、上京して一年目のことで、それまで報知新聞の校正部にいたが、結核がぶりかえして、残業の多い職場は向なかったので、和田さんの友人だった三島正六さんにたのんで和田さんと会ったのだった。和田さんは紺か黒かの背広にきちんとネクタイをしめ、一見教員風な感じだった。ひどく瘦身で、少し猫を負うた歩き方だった。学芸社にはめったに来られなかったので、私の方が新潮社へたずね、和田さんの忙しい時は、神楽坂へ向う赤城神社前の小さな喫茶店で待つ仕事がつづいた。和田さんは片岡鉄兵さんや、海音寺潮五郎さんへ紹介状を書いた。片岡さんは「夕月物語」海音寺さんは「茶道太閤記」を出版するのだった。東京日日新聞に連載された「茶道太閤記」の手入れは一日に十分間ほど。毎日東北沢のお宅へうかがった。和田さんはつまり、私にはじめて出版編集者の道をあけて下さったのである。片岡さんは「夕月物語」が出てまもなく亡くなったが、和田さんに紹介されなければ、有名な片岡さんの風貌に接することもなかった。武田麟太郎、南川潤、窪川稲子諸氏の本もそれから出た。みな和田さんの企画だったと思う。あとで和田さんからきいたところだと、同人雑誌を出す金を稼ぐため学芸社の相談役をした、ということだった。その雑誌は私の記憶にまちがいなければ「山」という雑誌で、たぶん第一号に、和田さんは「渦」という短篇を発表されているはずだ。記憶はあやふやだが、うすっぺらなうぐいす色の紙に山と木版で刷られた冊子をその小さい喫茶店でもらった。和田さんはたぶん三十五ぐらいだったろう。新潮社の退社は昭和十六年のはずである。

わずか一年間ぐらいのことだが、この当時のことが鮮明なのは、和田さんが作家を志しておられて無名だったからだろう。十三歳年下の私もまた同人雑誌をやっていた。

学芸社に一年ほどいて私は女性とのごたごたがあったのと、酒をくらって留置場へ入ったなどが因《もと》で社をやめ、映画配給社へ入った。和田さんも偶然に南方宣撫《せんぶ》班として入社されていた。が、私の方は総務局だったので会わずじまいで、まもなく、私は若狭へ疎開して応召した。

和田さんと再会したのは、敗戦の翌年だった。私のいた神田の虹書房へ、和田さんは武田麟太郎さんや徳田一穂さんと一しょに遊びにこられた。遊びというと変な云いまわしだが、じつは虹書房は封筒工場の社長が資本家で、封筒のやれ紙をストーブにくべて煖をとっていた。それで、炭切れ一つない不自由な冬は大ぜいの客があった。梅崎春生、岡田三郎、外村繁、野口冨士男。私の友人の山岸一夫がそういう人を知っていたので、和田さんもまた常連のようにきて火にあたって帰られた。

和田さんは鉄無地か何ぞのいい生地の袷だが、袖口が切れている古着に、黒の二重まわしを着ておられた。それはよく似あったように思う。話好きというのではなくて、聞き好きのようなところがあった。時に、短い半畳を入れて、「それはうまい」とかいってうなずかれていた。

私の女房は白木屋のダンスホールにつとめていて、私は赤ん坊を背中にくりつけて、田中英光さんとカストリを呑み歩いていた。そんな一夜、和田さんは徳田一穂さんと、白木屋のホールへゆかれたらしかった。以下は和田さんの文章である。

「私は踊れないので、隅の方に腰をかけて見ていた。一穂さんはもの憂い感じで、水上さんの奥さんを相手にしたりして、踊っていた。踊れない人間が、踊りを眺めているぐらい莫迦げたことはない。私は息ぐるしくなって、ひとりでぬけ出した。

そこに水上さんが立っていた。このときの水上さんの、寒むざむとしたうしろ姿を私は忘れることができない。音楽がやたらに響くホールの方へ眼をそそいで、水上さんは私に気づかなかった。思いつめたように、じっと待っていた」

この記憶はもちろん私にない。女房のダンスホールへ一しょにいったのは、あとにもさきにも、作家では吉行淳之介さんだけだと思っていたが、和田さんにも見つけられていたか。この女房はやがて、恋人をつくって私から逃げた。子が手許にのこされた。

敗戦早々の瓦礫《がれき》の町を、名のりをあげてはすぐつぶれる出版社に、止り木にとまるように職を見つけてはやめ、やめてはまた見つけて、カストリに酔いつぶれた。こんな時代の私のことを、和田さんは、はなれているようでも、よく透視しておられた気がする。和田さんが大地書房から出された中間小説の雑誌「日本小説」の誌名は私の命名だということである。私に記憶はないのだが、和田さんは、闇の酒を二本とどけたはず、とあとでいわれている。酒の呑めない人が、酒を工面してこられたのだから本当なのだろう。「日本小説」は、中間小説誌の草分けになった。だが、この雑誌も、そう長くなかったように思う。高見順さんの連載「深淵」も未完に終ったはずだから。和田さんがそれから借金をつくって逃げたとか、私立女子大学の先生をしておられるというような噂をききながら、私は浦和、護国寺を転々して、妻と離別し、子づれの八年間を繊維業界でくらした。めったに会えなかった。あれは三十二年か三年の記憶だが、堀留の東武ビルの小さな業界新聞社にいたら、和田さんがひょっこり着物姿で訪ねてきて下さった。「一葉の日記」で芸術院賞を受賞された直後だった。山岸一夫もいた。三人で、問屋町のコーヒー店へ行った。和田さんは原稿料の払えぬ業界紙を承知で随筆を書こうといって下さった。三、四枚の文章をもらったはずだが、その業界紙もつぶれたので、いまはその掲載紙を探す手だてはない。

ふたりがまた会うようになるのは、お互い直木賞をもらって、文壇に足がかりをつけてからである。共通の知人の出版記念会、あるいは何かのパーティの時などだった。和田さんの姿を見つけると、寄っていったが、和田さんは、むかしとかわらぬどこやらそっけないようにみえて、短く物をいうくせで、はあ、そう、そう、と心なし顎をあげ、眼をほそめ、私を見すえられるのだった。こういう場合、和田さん流のいい方をすれば、しょっぱい思いが走る。

なぜ、しょっぱいのか。それはなかなかに説明しにくい。調子のいいことは通らぬぞ。和田さんの前ではそんな気がした。こっちのいっていることに調子づいたところがないか。この人は、刃物のような眼でそれを見ているのだ。そこで、うろたえる。しょっぱいというのは、そういう気持もいくらかある。それと、おれのやっていることは、みなお見通しなんだという、やけっ鉢なものも少し加わる。つまり、和田さんに出あうと、何やかや、過去の暦がどさっと山積みでやってきて困るのだった。お互いは、眼で見あっただけで、ひとことふたこと、いうぐらいで、別れるのだった。

和田さんの手紙が三通ある。一通だけは、用件のない、深夜の手紙である。「自分をだましだまし小説を書いています」という文句と「とつぜん、あなたに手紙が書きたくなって」という文句であった。淋しい感じが出ていた。「接木の台」の刊行前後のことだったと思う。

時たま出席する文芸家協会の理事会で、和田さんと出あう。和田さんは遠い席におられるが、咳こんで痰が出るのが末席からもみえた。この和田さんの咳こまれる姿は、宇野浩二先生の晩年に似ていた。そういえば、宇野さんも、似たような歩き方だったな、と思ったりして、遠目に眺めた。帰りにエレベーターでつかまえると、くれぐれもお軀を、と月なみのことをいって別れた。六月はじめ、和田さんの「暗い流れ」が新潮社の日本文学大賞にきまった。すぐ電話した。和田さんの痰のつまるのどから出てくる声は、明るいように思えた。授賞式には私も川端賞をもらったので、控室のソファにならぶことになった。「よかったですね、お互い」と和田さんはいった。それは万感の思いがこめられているように思えた。和田さんの受賞あいさつは、ユーモアがあった。あとで思いかえしてみると、どこやら死の匂いもあった。「死に欲」というような和田さんらしい文句が出た。「水上さんが……」と私の受賞にも及び、あるいはこのおしゃべりの奥には、昭和十五年、「山」を発行して新潮社を辞める決心をつける年まわり、私が下働きで、学芸社に出入りした時期の、しょっぱい雌伏期の暦がとつぜん和田さんを襲ったのではないか、と思った。なぜ、あそこでぼくのことなんか……とあとで思いかえし、ますますそう思った。

私は、和田さんのここ数年の仕事の仕あがりぶりに瞠目《どうもく》していた。「接木の台」「抱寝」

「暗い流れ」。和田さんは、ながい坂をのぼりつめて、ようやくベンチのある高台に立ち止ってておられる思いがした。そう思う一方でいまもう少しお軀の調子がよければと、病状悪化の容姿に心が重くなるのをどうしようもなかった。

七月はじめに和田さんから電話があった。土浦で講演してくれぬかとの依頼だった。和田さんは十年間もその女子大の教授だった。私は承諾した。八月三十一日、私は上野駅で和田さんと落合った。和田さんは、ネクタイを窮屈そうにしめていた。ステッキをついて、よろける足もとだった。私はどうかお帰りになって、ぼく一人でゆくからといった。和田さんはグリーン席の切符を若い学生ににぎらせ、どうしてもゆくといってきかれなかった。「ぼくもしゃべらねばならぬ約束ですから」と和田さんはいった。土浦のホテルについて食事をしてから、講演になった。和田さんがさきに立って演壇へよろめきながらゆき、私との交際の古いことをのべ、日本文学大賞のことにもふれ、川端賞のことにもふれ、ユーモアたっぷりだが、やはり、つらそうだった。私が壇へゆく時、和田さんは、

「ぼく身内の墓が近くにあるので、そっちへ廻って帰りますから」

といって入口のところでぺこっとお辞儀された。これが最期の姿になるとは思いもしなかった。控え室へもどると、和田さんの姿はもちろんなくて、色紙が一枚、卓の上にあった。

歩いたところから道になる

大きくて、よくわかる字だが、風格があった。手紙の字もそんな字だった。

「このごろの小説には朝の市場から仕入れてきたばかりの鮮魚を、そのまま、ぶつ切りにして、はでな皿に盛って出すような傾向がある。私はどうやら素材をいったん酸で殺して、それから使おうとするので、時間をかけることになり、その手続が第三者にはまだるっこしく見えるらしい」

「小説が文学として成立する条件に、それがいきものであるかどうかが、かなり重要な位置を占めるはずである。だから、いつも失敗はしているけれども、自分の書いた小説を生かすことに、ほとんどの力を傾けることにしている」

和田さんの小説作法（「毎日新聞」昭和四十年五月九日）の一節である。ここで和田さんは、新潮社につとめていたころ、「今、晩年の完成を心がけている、すぐれた作家たちと知るように」なり、作家の舞台裏までのぞくことができたから、知らず知らずのうちに、いろんな作家から小説作法を学ぶことになったといっておられる。

「才能のとぼしい私は、創造の作業は、少しでも手を抜いたり、またごまかしたりすると、その部分から色あせて死んでゆくものだと考えている。こういうことを私に教えてくれたのも、職人の仕事ぶりである。入念に仕事を進めるより仕方のないものなのだろう」

つけ足すことはない。和田さんののぼりつめておられた坂道とはこのような道である。

あるいたあとから道ができるなら、そううけとっていい。私はこんな、よくわかる、文学についてのことばを、素直に吐く和田さんを失ったことがいま淋しい。

和田さんの世話で、二十二歳で出版社につとめ、文学の勉強をはじめた私ゆえに和田さんの歩かれた道が、よくわかるというのである。かけがえのない先輩だった思いがする。亡くなってみて確かな道標が一つ消えたことがはっきりとわかる。土浦へゆく汽車の中で、

「あんたもえらいことになりましたな」

私が世話になっていたころ、女性との間にいた男の子が出現したと話した時だった。

「その子は知ってた……」

和田さんはそういって口をつぐんで窓の方をみておられた。

お葬式での松本清張さんの弔辞は心を打った。やはり、和田さんは松本さんにも文学のことでの相談相手だったかと思った。野口冨士男さんも、自分の軀を喰いつくして歌をうたうこおろぎの話にたとえて、和田さんの文学を高く評価されたが、そのとおりだと思った。まだまだ、和田さんには、相談にいっていた人がおられたのではないかと思う。気さくで、やさしく、世話を焼く人だったから。世話を焼きながら、本道のきびしい「小説の仕上げ」については、苦しみ、骨をけずる思いで、一つ一つ、老職人がためつすがめつして彫る細工品のように、つらい文学道をあるいた人であった。私たちはこういう先輩を失

った。

柴田錬三郎さんのこと

柴田錬三郎

「オール讀物」昭和五十三（一九七八）年九月号

先に逝かれてみて、いろいろなことを思いだしている。最初お目にかかったのは、敗戦直後の二十一年の春だったか、秋だったか。御茶ノ水の出版協会のビルにあった一室でだった。ぼくはそのころ「新文芸」という雑誌の創刊に加わっていて、誰から紹介されたか忘れたが原稿依頼に出かけた。結局、原稿をもらったのか、もらわなかったのか、忘れてしまったが、その一室は書籍雑誌が堆《うずたか》く積まれた机が四つばかりあって、周囲が乱雑な本棚だった。柴田さんは、青い顔して、その乱雑な机の一つに座っていた。妙にむっつりした人だなと思った。銀ぶちの眼鏡の奥の眼だけは細く、口はへの字だった。二、三ど神田鍛冶町にあったぼくの事務所へ来て、ストーブに当って帰られた記憶がある。やっぱり原稿のことで、ぼくのところへきたべつの雑誌の人と待ちあわせていたのかとも思う。「新文芸」はすぐつぶれたが、いまバックナンバーを繰っても柴田さんの原稿はない。それから二十三年の秋に、「真実」の会でまたお目にかかった。やっぱり口はへの字で、やたらに酒を呑む会だったのに、コップには手をつけず、周囲を見守ってばかりいた。つまり、人にあいそをいうようなところがなかった。ぼくも、あんまりしゃべらなかった。

この人とよくしゃべるようになったのは、ぼくが、直木賞をもらった年まわり、昭和三十六年の九月で、北海道へ臼井吉見氏と三人で講演に出かけた時だった。札幌、岩内、旭川、だったかと思う。この旅はじつに楽しかった。柴田さんは、すでに「眠狂四郎無頼控」を発表しており、多忙な流行作家で、ぼくは、その文壇に入りたてのほやほやである。もう一人が臼井さんなので、ぼくらは自然と講演を終えたあとふたりで巷へ出てばかりいた。名は忘れたが、炭鉱町の宿が侘しくて、ボタ山の下の川沿いにある遊女屋へ入りこみ、妓《おんな》らと酒を呑んだ。酒を呑めぬ柴田さんは、酒を呑むぼくを、口をへの字にして眺めており、何やかや妓らとふざけているのが好きらしかった。この趣向はのちずっとつづいて、九州、四国、北陸と、何ぞというとつるんで出かけるようになった。

久留米での思い出が印象的なので一つ披露する。池島信平さんに引率されての講演で、例のごとく早番をすませて、繁華街のバアで待っていると、中番の柴田さんが来て、カンバンすぎてもそこで呑みつづけた。柴田さんは呑むわけでないから、ホステスと話し興じたことになる。気づいてみたら三時すぎていて、宿はもうしまっている。そこで、ホステスさんのアパートへ行った。おくの部屋にはタンスがあって、その女《ひと》の旦那の白布につつんだ、骨箱がおいてあった。白木の位牌が一つ。ぼくはそこでゲラ直しをはじめた。「きみは仕事か」柴田さんは云い、もう一人のホステスさんとべつのアパートへ行った。翌朝、柴田さんは、週刊誌一回分の原稿をもって、集合所のゴルフ場のクラブハウスのロビーにいた。「すんだか」と柴田さんはいった。「あの部屋は、おもしろい部屋だったな」

軽井沢に来いとすすめたのは、柴田さんであった。ゴルフをするようになって、「球々会」に入った。柴田さんが隊長様で、事務は三友社の北村卓三氏がやっていた。この会員はそうそうたるメンバーで、源氏鶏太、井上靖、富田常雄、阿川弘之、岩田専太郎、いつも十人ぐらい。にぎやかで、賞品は柴田隊長からもらった。正直、昭和三十八年ごろから、ぼくはゴルフきちがいになり、柴田さんとは、ゴルフだけの旅もした。伊豆、熱海、湯河原、箱根へよく行った。

軽井沢の柴田邸に一匹の盲犬を見たのはその頃だった。何ともいえぬ貧弱な鼻黒の顔で、軀も小柄なのだが見えぬ目で歩くから、柱にあたるような歩き方をしていた。細い紐でくくってあることもあった。一日、車をとばして、横川のドライブインへ入り、釜めしを喰おうとすると、先の卓子に柴田さん一家が先客で食事中だった。ぼくはあいさつして、めしのくるまでよこで柴田さんのめしを喰うのを見ていた。やっぱりまずそうに喰う人だな、と思った。彼は、足もとに盲犬をはさんでおり、釜めしの鶏肉を一片ずつ、足もとへ落すのである。犬は、柴田さんの靴と靴のあいだに行儀よくちょこんとすわって落ちてくる肉片を喰った。

「あの犬は、何という種類の犬か」

ぼくはいつか訊いてみた。

「雑種だよ」

柴田さんはいった。ながいあいだその盲犬を飼いつづけたということを、のちに美夏江さん（お嬢さん）からきいた。

ぼくがはじめて毎日新聞に時代小説を書くことになって、教えを乞いにいったことがあった。京極高次の資料を示し、若狭、越前の沼のような、戦国史の一隅を書いてみたいのだが、いい資料がなくて困っているというと、「寛政重修諸家譜」をもっているか、とかれ、そんなもんもってないといったら、「高山本店へ言っとくよ」といい、翌日それが本屋から届いた。その時のことばに、

「古い時代を見たヤツは死んじまっている。一等資料といったって、あてにならないものがある。所詮小説は嘘。これが本当だという実証派より、これが真実だという嘘を書く方がおもしろい。おれは、みなそのデンでやってきた……」

資料漁《あさ》りをやめて、ぼくは、柴田さんの言葉どおりに、嘘を本当のように書くことにつとめた。ぼくはそれ以来、歴史を材料にする場合は、そのデンでゆき、今日も立場を換えていない。逝かれてから、のこる一ばん大きな言葉は、この言葉のような気がする。

「古い時代を、見たヤツはもう生きとらんよ。事実は、いつかわすれられて、人の記憶と云うてもあてにならんからのう」

ぼくのはじめての時代小説「湖笛」がまがりなりにも、一年の連載を無事終えられたのは柴田さんのかくれた声援による。

柴田錬三郎という人は、つまりはこういうようなつきあい方で、ぼくと親しくしてもらった人だった。晩年には高輪プリンスに、仕事部屋をもち、目と鼻の家へ帰らなかった。健康のすぐれぬ様子は目にみえたので、

「ホテルがいかんのとちがうか」

といったら、

「きみもホテルばかしじゃないか。軽井沢にこもっとるときいたが、ちょくちょくオークラにいて、成城へ帰らんそうやないか」

その通りだった。ぼくらは旅行しても、一行から、はずれて潜行するくせがあったし、東京にいても、家出してホテルにいることも似ていたのである。それで、はなれていても、どこやらに通じるものがあったように思う。それはうまくいえないけれど、十年ばかり、元気なあいだ遊び呆けた連れというものがもつ、いわくいいがたいものであって、まだぼくは、話しだせばきりのない柴田さんとの行状記録を胸にしまっている。

慶応病院に入院ときいて、若狭のかれいをもって見舞ったことがあった。ベッドの上に

ズボン、シャツ姿で、待っていてくれた様子がわかった。

「なんやかや、きみとはやりつくしたのう」

と彼はいった。美夏江さんがわきでわらっていた。話は旅行したころのことにもどり、きりがなかった。ぼくは手紙を書いて、投函しなかったのをもってきていたので、それを枕もとにおいて帰った。あとで、彼はその手紙をよんでくれ、若狭かれいを一匹平らげたということだった。拒食症でもあったときいたが、魚一匹喰えたときいて、うれしかった。

訃報《ふほう》はホテルオークラでうけた。元気で目と鼻のプリンスにおられることとばかり思っていた。週刊文春への連載再開もあったし、この一月の直木賞銓衡委員会にも出席したのだった。髭《ひげ》も生やして、テレビへも出たときいていたし、まったく、訃報は寝耳に水でテレビのニュースも信じられなかった。洋服がなかったので、成城からもってくるのを待って、急いで高輪のお宅へ伺ったが、遺体は病院を出発して、こちらへ向っているということだった。

ぼくは文春の樋口さんと、応接間をかたづけての仏間つくりを手つだった。奥さんや美夏江さんのいない家は空虚であった。ぼくは、やがて、玄関の下の通りに到着したライトバンの遺体をかつぐ仲間に入った。

棺《ひつぎ》は重かった。ぼくはうしろの方を捧げるようにもちあげながら、急な石段を登った。

この時、柴田さんが、その中にいることが信じられなかった。しかし、もし、それが本当なら、家へ帰る柴田さんをかついでいることになるなと思った。そう思った時に、とめどもなく涙が出てきてこまった。

中野重治さんのこと　中野重治

「新潮」昭和五十四（一九七九）年十一月号

同じ福井県でも、中野さんは越前平野の真ん中の丸岡町出身だから、私の故郷若狭とは遠い。越前は米どころだし若狭は米どころではなかった。山も海も近く、産物はこせこせしたものばかりだった。そんな狭い国が、大百姓のいる越前に喰いついて、福井県という行政区劃に入っていた。同県人といっても気質もずいぶんちがうのである。それで学校へゆかぬ頃から、人からきく越前は、金持ちのいる国という印象だった。事実、若狭から代議士になる者はいたが、大半越前にとられて、定員四名の今日も若狭出身の代議士はいない。その越前で、一人だけ私の方に向って光る眼をした人がいる。中野さんである。いまもそうだ。これからもそうだろう。亡くなられたからといって変るはずがない。むしろ、亡くなられ、いっそう光る眼がいま私にわかる。

中学時分から私は、中野さんの詩を読み（「夜明け前のさよなら」だ）、寺の小僧をやめて東京へ出た二十一歳から、「歌のわかれ」「空想家とシナリオ」などを読んだ。文体が好きだった。時々出てくる越前訛《なまり》もだった。「このやくざな心臓にささらをかけて」というような表現が好きだった。

中野さんに会えたのは、昭和三十五年に「海の牙」を発表して水俣病のことを婦人民主クラブの会でしゃべった時だった。だが、この時はお顔を拝見しただけだった。それから大きな字のハガキを頂戴するようになった。「拝啓池田総理大臣殿」を中央公論にのせた時もだった。「古河力作の生涯」を刊行した時ももらった。私の仕事をよそ目ながら見ておられることがそれらのハガキでわかった。古河力作が大逆事件で処刑され、遺言どおり解剖するため棺を帝国大学へはこんだが、拒否されるくだりを私は書いた。そのことに中野さんは関心をもたれ「西田信春書簡・追憶」を送って下さった。ハガキはいつも要件を書かれたあと、「いま庭の草とりでいそがしく」とかいった言葉が末尾に書かれてあった。しょっちゅう庭へ出て草花を育てておられる様子がそれでわかった。福井に文化会館が出来て、コケラ落しの晴れがましい記念講演に、若狭から参加した。中野さんの番がきて、「入れ歯を修繕中で、話がききとりにくいかと思うが」という前言がユーモラスだった。ハガキにも現れていたように、何事をしゃべり書くにも、主題を己れの足もとへたぐりよせてからいわれる態度だった。深田久弥、高田博厚、宇野重吉さんがご一しょだった。その日に、東京で、福井県出身文人会みたいなものが計画されて、毎日新聞の野村さんが世話役になり、年一、二回集ろうということになった。一どめは三笠会館だった。二どめはどこかわすれたが、中野さんは時間にはきちんときて、いろいろ話された。若狭は私一人なので、越前勢が多いから、子供の時分にもどったような気分になったが、越前訛のとびでるこの会はおもしろかった。火葬がいいか、土葬がいいか、という話も出た。中野さんは土葬はいやだと仰言《おっしゃ》った。私は若狭のさんまい谷の椿の花のことを話した。金持ちも貧乏人も死ぬと一《ひ》と所《ところ》に埋められ、まわりに何本かの椿が、死人を肥料にして大きくなっている、といったら、顔をしかめられた。一ど夏に、追分にいらっしゃい、と誘われ、電話があって、一升瓶を下げて行った。奥さんの手料理の畠の大きな豆が出てうまかった。佐多稲子さんも同席され、五時ごろから、十二時すぎまでしゃべった。中野さんは聞き上手なところがあって、寺の内幕や、私が旅の先で見聞しためずらしいことなどしゃべるのを聞いて、時々、鋭い反論があった。いいかげんなことはゆるさぬぞと確かめ確かめ聞かれるのだった。だから、真夜中になった。その翌年だったか五月ごろ中軽井沢駅前を歩いていたらばったり会った。中野さんは口もとを赤く腫れさせ、不機嫌な様子だった。声をかけると、

「蜂に刺されたんだ……畠にタネをまきにきたんだが」

と仰言って、とことこ町の方へ消えてゆかれた。薬局へでもゆかれたのか。私はご馳走になった大きなサヤ豆を思いだしていた。だがこの頃は、まだ、中野さんは元気だった。

足どりも早く、ちょっと背をまげて、考え考え歩いてゆかれるあのうしろ姿だった。

私は軽井沢で冬もくらすようになった。時々東京へ出て、パーティで先生に会えば、ひと言ふた言話した。平野謙さんを囲む会が成城の中国料理店であった。丸卓なので中野さんと向きあう席になった。「きみの『リヤカーを曳いて』というのね。あれ、もうちょっと、あれからあとのことが知りたかったね」とつぜん中野さんは仰言った。前置きもなく、にゅっとつきだすような云い方だった。敗戦の八月十五日、私は正午の例のラジオはきかず、急病の友人の細君をリヤカーにのせて海岸の道を町へ急いでいた。そんな一日を書いた短篇の感想だった。しかし、それは、ずいぶん前に発表したものだったので、中野さんの眼にとまっていたことが嬉しかった。それで、うちへ帰って、その八月十五日の正午から夕暮れまでのことをまた書いて「世界」にのせた。もちろん中野さんにこたえたつもりだった。だが、大きい字のハガキはこなかった。

中野さんはもうこまかい字が読めなくなっていらっしゃった。字を書くにも、拡大鏡を使っておられると、編集者の某からきいた。私は中野さんの白内障手術のことを思い、もう私にハガキなどお書きにならなくてもいい、と思うようになった。しかし、淋しかった。

平野謙さんの追悼会は五月三十一日だった。中野さんは黒眼鏡をかけて、安岡章太郎さんと隅の方にすわっておられた。あいさつにゆくと、安岡さんが、「この男は……」中野さんに私を紹介しようとした。「知ってる、知ってる」と中野さんはいわれた。それが私にきこえた中野さんの最期の声だった。

訃報を、私は軽井沢できいた。すぐ切符を買って世田谷へ急いだ。夜になっていた。中野さんはもう棺の中にいた。翌日、私は中野さんに会いにまた行った。中野さんの棺は、街なかの火葬場へはこばれてゆくのだった。私は用意された大型車で中野さんの棺に蹤いて火葬場へゆき、中野さんのお骨を一と箸ずつ壺に納められる人々のうしろにいた。「どうぞ」と誰かにいわれて、私も、中野さんのお骨を壺に入れた。福井文人会での話がこの時も頭にうかんだ。

中野さんは、私にいま、あらゆる虚偽を拒否し、曖昧なことは許さない、私がもしいいかげんなところで座をしめようとするならはじきとばすような眼をして見つめておられる。借りことばで物をいうなと。それと、もう一つ畠菜を育てたり、草花をいじったりすることの好きだった、無垢なものへのやさしい眼ざしがやわらかくとどいてくる。

中野さんの歩かれたながい道のことを私は学ばねばならないだろう。それをつづけているうちに、私もまた字がよめぬ眼になるだろう。だが、つづけねばならない、そう思う。

中野重治さんの思い出

中野重治

「文藝」昭和五十四（一九七九）年十一月号

亡くなられて、ふたつのことが思いだされる。ひとつは一九六三年に中野さんが私に触れられた文章のことである。この年の六月の「中央公論」に私は「拝啓池田総理大臣殿」という文章を書き、重度障害者の国営施設が皆無であることに不満を述べ、うちに重度障害の子が生れたこともあって、治療控除や税金のことなどまで書いて、総理の意見を求めた。その返事が、黒金泰美官房長官が代筆するかたちで「中央公論」の翌月号に載った。これは不快きわまる文章で、私のいったことへの回答どころか、こっちが必死で書いたことを逆撫でするものだった。私は黙るしかなかったが、中野さんはこれに目をとめられ黒金泰美を批判された。「風景」（第四巻第八号）、「黒金泰美の原稿料」がそれである。中野さんは、朝日新聞の「記者席」の文をひきあいにだし、黒金泰美が「中央公論」に寄せた彼の文章の稿料を要求するのに、「水上さんと同じ稿料をという注文をつけていたんだが、もらってみて想像してたほど大家の稿料が高くないのがわかりました。この程度の稿料をとって年に千百万円の税金をおさめているとなると、水上さんは大変な仕事をしているんですな」と記者会見で発言した云々、について、「無礼もの」「分をわきまえぬ」といった気持になったと、激しく中野さんは書かれました。一九六三年は私は四十三歳。直木賞をもらった翌年だから大家ではもちろんない。官房長官の文章は、「記者席」での発言と同じ感覚で、的をそれていた。たとえば、池田総理が私の意見を閣議で取りあげ、重度障害者収容施設の実態を調べさせたことは、私の子の直子が、総理の長女の名と同じであったことが作用したものだ、などといやな文章だった。中野さんは、これもつよく批判され、黒金の態度は道徳的によくないといわれ、

「個人の戸籍名まで持ちだしながら、右手のないものにたいする施設があり、左手のないものにたいする施設があり、しかし左右両手のないものにたいしては施設がない、これの扱いようがないといった不合理の悲惨にたいして全く感覚が動いていない。ひどい話である」

と私を援護された。つまらぬ私事を書いた形の文章を公にした私は、官房長官返書のうわすべりにあきれたと同時に、よけいなことをした思いで消沈していたが、中野さんの発言で勇気を得た。云ってしまったことは帰らない。軽度障害の人には設備はあるが、重度障害の人は見捨てるこの国の不思議な行政との闘いを私は今日もやめていない。これから

もつづけるだろう。

もう一つは宇野浩二さんからきいた話である。敗戦後まもない二十二年か三年頃のことだ。

当時、本郷の森川町の双葉旅館が出版社の鑵詰宿になっていて宇野さんの常宿でもあった。ある日訪ねてゆくと、

「中野君はえらいですね」

と宇野さんはひそひそ話をするようにいわれた。

「この宿に鑵詰になって、三日もいたそうですが、「学校」と二字だけ書いたきりで帰ったそうですよ。上には上がありますね。学校を卒業してと書こうとしたんでしょうかね、学校へ入ってからとでも書こうとしたんですかね、とにかく、三日間で、たった二字とは見あげたもんです」

宇野さんを知る人なら、ご存じのいくらかユーモラスな口調である。中野重治という作家を、宇野さんはどのように買っていたか、この話にそれが躍如としており、またこの話に、中野さんの文学への態度も躍如としていると思う。のちに、私は「中野重治全集」を繙《ひもと》き、昭和二十二年から二十三年頃の中野さんの小説あるいは雑文の類に「学校」からはじまるものがないかを調べてみたが見当らなかった。だが、そうだといって、この話が宇野さんのつくり話だったとは思えぬ。双葉旅館では、宇野さんはヌシみたいな存在だった

し、罐詰になる作家たちが、たとえば、広津和郎、正宗白鳥といった人々も、宿入りした日は、宇野さんの部屋を訪ねておられる姿も私は見ていた。編集者も誰彼となく、宇野さんを訪ねていたのだから、宇野さんの「又聞き話」にしても、本当だったにちがいないと思ったものだった。しかし、「学校」からはじまる文章が見つからないとすれば、結局、中野さんは、宇野さんのいったそういう冒頭の文句を変えられたのかもしれないと思う。もう一つ中野さんが、宿屋に何日も罐詰になって、題名しか出来なかった話を、ゴシップふうの文章で読んだ。筆者は、その作品は「むらぎも」だったといい、やはり中野さんの仕事はぎりぎりにならぬと出来ぬ、遅筆家だった、とのべていた。宇野さんの話とこれは符合する。中野さんという人は、自分のことばをぎりぎりに絞りだして紬いだ人だ。そうしてあの独自の語り芸とした人だ、という思いがこの話でふかくなる。

私は中野さんと同じ福井県出身である。中野さんは越前なので、若狭の私には同県といっても遠い気がしていた。また、二十代で東京に出ても、同県出身の中野さんはこわい雲の上の存在であった。編集者時代に一ど経堂の竹屋の裏にあったお宅を訪問したが、ろくに話も出来ず、福井県の男です、ともいえずに緊張のまま辞去した記憶がある。そんな私だったから、詩集や小説は愛読しても、めったに話す機会はなく、ようよう話ができるようになったのは、五十になってからで、福井出身の文士の会のようなものが、中野さんの音頭とりで年に、一、二ど催されてからだった。もちろん、「黒金泰美の原稿料」以後のことになるが、中野さんの眼には、会であっても、私への多少の親しみが感じられた。かすかに感じられたのがとても嬉しかった。

亡くなられてみると、同じ世田谷区内に住み、また同じ県出身であっても、ずいぶん長いあいだ遠くから、畏敬の念をこめて見つめてきた気がする、と同時に、中野さんの越前訛がそのまま文章にちらばり、独自のリズムとなるあの味が身近に理解できた思いもふかいのである。福井県が生む奇妙な塗りものが一つある。貝殻をうるしにぬりこめて層あつくした工芸だが、ふと、中野さんの語りをそのようなものに思う。トゲのある無数の貝の破片が、うるしに埋まってやすりがかけられ、得もいえぬ強い光を放つのである。

以上ふたつのことをこれから私は何どとなくくりかえし思いおこすだろう。中野さんの棺を火葬場に送った日も、私はそんなことを思った。

三枚のハガキ

中野重治

「中央公論文藝特集」平成三（一九九一）年三月

小田切秀雄先生から、中野重治さんについて何か語ってほしい、と依頼をうけて、今日、ここへ参りました。私は、中野重治先生と同県人であります。福井県です。そういうご縁もあって、ご生前に、親しくしていただけたと思っています。しかしながら、私も小説を書いてもいますけれど、中野先生の世界とはまるでちがいまして、いわゆる通俗の類に入るものを書いてきましたので、同県人ではありますけれど、きびしく自分の世界を守った文学者として、中野さんを遠く畏敬の思いで眺めてきたといった方があてはまっているかもしれない。だが、私なりに中野さんへの寄り添いがあったことも偽れません。最近になって、ということは、亡くなられてという意味ですけれど、中野さんのお仕事の独得な味というか、文体のもつ個性のすばらしさと、いつも自分の生き方にきびしいがために、他人にもきびしかった文学上の頑固さ、それと、何どかお会いしての感想ですけれど、中野さんでなければいえないような表現のしかたで、日常些細《ささい》のことに好奇心をしめされたお人柄などにつよく魅かれる自分を偽れません。

同じ福井県でも、中野さんは、越前の丸岡一本田ですし、私は若狭ですから、国柄はだいぶちがいます。また、中野さんは、大学にゆける身代の家に生れておられますし、私は貧農の小作人で大工の家に生れました。それで環境もずいぶんちがい、私の場合は九歳半で京都の禅寺へ出て、仏門生活をした二十歳までの精神形成期がございます。けれども、その仏門を脱走して、文学が好きになり、中野さんの小説も読んだのでした。昭和十三年ごろ私は東京へ出てきましたが、その頃は、中野さんは「歌のわかれ」「汽車の罐焚き」の時代でした。「空想家とシナリオ」も改造社「文藝」に連載中でした。車善六の街歩きは中野さんご自身と思われましたが、私も、東京を転々としながら、同じように街を散歩して、中野さんの文学活動をまばゆく遠望していた記憶がございます。遠望ではありましたが、中野さんの小説には、越前のなまりがあります。在所にひっぱられている人物が登場してきます。同県人の私は魅かれざるを得ませんでした。なるほど、あの当時は、産業報国会があり、大政翼賛会があり、それからまた、有馬頼寧さんを中心にした農民文学懇話会というものがあって、地方文学青年の目にうつる中央文壇は国策に従わねばならない作家たちの心ならずも書いたものの多い不幸な時期でした。中野さんも転向を余儀なくされた作家のおひとりです。それで本屋さんへ行きましても国策小説ばやりで、私など百姓の子なので農民世界を書いたものに当然、興味はもつのですけれど、芸術性のある作品を自分なりにえらぶとすれば、井伏鱒二「多甚古村」、伊藤永之介「鶯」、壺井栄「桃栗三年」といった作品でした。それが、私の現代文学への入門でした。丸山義二「田植酒」「部落史」、石川達三「蒼氓」「日蔭の村」なども小説を読む入口でした。それに私は仏門を出てから、自堕落なくらしをやって、女性とのごたごたしたことをひきずっていましたので、もう一つの都会小説でもある宇野浩二「軍港行進曲」「苦の世界」、室生犀星「蒼白き巣窟」なども好きでした。とりわけ宇野さんの小説は、私小説でありながら虚構も入る独自な饒舌調で、奥さまがありながら、地方の芸妓に恋する話だとか、ヒステリーの女性と同棲して、母も一しょの三人ぐらしの末に、貧乏のあまり、女性を水商売に出すなどの経緯を縷々のべるといった調子の文学でした。こういう文学世界につよく魅かれたのです。

敗戦になりまして、焼け野の東京へもどり偶然、ある文芸雑誌の記者をした縁で、宇野浩二先生に懇切にしていただく運を拾いました。そして先生の序文を頂戴して、「霧と影」という小説を出版したのが四十歳でしたが、「雁の寺」で直木賞を頂戴して、文壇に入れました。けれども、まだもちろん、中野重治先生には、お目にかかる機会はございません。間接的でしたけれど、宇野先生から中野さんのことは聞いたことがございました。それは、本郷の森川町にあった双葉旅館でのことでした。宇野先生はよくこの旅館にカンヅメになっておられました。その日中野さんもカンヅメになっておられ、中野さんは三日ぐらいでしたが、たった二字しか書けずに宿を出てしまわれたということでした。宇野さんは編集者からきかれたのだと思いますが、その二字というのは「学校」の二字だった。「中野さんはえらい人ですよ。学校とだけ書くのに三日いて、何も書けずに出て行ったそうですよ。学校を卒業してと書くつもりだったんでしょうか。学校へ入ってからと書くつもりだったんでしょうかねエ。二字で三日は見あげた作家です」

そんな物言いだったと思います。ますます私に、中野さんへの畏敬がふかまりました。その中野さんから、とつぜん、ハガキを頂戴したのは「海の牙」を書いた時でした。ずっとのちのことです。もう宇野さんは亡くなっていたと思います。宇野さんも感心しておられた中野さんから、私はハガキをもらったのでした。

私は推理小説を書いておりました。前述の宇野さんから序文のいただけた「霧と影」もそうでしたし、世話になった和尚を殺す小説の「雁の寺」というようなものもそうでしたし、人を殺す物語に浮身をやつしていた私が、水俣で起きました「水俣奇病」といっておった時代の、あのニッチツ（日窒）が犯した犯罪を、殺人事件だとみて、犯人はどこにいるかということで、わざわざ私、熊本へ参りまして、素人ながら調査もし、工場の第二組合のあり方や、第一組合の転びや、米のとぎ汁のような廃液が、百間湾という入江にだけ流れておる岸に佇んで、その湾に面した湯堂という村に奇病と名付ける人たちがいること、中にはもうすでに死人もあり、そしてその魚を食ったために言語障害を起こし、手足もしびれる人が多出しているという現実を私は見たわけでございました。「犯人は工場廃液にある」と思いましたが、まだ因果関係がはっきりしていませんでしたので、私は、同じような水銀のまじった廃液を流しておる企業が新潟県にあることもあとでわかったものですから（阿賀野川の昭和電工でございます）、その新潟の「潟」と水俣の「水」とを併せて、「水潟病」と勝手に名付けて、殺人事件をまじえた小説にしました。それが、「海の牙」という小説でございます。

八年後、阿賀野川から同じ水銀による大勢の死者が出ることになるのですが、作家は当時に勝手に空想したわけでした。その空想が的中したのでした。そういう私の仕事に対して、中野さんは、興味をもたれたのだと思います。また日時ははっきりおぼえていませんが、私は婦人民主クラブの大会で、その水俣病のことをしゃべったことがありました。その会場へ中野さんがいらしていたということもあとでききました。

当時は水俣のことをいう人はいなかった。ＮＨＫでさえが、「奇病」といっておった時代ですから。「海の牙」の冒頭部七十枚は「文藝春秋」の別冊に発表したのでしたが、いろいろ反響はありました。「学問的に因果関係もはっきりしないものを、いさみ足で書いた」といったような批評もありました。私も自重しながら書いたものでございましたが、中野さんのハガキには、「自分は水俣のことについてはまだ不勉強である。だがしかし、君がこういうことを書いていることに、非常に関心を深めた」といった文章で、大きな字でございました。そしてその大きな字のハガキの後の一行は、「いまちょっと庭で、豆の草取りをしておったんで」と書いてありました。

豆畑の草取りをしておった。なるほど、経堂のおうちには、畑があって、田舎から貰った豆を植えておられるのかもしれない。その畑の草取りをしておったと先生はお書きになっている。手を洗ってきて、君にいまこのハガキを書いておるとおっしゃる、そういう景色の見える中野さんのハガキに、私は心をうたれたのでございました。もちろん、私にハガキを書かなきゃならない理由というのがあったんでしょうが、温かい感じをうけたことは偽れません。そして私は勇気づけられたのです。

もうひとつハガキを頂戴しています。私は脊椎損傷の娘を抱えておりますが、その子が生れましたとき、月八十万円もの手術代がかかりました。筆一本でやっていくのは大変でしたから、どこか施設か安い病院でもあればと思って、そこらじゅう女房と探し、いろいろ勉強しているうちにわかったのですが、日本には重度障害の子の施設はありませんでした。そういうことは不思議だと思いまして、当時は池田勇人という総理大臣でございましたが、池田さんに手紙を書いたわけでございます。

日本に、どうして重度障害の子どもの施設はないのか、パチンコやボウリング場がいっぱいあるのに、どうしてそういうものがないのか、あなたはどう思うか、という手紙を率直に書いたわけです。で、私が調べたところでは、府中に、民間の社長さんが、自分にもやはりそういう子ができて、その子のお友達で、同じような障害の子ども達を集めて施設をつくられた。その人は、島田さんといわれるお方で、施設は島田療護園と申します。そこへ政府は、その年まわりは四百万円の助成金を出しているということでした。それが高度成長をうたう政府の重度障害児対策なのでした。四百万円というと、当時、ばかみたいに私の書く人殺し小説も売れたものですから、印税が入りました。四百万円以上の税金を払った覚えがあります。

それで、池田さんに、「あなたは、定時制高校の子ども達の苦労をテレビでごらんになっていて、すぐ閣議を開いて、子ども達が楽に通学できるような方法を考えようということを提案されたと聞いておりますが、そういう優しいお方ならば、この障害児問題をどうお考えでしょうか」という手紙を書いたわけです。「私が一年で払った四百万円以上のお金が、もしどこかの重度障害の施設に使われるならうれしい。島田さんの療護園をもっと大きくしてあげてください」といった文面だった。そういうことで、池田さんのご返事が、官房長官の代筆で「中央公論」にのった。「水上さんの子どもさんは、直子さんとおっしゃる」――私、ちょうど直木賞を頂戴したときに子どもが生れたものですから、直子とつけていたんです。ところが、黒金官房長官は、私は「黒金返書」と呼んでおりますが、「水上さん、あなたの手紙を総理大臣が読まれたのは、総理にも直子さんというお嬢さんがおられて、同じ名前のご縁で関心もふかめられ、あなたの意見を取り上げるというようなご縁になったと思う。すぐ閣議が開かれ、重度障害の施設拡充を早急にやろうじゃないかということで、厚生大臣も呼んで、大変活発化していますから、安心してください」というような返書でした。その、「黒金返書」をお読みになった、中野さんのハガキでございます。手許にそれがないのでそのとおりではありませんが、次のようなものでした。

「黒金は、ずいぶん失敬なことを書く、名前が一しょだから、それでとは。それがハナ子であったら、読まんだったのかと」(笑)――そんな表現じゃないんですけれども、そういいたいぐらいの、豆の草取りをしておって、すぐ上ってきて、「これはいわんならんな」とお思いになったんでしょうね、多分。それで、そのハガキがまた大きな字なんですね。どこか風が吹いてくるような、不思議な温かい声援でした。たぶん先生はこの件について、小文を紀伊國屋から出ていた「風景」という雑誌に発表なさったと思いますが筑摩版の全集に入っていると思いますけれど。

もうひとつは、私が「古河力作の生涯」という小説を書いた時でございました。これは、同じ福井県でも、私の在所の若狭の近い村に、明治の大逆事件のとき、近親結婚のために背丈が四尺一、二寸しかなかった古河力作という少年が生れ、この人が縁をつかんで上京して、滝野川の印藤康楽園という、チューリップやサボテンなどの西洋草花をつくる店に勤めて、鉢植えのサボテンを配達するときに通りかかる新聞閲覧所で、当時はそうそう新聞が買えないですから、新聞を読みたいと思えばそういう子はミルクホールへ行って閲覧したんですね。そこで読んだ新聞で、平民社の運動を知りまして、手近く申しあげれば、百人町にあった平民社に少年は行きまして、幸徳秋水や管野すがと知り合った。そういった運を拾う若狭出身の一人の少年がいたわけです。その少年が大逆の謀議に加わっていたので、大逆事件の市ケ谷の処刑場で殺されたのです。

その人の伝記はなかった。「十二の柩」という神崎清さんの、くわしくお調べになったご本がございますけれども、大勢の人たちの伝記はでておるんですが、なぜか古河さんの伝記というものはなかった。大逆事件の日から、もう七十年もたっておるのに、福井出身の作家は多いはずなのに、どうして古河さんに衣を着せてあげないんだろうという思いが、私、同郷でございますからいたしまして、コツコツと調べて、「古河力作の生涯」という本を書いたのでございました。平凡社から出版されました。

その本が出たとき、また中野先生からの一通のハガキでした。「自分は古河さんのことは多少調べてみたけど、はっきりわからなかった。それを、ありがとう」と書かれてありました。

中野さんには、ひょっとしたら——口はばったいことはいえないんですけれども、どうでしょうか、古河力作について関心がふかくあった、けれど、それを書くところまで調べがいっていなかったようです。それを、私が出来得るかぎりの資料をあつめて書いたので、注目して下さったのだと思います。このハガキもうれしゅうございました。勇気づけられたことを偽れません。

さてもう一枚のハガキは、「君の『拝啓総理大臣殿』は、何年何月の何日に出したか。あの本をどこを探しても出てこないので、君から貰ったはずだが見当らないので、いまどうしてもまた要ることになったから送ってくれぬか。中野」と、大きな字で書いてあるんです（笑）。

言葉の裏に、汗だくで書庫をさがしておられた息づかいが出ている。景色をひきつれて書いていらっしゃる。理で書かない。そういううしろの景色をいつも中野さんのハガキに私は感じてきたんです。私も作家のはしくれですから、そこがよくよみとれた。さて、私はもちろん中野邸へ本を届けました。中野さんは何に使われたのでしょうか。わかりませんでした。「サンデー毎日」の松下さんだったと思います、私、お名前も失念して申しわけないのですが、福井出身のお方で、この人が幹事をなさって、福井から出ている作家達が集まる会がつくられました。「水上も出てこい」といわれて、銀座の三笠会館の地下で、三年ぐらいこの会が続いたと思います。津村節子さん、宇野重吉さんもおられました。まあ、故郷を捨てて東京で暮らしておる文士、演劇人、ジャーナリストが集まって、飯を食おうじゃないか、という気楽な集いでしたね。あるとき、めしを喰いながら、死んだら火葬がええかな、土葬がええかなという話になりました。私は、寺でよく枕経を読んだり、葬式についてはいろんなことを知っておりましたから、またうちの親が棺桶をつくって、土葬の村で人を埋める穴掘りをやっておりましたから、そういうようなことを喋ったと思います。そうしたら、中野さんがとつぜん「僕は断じて土葬は嫌いだな。火葬だね」ああ、やっぱり……と思いましたね（笑）。

つまり、こういうなにげない中野さんのこぼしてくださった言葉から、中野さんの言葉の後ろ側にある、中野さんの生きていこうとなさる――あの人は、無駄なことはいいませんから、さっきいいましたように――一切が日録であり、真実に向って生きていくことですから、感性そのものが闘いでもある。

だから、私への三枚のハガキは、どこかで中野先生のきめ細かい暦でもありましょうか、年譜のその年まわりの日付けをはめこめば、ちゃんと象嵌されて活きていくわけでしょう。中野さんをそういう作家だといまも思っております。

そういう人が、「火葬だよ」とおっしゃった。なるほど。ところが、「火葬だ」といっておいてから、「君、君のところでは土葬はどうするの?」と訊ねられる（笑）。その土葬に対する興味というか、どうやるか。私はまた得手のほうだから、ついつい喋ってしまう（笑）。中野重治という人は、ものを対立的に考える。そして、対立の向う側のものをちゃんと見ないことには、気がすまない。そういった人だったということが、ここからいえましょうか。

「梨の花」では、一本田の村を、良平が一所懸命歩いていた。走っておる。ご存知ですかな、皇太子が越前に見えるというので、村はわいている。明治天皇の臨幸の話です。そこへみんなが集まってお出迎えに行ってる留守に、村が焼けた、からっぽにしといたから、村が焼けた。誰が火をつけたか、それは知りませんけれども、まあ、そういう滑稽さというものを良平が大人から聞いて心をうごかしていた。ああいうところに、つまり土葬と、土葬を嫌がっている中野さんが、ちゃんといるんですね。景色として。

もちろん明治は丸岡も土葬だったでしょう。私も伺いまして、一本田の先生の家のお墓をみております。中野家のお墓は勿体ないほど陽の当る田圃の中にございました。立派なお墓でした。若狭あたり、貧乏な村ですと墓地は日かげときまったものですが、中野家はそうではございませんでした。ちゃんとしたところにございました。

そういうところに墓のあるお家。土葬もひとつの歴史ですね。土葬を拒否した中野さんには素封家の家系を拒む精神が作用していたのでしょうか。そういう、越前という国家。真宗の信仰もあつくて封建の根のところで、国家権力と結びついてきた地主たちが指導する越前。そういうものをもちろん良平は少年の肌に感じてるわけですけれども、私は土葬嫌いの中野さんが文学の上でも見えるように思うんです。あの人は、やはり火葬でしょう。

火葬場の室には昔は特と並がございましたけれども、いまはそれもない平等の窯に入れられて、そしてお焼きになられたのを、私は見ておりました。そのとき、「ああ、先生の目的は果たされたな」と思いました。土葬でなくてよかったな、と思いました。

いまこうして話しておりますと、思い出すことがひとつあります。五、六年ほど軽井沢で冬越ししたことがございました。それは「宇野浩二伝」を書くために、しばらくいたんでございますけれども、そのときに散歩に出たんです。五月はじめのうららかな日でした。

蕎麦を食べに沓掛に行きまして、その店を出て、駅のほうへ歩いていくと、しょんぼりした下駄ばきの中野先生に出会った。声をかけると、「畑で種をまいておってね、蜂に刺されたんだよ」とおっしゃる。……蜂に刺されて腫れあがったためものがいえないんですね。口もとがひどくはれているんです。先生は、五月に追分へいらして畑に種まいて、八月にまた来てまたお仕事をなさるんでしょう。八月にまいたんでは遅いですからね。五月は、雪解けの直後で追分のあたりは春です。花のいっぱい咲くころでございます。そういうときに一人で来て、豆をまいていらして蜂に刺されて、こう腫れた口もとをおさえておられるんですね。

それだけの話ですけど、やっぱりその時は背中がさみしかったです。なぜ、さみしかったかわからない。……わからない。

それから一年ぐらいたって、これは夏で、八月で皆さんがおいでてるころでございますが、「君、ちょっと来ないか」といわれましたので私は行ったことがあります。蜂事件の一年後ぐらいだったと思います。

酒を一升持って行った。伺いましたら佐多稲子先生も、「水上が来るんなら、ちょっと」というようなことだったのでございましょうか、台所をやって下さってごちそうになりました。

その夜はいろいろしゃべった。先生はじつに聞き上手なところがあります。自分がしゃべらないで、相手にしゃべらせてノートをとるようなところがある。

それでいて、ちょこっと半畳入れなさる喋りは、非常に厳格です。私に、もう用意されていたことをいろいろお聞きになった。それは、何と何であったか、いま詳しくは思いだせませんけれども、当時京都を仕事部屋にしておりましたので、いろいろ京都のことでした。京都の移りかわりのほかに差別問題の激しいところですので、そういった事情――。私もわからないところは「わからない」と申しあげたんですけれども、好奇心旺盛な先生は、「そういうことはどうなっているんだ」「どうなっているんだ」「君はどう思う?」というようなことを、上手にお聞きになります。

私は喋り尽くして、一升の酒がなくなり、先生のお台所からもまた一升瓶が出たと思います。家に帰ったらフラフラでした。多分一時過ぎておったんじゃなかろうかと思いま

んです。明るいうちに行って、私に長居を許していただけた、とても先生はご機嫌よかったでしょうね、その日は。覚えていることは、ご自分がつくられたサンド豆――京都ではサンド豆というんですが、さやエンドは、台所をなさっていた佐多先生に申し訳ないんだけれども、お寺風にいえば、長いのはプツッと半分に切れば皿にあぐらをかかんのに、お皿にこう一本の長いままのを先生は、「おい、これ、君」と、お出しになりました。「これ、畑でできたんだ」。そして、マヨネーズと塩をちょっとふっていただいたんです。おいしかった。

私が頂戴しましたハガキにも、その「畑で云々」ということがありましたので、それはつながるんです。人生に偽りがないというか、修飾がひとつもない。生のまま。それでいて無垢な赤ちゃんかというと、そうではない。それは実に厳しくて、男っぽくて、つねに闘っている人ですから、自分にも、相手にも厳しいわけでしょう。いい加減なことを言うと。「君、それ……」と、グッと刺されます。いい加減なことはいえない。そういった、私にはずいぶん畏敬の思いの先生でしたが、会えばユーモアもある大先輩でございました。

そういう人が越前におられた。越前は、行政の出張所というのを若狭に置きました。敦賀には県視学が、私の代用教員時代におりました。ですから、県庁のある福井はおかみでございました。その出城が小浜であり、高浜でもあった。そしてわれわれは、いつも県視学がおいでにになると、駅まで出ておむかえしたものです。若狭から見る福井は同県の隣の国というより、中央にむすびつくおかみの役所のあるところでした。その若狭がいま原発銀座といわれる変りようを示しています。越前は六十万人、若狭は十五万人の人口ですが、福井県の民主主義は、なぜか若狭だけに十五の原発を誘致しています。そして、六十万人の越前は、受益都市だといっています。

私は、中野先生がご存命だったら、どうして若狭に十五も原発が集まり、越前はどうして六十万の人口がそれを可決しているんだろうか、そういう民主主義にこだわりたい気持でいっぱいなのです。だが、先生はもうお亡くなりになりました。チェルノブイリの事故もご存じありません。若狭原発の密集がどのような若狭の受け入れ体制下で実現したか、脇の甘い反対運動、それからどうしてもそれを迎えざるを得なくなった地方の仕組み――、大勢の人を戦争で殺して、代償に頂戴した「民主主義」なるものが、まったく砂の上にあるような思いもするこの頃ですが、どういう中央の指示があって、若狭に原発が集中したのか、県都の福井に問うてみたいのだが、あるいは、素封家といわれる指導者がいて、原発をすすめているのかもしれない。どういう人たちが教育者となって、町の行政を指導して原発誘致を考えたのだろうかと。

昔は師範を出ればパスポートで、皆、養子に行けた、娘さんしかおらん素封家へ。師範を出れば幸福がつかめるという合言葉があった。村では、お巡りさんと学校の先生が偉かった。学校の先生は素封家に多かった。村長や助役さんには停年退職された方からえらばれることもあった。当然、村を支配する人々だった。その人たちの発想が原発を招いたのだろうか。裏側の真実を、越前は見てきているはずだ。そういうことを先生と話したかった。

今日生きている私は、まだ七十歳ですが、中野重治先生のお顔を思いうかべますと、いつも「今日生きる」という、「今日、おまえは真実に向ってどう生きているか」と問われている気がします。「そんなふうにやるなよ。思ったことをちゃんといえ」。日本における希有な作家だった。私にとって、大事な師匠であります。

しかし、私はいま中野先生におこたえできる文学を生む力はございません。だが、これから生きてもあと十年ぐらいですので、わからぬことには正直にこだわりたいのです。中野さんの空間論を先のお方はお話しになりましたが、「汽車の罐焚き」では産業報国会の鈴木君は福井からの代表でした。福井から名古屋に行って、東京に行って、それで帰ってきて、中野さんに三畳間で話するんでした。あの時代は、三畳の空間でしか、「汽車の罐焚き」は話しできなかったのです。そのとおりです。

いま、原発の切羽の労働の事実というものを、誰が話して、誰がどこで記録するのでしょうか。若狭は三畳の間を要求しています。昼日中、電気をつけて話しあっている東京の教室のことを考えてみて下さい。これじゃ、原発が要る。そういうことなんです。私は、最近若狭へ帰る日が多く、原発のある村がまだ火葬場ももらっていない土葬の村々であり、闇をもつ夜も訪れる谷間なのを知っています。けれども、東京へ出てみると、まばゆいほどの夜で、ひどく電気を浪費している光景が気になります。受益都市の恩恵でしょうか。

私は中野先生にハガキを書きたい思いがします。どこか、おかしいと。おかしいことにこだわった、大先輩なんですから、後進のものもおかしいことにはいつもこだわってゆきたいのです。つらかろうが、自分を振返り振返りしっかりして汽車の罐焚きたちが話したように、自分のたとえ一畳でもいい、空間を守らねばならぬ、と思う。中野さんはそれを私にいっている。

三つのハガキを、大事にしております。私は、中野先生を大切にします。勝手な偏見を申しあげましたけれども、今日は「講演」という大変な役目になっておりますが、こんなことで勘弁してください。どうも。（拍手）

（一九八八年十月二十四日「中野重治（歿後九年）研究と講演の会」に於ける講演に加筆）

先生の死

小林秀雄

「毎日新聞」昭和五十八（一九八三）年三月一日夕刊

再入院なさって小康を得ておられると聞いていたのに、きょう真夜中の訃報でびっくりしています。

口もとをひきしぼってにらみつけるように見すえられるお顔と、前髪を指先でつまんで少しひねりながら目を糸のようになごめられたお顔の二つがいま揺れて離れない。

とにかくやさしくしていただいた。二十年前に沖縄旅行にご一しょしてから親しく声をかけてくださるようになり、桜見物の国内旅行では京、近江、石見、会津、越後、美濃とかぞえきれぬほどの先々を歩いた。

お酒を召しながら夜ふけまで、文学の話、食い物の話、人の話に興をつくして話される、その語り口は流暢で深く面白く、話題は次から次へとつながって、最後に言いたいことをぴしゃりと力強くおっしゃる。そのお顔が揺れるばかりで、いま、とてもお亡くなりになったのが信じられないのである。

二十年前といえば、先生六十歳のときであるが、それからずっと毎年正月、湯河原の加満田旅館で越年する集いがあって、私も招かれた。去年の正月はお元気で三日もゴルフを続けられ、私のほうが一日へこたれて休んだくらいだった。

私は江戸っ子の先生とは正反対で、こんなにお近づきになれるとは思いもしなかった小僧っ子だが、どういうわけか若狭出身の私に虫が好いたとみえて、仕事のこともだけれど、生活のごたごたまで何かと話し、やさしい忠告を頂戴してきた。だから何か馬鹿なことをしでかしても、どこかで先生に見すえられている気がしていた。このような人はほかになかった。

職人がお好きだった。大工や左官や細工人の、手の芸についての話を好まれた。画家の話が出ればその人のふとい指の話だった。私が大工の子だったからやさしくしていただいたかと、いまあらためて思う。二十年の師恩をかみしめる。

先生という人はあの痩身のなかに言葉の井戸をお持ちで、いくら汲んでも水の切れないようなお方だったという思いを強くする。文学の話でも食い物の話でも人の話でも、みな達道の芸につながり、すべて小林というつるべから差し出された気がする。その水は私のようなものの頭にも、からっぽにしていると一つ一つ心にしみたのである。

これから私は先生からいただいたたくさんの言葉のメモを取り出して、一つ一つこやしにしていこうと合掌するばかりである。

先生、私はきのうから在所の村の原発ドームに近接している釈宗演生誕の漁家をのぞいたあと、地球の顔をめくるような地響きをたてて建設中の高浜三号、四号炉の突貫工事の現場を歩いてきました。そしていま京都へタクシーで帰りつき、ご訃報を受けてうろたえています。去年暮れは先生のお父君の在所、但馬出石《いずし》に一人で行き一泊してきましたが、それらのことも、ご全快なされればまた湯河原でお話しせねばと胸にためてきたのです。残念です。

先生、出石は静かでした。きれいな山と川の町でした。先生が幼いころ泳いだことがあるとおっしゃった円山川もきれいでした。

先生、安らかにおやすみください。（京都ホテルにて、三月一日記）

小林秀雄先生

小林秀雄

「中央公論」昭和五十八（一九八三）年四月号

いま鎌倉東慶寺での密葬に参列して戻ったところである。大きな人がこの世から消えた悲しみにひたっている。

私は若狭の農家出身、四十すぎて文壇に出たので、東京の文学者に縁うすく、今日もつれのない方である。ところがどういうわけか、鎌倉在住の先生にだけやさしくしてもらえた。世代も世界もちがう先生と親しくおつきあいできた縁は文藝春秋主催の講演で、大阪、福岡、沖縄へお供した年からだった。行く先々で酒が出たが、講演の前も、あとも酒だった。「いい店があるんだ」誰かから教えられた紙切れをたよりに、船場の衣料問屋の町なかにある弁当屋をさがしあててみると、一ど行商時代に来た店なので、「なーんだ」と感心してもらえた。沖縄でもダンスの踊れるさわがしい店で夜ふけまでだった。日記を出してみると昭和三十七年が、大阪、福岡での文士劇だから、先生は五十九歳。沖縄はその翌年になる。私は寺に育って、老師や管長の袈裟《けさ》持ちをつとめたので、年長の人に物おじしないところがあったのかもしれぬ。後輩にはきびしいときいていた先生が小僧っ子の私を相手にその土地について、人について、歴史について、いろいろと話してくださるのだった。そのような旅行があってから、文春の上林さんを通じて、あるいは他の出版社の係の方を通じて、講演旅行の招きをうけるようになった。勘定すると七回にもなる。先生は老桜がお好きで、奥美濃の淡墨桜の根接ぎ話を涙をためてはなされたことがある。「その話を頂戴していいですか」と私がいうと、「いいよ、くれてやるよ」。毎日新聞連載の「桜守」がそれになった。私はお供をしながら材料をもらって歩いたことになる。桜見物は美濃ばかりではなかった。越後の加治川、会津若松、石見三隅、京の常照皇寺。桜を見たあとは必ず酒である。新潟では、里見弴、永井龍男両先生もご一しょで宴もはずみ、里見先生の落人《おちうど》の伴内を観た。そんな旅先での思い出は枚数が尽きてしまうから省くが、先生はとにかく元気で、好奇心旺盛で、足も速く、お酒もいちばんお強かった。

　三十七年頃から、毎年末、二十七日に湯河原加満田旅館に投宿、二日ゴルフをやって、越年して三日に帰る、という集りがあった。今日出海、中村光夫、上林吾郎諸氏が常連である。これにもお招きをうけ、約二十年間、欠かさず私は加満田で越年した。毎夜の酒席は楽しかった。昼のゴルフ疲れもなく夜ふけまでだった。何本の徳利があいたかしれない。この宿には先生が「ゴッホの手紙」「モオツァルト」を書かれた部屋があった。他の文士も仕事につかった宿で、林芙美子、中山義秀、亡き人々のことも話題になった。先生の話は文学、喰い物、絵画、音楽、宗教がどんな些細にもまぶれた。若狭グジの京へ走る鯖街道が文化論となり、「文化はきみルートだよ」という言いまわしである。拝聴していて倦きない。

去年の正月はお元気で、三日もゴルフをされ、酒量も多く、宿の人がはらはらするぐらいだった。一昨年は私が二十八日におくれて到着すると広間ではまだ酒の最中で、顔を見せるとまたそれからはじめられた。とにかく、お元気だった。それが去年五月に入って、ご入院ときいてびっくりしたのだ。その年のゴルフをご一しょしたのが最後で、会えずじまいになってしまった。

鋭い眼に見すえられ、こてんこてんに叱られた夜もある。二時間も正座したまま、ただ酒だけ呑みつつ、何ひとつ口をはさむ間もゆるされず、先生のお顔を見守った夜もあった。このような師も親も私は先生のほかにもたなかった。

よそにも書いたので気がひけるけれど、先生の痩身には、ふかい井戸があり、そこから湧き水のようにことばが出てくるようだった。そのことばは、誰のものでもない小林流のリズムで、眼の前でつむがれ、織機にかかり、反物になってゆくけしきだった。何とその語りの妙で、聞き手の心をつかんで放さなかったことか。部屋に帰って一時間ばかり、酔った頭でその夜きいたことをメモにしたものだ。

宿の人にきくと、何やかや、私の家庭の心配ごとにまで心をくばられ、しょっちゅうたずねておられたそうだ。私が背負っている荷物と業とを、いつも見すえておられたのだと今になって思う。やさしい文学者だった。こわい批評家だった。ふかい思想家だった。知らないことだとことんまで聞き入る好奇心のつよい人だった。原発若狭の高い山のてっぺんに、どうしてあんなヤグラの送電塔が建ってしまうのか。ヘリコプターで人も鉄材もはこばれて数日で建つ光景をはなしたら、じっと聞き入って下さった。もうめんどうになったから京都へもゆけない、お前さんの本でもよむよとハガキを下さった。それが最後の便りになった。

いま私の瞼には、雨にそぼぬれて、乳いろにぬれていた東慶寺の梅の花があざやかだ。三月二日。先生の眠られた臨済禅寺は若狭のわが高浜町出身の釈宗演の住した寺である。いまはこの縁《えにし》さえありがたく、合掌したい気持だ。先生、どうか安らかにお眠《やす》みください。先生がくださったたくさんのことばを、ひとつひとつとりだして、心におさめ直し、いましばらく私は生きようと思います。

誠心の人

小林秀雄

「新潮」昭和五十八（一九八三）年四月臨時増刊号

亡くなられて、今日でまだ初七日もこないが、いろいろのことが思いだされてならぬ。最初にお会いしたのは昭和三十七年三月に文藝春秋主催の文士劇が大阪と福岡であった際、芝居につきものの前講演に小林さんのお供をしたのである。先に私が四十分しゃべり、小林さんがあと四十分。それを終えると芝居がはじまるから時間つぶしに、先生のゆかれる先へお供した。料理屋だったり、一杯呑屋だったりした。大阪でのことだが、小林さんが、「いいところがある。そこをさがそう」と紙切れの地図をたよりに毎日ホールからタクシーで御堂筋を走らせ、富士フイルムのあたりで降りられた。一筋目を左折して南へ歩いたところの暗がりにその店があった。欅の厚板がテーブルで腰かけも木の株の弁当屋は、行商時分に一どきたことがある。ここなら知ってました、というと「なんだ、知ってたのか」ということになって、腰をおろし、うまい前菜のあえものを賞め、よそより大きめの徳利がすぐ空になった。小林さんは、なぜここを知っていたかについて追及された。はす向いあたりにスポーツシャツの商会があったはずでそこへあきないにきたことを述べ、ついでに、九つから小僧だった禅宗寺を出て行商したことなどの前身をしゃべった。

私が「雁の寺」を書いた直後だった。文壇に足をひっかけたばかり。しかも、小林秀雄といえば、まったく世界のちがう人だと思っていたし、著書もそう読んでいなかった。「無常といふ事」「私の人生観」「ゴッホの手紙」ぐらいだったと思う。坊主中学を出て、何やかや職業をかえ、四十すぎて大衆小説の文学賞をもらったばかりの男に、小林さんはこの夜、やさしかった。徳利は一本ずつ手前がもって、手前でつぐ式の呑み方である。この時どんな話をなさったか、たいがい忘れたが、京都のこと、禅宗の寺のこと、宇野浩二さんのことなどきかれて、私なりにこたえた。宇野さんは前年九月の急逝だからこの日は七ケ月目ぐらいだったろう。

大阪から芝居の一行について飛行機で博多へゆき、また、そこでも、同じようにふたりだけの時間があった。博多では佐佐木茂索さんの待っておられる料亭へいった。そこでの話がいまこびりついてはなれない。佐佐木さんに向って、

「忙しいだろうけど、年とると何か日記みたいなものをつけておきたくならないかね……」

佐佐木さんは、そんな気はおこらぬといわれた。例のそっけない云い方で。

「そうかね」

それで小林さんは黙られた。それだけのことである。佐佐木さんが晩年に何か書かれたらおもしろいものが出来たろう、というような物言いではなかった。物書きだった人間が年をとってきて、何か思うことを書きつづってみるのはごく自然な衝動ではないのか、といったような感じである。私の記憶にまちがいなければ、小林さんは、「新潮」に「感想」と題してベルグソンをめぐる文章を連載しておられた年まわりである。ここでも、つれが私しかいないから、私はなるべく黙っていたのであるけれども、佐佐木さんも、私を気づかわれて、京都の寺のことなどに話をさしむけ、「雁の寺」はおもしろかった、といって下さったが、小林さんは黙っておられた。

こんな縁から、私は、小林さんをやさしく、男っぽい人として畏敬するようになった。年若い私に対して、対等な物言いをなさったこと、そこが、うれしかったのと同時に、畏れをもおぼえた。それに、著書からうける理窟ばったところがない。下世話といえばちょっとそれるが、たとえばそこに出た徳利からでも話がはずむと、べつの方へ話の糸がつながり、話がずうーっとはずれるようにみえて、また徳利へもどる。この話芸に私はきき惚れた。もともと小僧上りだし、和尚の説教などよくきくことがあり、わからぬことでも、わかったようにうなずくところが私にあった。わからぬことをわかったような顔でうなずけば、小林さんには見すかされているはずであるから、わからぬことは、問いなおしたいのだけれど、小林さんの話は流暢《りゅうちょう》だから口はさめずうなずくのである。そういう私を小林さんは嫌われないで、都合四日はかかったろう旅行を、ふたりきりで歩かれた。そのことをいま私は不思議に思う。文春主催だから、誰か随行がいてもいいはずだが、講演がすむと「べんちゃん、ゆこ」と誘われたのである。講演のあとというものは、ちょっと妙な気分で、人に会いたくなく、ひとりで呑みたいような気分である。うまくしゃべれてもしゃべれなくても、とにかく、人を前に一方的に物を四十分もしゃべったということはイヤなことなのだ。それがすんでほっとしたのと、私へのつれ意識があったのだろう。のち、お元気な去年の正月まで、ざっと二十年、旅行も何どか十回以上に及んだけれど、ふたりきりの夜歩きは、この初回と沖縄の一夜以外には、あまりない。

沖縄の夜のことに触れるとやはりこれも文春の講演で、上林吾郎さんと平林たい子さんの四人にもう一人社員がいた。那覇、コザ、名護と歩いたが、名物の織物屋で、平林さん、小林さんの前へ御主人が反物をひろげた。その中の一点に小林さんは眼をとめ、

「おきみさんに似あうかなァ」

その声は、上林さんにも平林さんにもきこえないぐらい小さかった。私は湯河原の加満田旅館の女中さんの名前がそれであることを思いだしていた。これもそれだけのことだ。私たちは、それぞれ、一、二反の反物を買ってそこを出た。帰りに、

「時計を買いたいんだよ」

と先生は私を誘って足が速くなった。繁華街のかなり大きな時計や宝石を売る店だった。店員がローレックスを私たちの前にならべた。小林さんは、雨だれのついた黒盤に夜光針の浮くのを求められた。私は同じのではと思ったので、雨だれのない安い方を買った。この買い物は速かった。つつうーッと入って、目的のコーナーへ行くと、さっとえらんで求められる。文房具屋ではモンブラン万年筆だった。

「きみ、これないかね」

自分のもっているのをだして店員に見せる。店員は、ありませんという。小林さんはたったと店を出られる。ふり向きもしない速さだった。代りのシェーファーや、他のメーカーのものでは気にいらないらしかった。

翌日、私たちは進駐軍専用のゴルフ場へいった。プレイの途中に、買ったばかりの時計を気にしていると、とまっているのに気づいた。いろいろやってみたがうごかない。

「ぼくのもそうかな」

小林さんは自分のもとり出された。とまっている。

「変なのつかまされたかな……帰りにいってみようか」

ゴルフをすませると、すぐにふたりは宝石店へ走った。昨日の店員を見つけた私が故障しているのではないかと、さしだすと、

「これは自動まきです。お客さん。はじめに目いっぱいまわしておいて下さればよかったんです」

店員はすぐネジをまわしてもどした。小林さんは、わきで黙っておられた。その時のお顔は、いま、ちゃんと形容できない。口がゆがんで、眼は糸のように細かった。

「物を知らぬとはこういうこった」

ホテルへ歩きながらのつぶやきだった。そういう時でも、小林さんの足は速かった。

この年、小林さんは六十歳。時計を見る眼も、反物を見る眼も、何ともいえぬ鋭い眼だったが、メカニックなものには弱かったのだろう。この時計について余録がつく。十年ほど経って、加満田での集まりの時、小林さんの腕時計がないのに気づいた。どうなさったんですかときいたら、

「札幌のホテルに忘れた。それっきりだよ」

執着のない物言いだった。加満田のおきみさんは、小林さんづきでずうーっと当番をつとめ、後年湯河原駅南の病院へ高血圧で入院。一ど私も見舞ったが小林さんが先に見舞われたあとだった。おきみさんはのち東京へ帰り、老人ホームに入られた。薄幸な縁のうすい人だった。小林さんの「モオツァルト」執筆につきそった女中さんだ。日本橋生れだったので小林さんには格別の思いがあったのかもしれない、といま思う。

なぜこんなことを思いだすまま書くかといえば、小林さんが如何に相手について、無私であったかということを云いたかったからである。その証しに私は小林さんの前では、無心で、正直にならないではいたたまれなかった。それは、私にとって、それまで会った人にあまり経験したことのないものだった。たとえば、二十歳まで寺にいたので老師といわれるような人に何どか会って話をきいたことがある。尊敬していた人もある。ところが、それが、自分よりえらい人だと、こっちに身構えが生じる。卑屈といわないまでも、窮屈な思いはあって、正座して対するようなところがあるものだ。小林さんは年もちがう、出自もちがう大先輩の文学者である。しかも、きびしいことでは評判だ。その小林さんの前へ出ると、不思議に頭をからっぽにして、対座している自分がわかった。それは、小林さんの話が、酒を呑んでいても、乱れがなく、歯切れよく、誠実で、真剣で、ときには、眼をほそめ、時には眼を尖らせ、己れの信じていることを説得せずにおかない、とことんまで話をなさる、その態度に自らそうさせられたのである。

禅宗の老師がよくやる手というものがある。こっちがかりに問いを発すると、何かそこにあったウチワでもひょいと手にして、煽いで「これだ、これでわかるか」とくる。わかりはしない。こっちの問いかけの意をもう一つすくってみせるあのやり方だ。お前さんいまどこから入ってきた、と問いかえすあの方法では問うた方がますますわからなくなる。わからねはぐらかされるからである。だが禅問答はそこに機があり、答えがあるという。わからねば座ってこいだ。おれはこう考える、おれはこう悟った、といわれても、ことばで表現してもらわぬとこっちにつたわらない。うつくしい花を見てきた、いわれただけでは、どんな花だったかわからないではないか。小林さんは、ちがった。俺はこう思っている。こう考えついたんだ。なぜその時その花がうつくしく見えたかを話して下さった。そこには小林さんの誠心《まことごころ》がみなぎっていた。借りことばではなくて、自分の心から出てくる語りかけがあった。だから小林さんが美しいことを語られたら、それで詩になったのである。「近代絵画」では八人の西洋画家を語られる文章の彫りの深さに感歎したが、読み終えて「詩」をよまされたと思った。じつは日常の会話にもこのような比喩がいっぱいまぶされて、話がはずむのである。きいていて、恍惚としないはずはなかった。物について、酒について、小説について、文章について、音楽について、絵画について。小林さんの話の材料は卓上の物からはじまって、それを料理する包丁の手さばきにも似て、肴も徳利も、ウチワも、掛軸も、結局は美と真と善につながって語られていることに気づかされる。つまり、問いが問いかえされて返答となるような手合いではなく、誠実な答えなのであった。誠心にうけとめて、こたえて下さる。少なくとも、私の二十年のおつきあいで、毎年、加満田旅館であった越年ゴルフ四日間毎夜の酒席は、このような小林さんの独擅場《どくせんじょう》の語りが四時間はあったと思う。

加満田旅館の集まりは私が文壇に出る前から催され、小林さんは亡くなる前年正月まで、ずうーっとここで越年された。今日出海、中村光夫、上林吾郎の諸氏が常連で、私も沖縄旅行以後招かれた。考えてみると、皆さんは、古くからの交友なのに、私だけは若僧で、毛並みもちがうはずだが、どういうわけか「べんちゃんもよべよ」ということになったらしい。ある年、林房雄さんが元旦に見えて、議論つきず、朝、昼、夜と食事も出て、深夜に及んだ。録音しておけば一冊の本になる現代史ともいうべき重い話題だった。林さんはその翌年に亡くなられた。

桜の話もよくきいた。宣長さんの研究とかさなっていたのだろうが、京を中心に老桜を探られる旅は毎年でこれにも招きがあるたびお供をした。美濃の淡墨桜（樹齢千年の説）の根接ぎ話、御母衣《みぼろ》ダムの五百年生きた老桜の移植話。小林さんは植物学的に説明され、結局それらの行為を信じた人々の桜への無私の愛を語られ、これだけはお前さんに云いのこしておく、といったような語り方だった。私は許しを得て、「桜守」を書いたが、この長篇の主題は小林さんから頂戴したのである。

私は先に頭をからっぽにして、といった。それが礼儀だと思ったわけではなかった。何やかや、家庭のことで苦労も多かった。まあ、誰にもそれはある。十二月の末ともなれば、一年のしめくくりだし、二十八日の加満田集合は、徹夜しごとを終えての遅刻だった。だから、頭がからっぽなはずはないのだ。いろんなことをひきずって、遅刻の詫びをいいながら酒席に加わるのであったが、不思議なことに、二十分くらいすると、だんだん自分が無になってくる。これは、小林さんの力のようなものだった。このような力をもつ人を、私はこれまで小林さんのほかにもったことがない。頭をからっぽにして、きかねばというような思いにさせる人をもたなかったというのである。

十年ぐらい前だったろうか。小林さんが京都の宿へ私をよばれての食事になった。ポケットから勾玉を二つだして、卓上へおかれた。何だかわかりはしない。一見してバアの突き出しに出てくる胃袋型の堅果のようなものだ。

しかし、よく見ると色はうすみどりの何とも光沢のあるものである。マガタマときけば、三種の神器が頭にきたので、

「へえ、これがそうですか」

と手にとってみた。小林さんは、私からすぐとりかえすと大事そうに、ポケットにしまわれた。高価なものらしいとわかったが、それから話は糸魚川の奥のヒスイ探索にはじまり、天理教の御柱の宝物の話になり、京の骨董屋の話になりして、ひろがった。結局、いま、小林さんのポケットに入っている玉は、非常に稀なもので、高価なものだとわかってきた。私にはしかし、小さな胃袋型のそんな飾り玉への執心がないので、まったく無心に聞くしかないのだった。話題がかわって、私は私の小僧時代の友人で、嵯峨鹿王院の徒弟だったMが、東福寺前に住んでいて、高校の教師をしながら、小林さんの叔父と名のる人に謡曲をならっていると話すと、へえという顔をなさった。口まねは出来ないが、その時

のご返事は、

「ぼくの親父は、但馬の出石に生れてね、早くから東京へ出ましたが、ひとり京都へ出た縁筋の者がいます。そのひとでしょう」

そのひと、といわれる感じには、ある疎遠さとなつかしさがあった。私は小林さんが父系の人びとについて、お話しになるのをこの時はじめてきいた気がする。そこで私は問うた。

「先生はお父さんの在所へゆかれたことはありますか」

「小さい時に一ど……」

と小林さんは眼をほそめ、お父さんにつれられて、出石へいったとおっしゃる。じつは私は、出石には二どばかりいっていたので、小さな城跡のある山や、沢庵和尚ゆかりの宗鏡寺や、出石焼といういくらか青みがかった白磁の陶芸をやる工場や、織物工場もある但馬のひなびた山奥の町を思いだしていたのである。

「小さい時だったから、もうわすれたよ。何だか川がずいぶん長いんだな。歩いても歩いても、着かなくてさ……ようようついたら、泳ぎにつれてゆかれたよ」

子供の時だ。年譜をみればわかるのである。お父さんは小林さん十九歳の時大正十年に亡くなられている。芝白金の今里町時代だろう。大正四年、十三歳小学校卒とある。とすれば汽車はなかったかもしれぬ。小浜線が大正十一年の開通だから豊岡から歩かれたのだろう。円山川は周知のように、いまも観光客は城崎から舟で玄武洞までのぼる。大正はじめは、豊岡まで舟だったろうか。それとも、舟は出石の方へまでのびていたかもしれぬ。出石にはいまも昔の船宿があって、有名な橋だもとに「おりゅうの燈籠」があるから。交通不便だったお父さんの在所へてくてく歩かされたといった感じの小林さんの思い出話は、この夜だけ、私にはめずらしく感傷をおびてきこえ、心を打った。私はホテルへ帰り、小林さんがポケットにしまいこまれた青い玉の色と固かった手ざわりを思いだした。そして、その時、小林さんの前では口に出せなかった発想に眼が冴えた。

　小林さんのお父さんは、日本ダイヤモンド株式会社を設立した人であった。小林さんは、お父さんの話をなさった時に、工具に使うダイヤモンドをとがらせる仕事だとおっしゃったことを思いだし、ああ、先生は、ポケットに玉を入れて、お父さんのことを思いかさねておられたか。そう思った。このことは、小林さんのながいお仕事の底を流れる硬質な気質とかかわらないか。

　小林さんの話には、湧き出る井戸から汲まれるつるべ水のような、誰のものでもない、自分のことばの泉があったと私はべつのところで書いた。それは、先にのべた、小林さんの、誰に対しても誠心だった物言いのリズムと、酒席ではとくに、ことばが織りあがるように思えたけしきを云いたかったのであるが、じつは、私は、この夜、小林さんの男っぽさと、堅固さは当然ながら、書かれていることにも、それはあてはまり、「私の人生観」

にしても「無常といふ事」にしても、硬く研がれた簡潔さ、推敲をきわめる文体は、お父さんのダイヤモンド工具に似ていると思ったのである。鋼鉄に穴をあけるキリは、ダイヤモンドのとがったのを先端につけるそうだ。これも小林さんからきいた智恵だが、小林さんの文体にそれを探ることは容易だろう。モネの絵画を語るに、光波についての詳細をきわめるところがある。物の色というものは光の壊れ方にある。空に架る虹の橋は去ってゆく夕立ちの無数の水滴が天然のプリズムをつくるのだ、といわれるあたり、鋭くて美しい比喩である。その感性と気質にダイヤモンド工具と同じとがったものがあると思えたのである。小林さんの美意識、といえば、私らしくない物言いになるが、固いもの、まがいのないもの、かわらないもの、それ一個が歴史の重みを抱いて生きて黙っているもの、そういった物に耳すます、その物の声への関心は、お父さんの手仕事からくる感性だと思ったのだ。お父さんがダイヤモンドを手にして磨いておられるように、小林さんも、勾玉をこの夜手にして、うれしかったのであろう。

円山川の上流にある出石の閑雅なけしきとあの白い焼物の石が、その精神の出所《でしょ》かとも私は思った。

小林さんは、お父さんのことや、そのご兄弟のことやについて語られたことは少なかった。たった一どきりの、この出石ゆきの少年時の思い出話は、私をその夜、そのような思いにさそい、今日もわすれがたいものにした。

小林さんと、永井龍男さんと三人で、会津から磐越西線で新潟へ向ったことがあった。紅葉のきれいなところを旅してみよう、との両氏の誘いに招かれたのだった。新津に降りての講演仕事が待っていたが、会津を出た汽車は、十月末の、阿賀野川上流の渓谷の、いくらか早かったけれど、染まりかけた楓や蔦の橙いろをうかせて、山肌は見飽きなかった。

鹿瀬駅にきて一分間ほどとまった。私は小林さんと向きあっていた座席から立って、走って連結台のところへゆき、ホームへちょっとおりて、町を見た。昭和電工の町である。ここにはすでに、第二の水俣病の患者が出て、裁判さわぎが起きていた。私はその排液が原因とされる工場が、軍艦のような白い屋根をみせて、煙突が林立するのを眺めた。やがて汽車が出かかったので、走ってまた座席へもどった。小林さんは黙って私の行動を見ておられたようだった。汽車が出た。私は黙っていた。すると、

「きみ、レーチェル・カーソンの『沈黙の春』をよんだかね」

とつぜんだった。いいえと私はこたえた。

「いい本だからよみなさい」

そこで小林さんは、白い粉の出現によって、美しい山の湖畔の村の蚊や虫が死に、鳥が死に、とうとう町が亡びてゆく話をなさった。永井さんもきいておられた。汽車は五泉についていた。私はこの時、小林さんとはじめて会った時、つまり、文春の文士劇の講演

で、「誰を殺すか」というようないまからおもえば、冷汗の出るような題で四十分はなしていたことを思いだした。じつはその前年に「海の牙」を書いて、九州水俣病の悲惨を訴えていたのだった。小林さんの講演は、ソヴィエト旅行の話だった。私をつれにして呑み歩いた四夜に、私のはなしていたことの内容は知っておられたのである。そうして、十年してから、この磐越西線の車上でぽつりと水俣病についての関心を語られたのだ。その話の糸口は、『沈黙の春』をよんだかね」からだった。小林さんの話には、過剰文明への批判が出ていたと記憶するが、そんなことよりも、私はこの時学問というものを教えられた。すぐこの旅から帰ってカーソンをよんだ。感動的な書物だった。そして、それからの私の仕事に、このことは大きく作用した。

私が小林さんの晩年に、加満田旅館でよく、原発について話したのも、この日のことといくらかかかわりがある。私の故郷には、九基もの原子力発電所が集まったこともあって、帰郷のたびに、変る村の話を小林さんにしたのだった。小林さんはきいて下さった。

「高い山のてっぺんに、たくさんの送電塔が立っています。その工事はどうしてやるかご存じですか」

「知らないね」

「ヘリコプターが、あらかじめ、ビニールの袋を落してゆきます。ひっかかった木のあるところがテニスコートぐらいけずられて、そこに塔が建ちます。工夫も材料も、すべてヘリコプターが空から降ろして、組み立てます。短い期間で出来てしまいます」

小林さんは、へーえと驚かれた。私は、ヘリコプターで降ろされた工夫が、軽業師のように、鉄塔から鉄塔につながる線にしがみつき、送電線をつないでゆく仕事ぶりについて話した。知らない話には、小林さんは無心の眼をむけられた。そう思う。好奇心のつよい人だった。好奇心がつよければ、聞かねばならぬ。知らぬことをいう人の話には、誠心をもって耳かたむけねばならぬ。ここにも、禅宗の老師のもつ、あの高ぶった、何を小僧がぬかすか、という睥睨《へいげい》はなかった。小林さんはそういう人だったのである。

人は私のこの文をよんで、小林さんの私へのやさしさを思ってくださるだろう。私だけではない、このように、親しく小林さんに招かれて、話をきき、その話のすばらしさに、心打たれた日をいくつもおもちの方も多かろう。私もその一人にすぎないけれど、じつは、私が小林さんを尊敬し、小林さんを畏怖したのは、そういう、やさしさをおもちと同時に、どんな座興話にも、まやかしや、誇張や、嘘を見ぬく眼が光っていたからである。こう信じている、と小林さんははっきりとおっしゃり、それが、自分のひとりよがりではなく、宇宙の真実とむすばれるものでなければならぬということ、誰もが美しいとする道につながることでなければならぬということ、そういうことを小林さんは日常にも語られたのである。

だから、小林さんには、植木職人や、大工や左官や、細工師の手の話が肝要だった。材料である木や石や土やと格闘して、必死になって、その材料と火花をちらし、物をつくっている人に小林さんは敬虔だった。たとえば、現存のある高齢な画家の仕事について語られるのに、「あの人の拇指《おやゆび》を見てわかったよ。たいへんな指なんだよ、きみ」それからその指の説明だった。いろいろな平和論はある。職人がだまって何かをつくっている背中がいちばん平和だとおっしゃったこともわすれられない。私など父が文盲の大工だったので、あれこれ確執もあり、愛憎のもつれに悩まされたが、小林さんとおあいしてから、この父にも小林さんが、衣を着せて下さっているように思える日が多かった。

たぶん、小林家へ出入りしていた魚屋さんも、大工さんも、植木屋さんも、骨董屋さんも、みな一流の画家や作家と同じように、対等に話をされて面喰ったのではないか、とふと思う。小林さんには、抹香くさい袈裟をまとい、経を説いてみせるあの禅僧の高ぶりとくさみはなく、いつも、地面に足をつけた所から見つけだした、学問のよろこびと苦しみがあり、無私の思想があり、わからぬから考えつめていること、考えたから辿りつけたところを、ことばにして表現しなければすまぬ業《ごう》を背負われていたのである。それ故に孤独な緊張した思索生活だったと、いまにして思いあらためるのである。

よく人は私たちにいう。この物のよさがわかるか。この達道の境地がお前にわかるか、と。物がわかる、誰にもわからぬところへつきぬけて、悟りがひらけたなら、その世界をしゃべってほしいものだ。美しい人の心にめぐりあってうれしいのなら、どうして、その時、それが美しく見えたか、そこのところをわかるように、ことばをつくして語ってほしいものだ。それが、凡庸な私の希求心である。ところが、小林さんは骨董のことなど門外漢の私に、盃を見せ、刀のつばを見せて、なぜこれがいいものなのかを何時間もかけて説明なさったのである。小林さんは、芸術の道がいかに至難であるかについて、気にかかった先人の生死と思想について、生涯かけて自分のことばで語ろうとされたのではないかと思う。歩いたあとがその人の道だというが、文庫になってからの文章を、何ども改稿なさったときく小林さんの道は、それ故けわしかったにちがいない。

九十歳まではお元気だろう、と思っていたのは私だけではあるまい。親しくしてもらった者には元気な話しぶりがついこの間のことのように思いだされるから、まったくこの急逝は信じられなかった。

私が人生の恩師だったと今日思いあらため、その死に痛恨の思いがしてならないのは、ことばを織って、自分の歩いているところを、誰にでも語ろうとなさった誠心の人を失った悲しみゆえである。

ひとつつけ足しておく。小林さんが亡くなられる前日の二月二十八日。若狭の高浜町にある原発の工事現場にいた。その村に生れた釈宗演の生家を調べにいったついでのことで、歩をのばして、宗演の師・儀山と大拙の里、大島半島の突端の原発も見、京都へ深夜に車で着いた。一時四十五分に訃報に接した。偶然のことだけれど、小林さんの密葬は鎌倉東慶寺で行なわれた。小林さんは三年前に、この寺に墓地を求められていたときいた。東慶寺は釈宗演の住した寺であった。鈴木大拙の松ケ岡文庫もある。鈴木大拙も若狭の儀山の法系今北洪川の弟子である。東慶寺の雨に打たれる参道の両側には、白梅が匂っていた。わが在所の宗演さんの寺に、小林さんが眠られようとは考えもしなかった。涙が出てとまらなかった。

私は、鎌倉の雨の一日をおろおろ歩き、小林さんは、もうこの世におられないのだと思おうとつとめたが、梅の花の向うにまだ生きておられる気がしてならなかった。じつはいまもまだその思いがしている。山のてっぺんにどうして鉄塔が建ったかは話したから、そのつぎに、儀山、大拙、宗演の純禅の山谷に、どうして原発が林立するのか。お元気になられたら、加満田旅館で、また、話すつもりだった。小林さんはもうこの世におられぬ。無常である。私もいまその無常の中にあって、いましばらく生きようと思い、この追悼文を書いている。

小林さんを悼む

小林秀雄

「文學界」昭和五十八（一九八三）年五月号

今日は小林さんが亡くなって三七日《みなぬか》である。早《はや》と思うが、いっぽうで、まだその死が信じられないでいる。二日の密葬は東慶寺で行われたが、朝から雨で、あの寺の小ぶりな中門わきの白梅がどの枝にも花をつけていて、それが雨の色の中で乳いろだった。本堂でのしずかな読経をきいたが、じつのところ、雨の外に小林さんが立って、ぼくらの方をのぞいておられる気がしてならなかった。式がすんで雨の中へ出たが、やはり梅の向うに立っておられた。

今日はまだ桜には少し早い。が、おそらく、四十九日忌は満開だろう。そうなると、ますます小林さんは、ぼくには花の中に佇んでぼくを見ておられる気がするのだ。いまだにその死が信じられぬからだ。

桜は小林さんの大好きな木だった。お元気な頃はお誘いをうけて、そこらじゅうの老桜や大観を見物にいった。なかでも三隅の大桜を見物した日のことが鮮明に思いだされてならない。ちょうどぼくが京都にいて、小林さんが元文春編集長の安藤直正さんとふたりで石見へ向うから、宇部の飛行場で待っておれとのことだった。安藤さんは和紙の研究家で桜にも詳しかった。おふたりと車にのって、石州和紙の里の漉き屋を見学したあと、宿題の大桜のある村へ向った。三隅から車で、谷を入り、一時間近くかかった。閑雅な林道で車を捨てそこからまたずいぶん歩いた。このあたりは若狭の沼のような汁田圃とちがって、谷奥へゆくほど高みになり、水田は段になってくる。その水田わきの石ころ道を、三十分も歩いてのぼる。三人が息切らしながら、一服をかさねてのぼったのは、一どは見ておかねば、と願望の大桜が近づいていたからである。手許に資料がないから確たることはいえぬが、大桜は樹齢六百年、老桜番付では五位ぐらいだったか。むかしから番付を見てきている仲間なので、その正体を見たい一心でのぼりつめた。

着いてみると、なるほど大きかった。のぼりつめた所は峠の頂上で、そこに台地があり、一戸きりの農家がある。そこの屋敷うちの高みに化物のような巨幹から四方にのびた枝張りは、テニスコートぐらいの台地を被っている。和紙の漉き屋での話だと八分咲きぐらいかとのことだったが、きてみてまだ三分とわかった。残念至極である。台地に立って、頭へたれさがる枝へ手をさしのべ三分の蕾《つぼみ》を賞《め》でた。大つぶの小豆ぐらいの蕾は、先がほんのりと赤みはじめているが、ぜんたいはまだ青く、総枝がみなそうだから、花を賞でるにはいたらぬ。風も寒い。案内者にきくと、ことしは少しおそいとわかったが、汽車の通る海岸では情報がわからないらしかった。やっぱり花のことは花のわきへきてきかぬとわからないのである。折角きたのだから、三分の蕾を見仰いで、花の盛りを瞼でえがいて帰るしかなかった。そこで、根に近づいて幹まわりなど、手をひろげてみた。男四人がかかってようようとどくぐらいの太さだったが、じつはここでおそろしいものを見た。

巨幹の一の枝が台風で折れた際、幹が裂けて、空洞がのぞいているのである。うまく形容できないけれど、腕がもぎとられた時に、脇腹まで皮がめくれ、内臓がのぞいているのだ。本によると老樹は身《み》を喰って皮だけで生きるとあるが、空洞などであるものか。ぼくらの背丈よりも高いところまで、数本の太い根とも幹ともわからぬ茶褐色のものが束になってうねっているのだった。幹のあいだは無数の毛根がやぶけた布のようにたれさがり、土とも苔ともつかぬどろどろしたものがつまっている。それが老樹のはらわただった。

「峠のてっぺんなので風がつよいんです。大むかしに台風で根から折れて、ひこばえが出て、その子らがまた大きくなった時に、一本の皮につつまれたのかもしれませんね」

大桜の番人とも思える農家の主人がそういった。自分らも六百年の樹のはらわたははじめてみたという。

「きっとそうだろうと云いあってるんですがね。なにせ、ここは風の道ですから、こんな図体で長生きしようと思うと、根っこだけはむかしのままで、幹は何代か生れかわっていませんと」

親とも子ともわからぬ幹が、太根のようにうねり、ねじれて組みあわさり、一本の皮につつまれて生きてきた。はらわたを見て眼頭があつくなった。ぼくはしばらく、そのはらわたに手をそえて無言でいたが、小林さんもわきにきて、じいっと見入っておられた。木にも木の運命というものがある。風のつよい峠のてっぺんに実生した若木が、六百年後にいまそのような胎内を陽にさらして、黙っている姿が神々しい。いいものを見た、とぼくは思った。三分の蕾のおもたげな枝々の下に三十分ほどいただろうか。小林さんは終始、その蕾を眺めては眼をほそめ、去りがたい面持ちだった。

ぼくらは東京へ帰ってこの大桜の花の便りをうけた。眼をつぶると、はらわたをむきだしにしていた大桜が、満開の花に埋まるけしきがうかんだ。さぞかし谷の松山に火が燃えたように花は浮きたっていたろう。

これだけの話である。これだけの話だけれども、この三隅の旅が、小林さんには思い出ぶかかったと見えて、よく、「あの日は三分で残念だったね」とおっしゃった。いま、その三隅にも花どきが近づくので、瞼にまた先生のお姿と老桜がかさなるのを如何ともしがたいのだ。

樹の下に立って、樹の根を踏んでいることを足裏の地めんの下に感じ、かつ、その樹齢の気の遠くなるような歳月を思えば、樹の運命が思われるのは当然だが、小林さんは、農家の人の「風のつよい所に生れた老桜の運命」といったのにふかくうなずかれていた。小林さんとの桜の旅は、みなこれに似ていた。花のさかりときいて訪れても、少しおくれて散りぎわだったり、三隅のように三分でがまんしたりする日もあった。そういう旅の宿で、桜につき、樹につき、絵につき、文学につき、食物につき、世間の事情について、酒を呑みながら話されるのを、ぼくらは夜十時ごろまで、拝聴したものだ。三隅の旅は益田が泊りだった。そこではこっぴどく叱られた記憶がある。何で叱られたか思いだせぬが夜ふけに落ちこんでしまったぼくを安藤さんが部屋にきてなぐさめて下さった顔が鮮明だ。

酒席で、先生から話をうかがっていて、何かこっちが、質問したり、うなずいたりしているわけだけれど、先生は、まやかしのうなずきや、戯体はゆるされないのである。わからねばとことんまで説明して下さる。とことんまで語り終らぬとおひらきにならぬ。無心に聞き入るしかない。頭をからにして聞き入っていると、先生のおっしゃることは、そうむずかしくなく、私のような者にも沁み入るようにわかるのだった。話は学問にちがいないけれど、材料が身近のものや、ことをひきだされるので、具象的にわかる。たとえば、こんなことをおっしゃった。

「きみ、芝居小屋の下足番を軽蔑しちゃいかんね」

役者がその日、どんなところで手をぬいたか、どこを発案して、充実した初日を見せたか、下足番には、それぐらいのことがわかっているものだ。だからあいつは名だけは有名だが、いつも手をぬいてやがるからひやめし草履ぐらい履かせてやりたい、あいつは脇にいて、目立たぬが、芸は一秒とて手をぬいたことがない、名は番付にものらぬ下っ端だが、履かせる草履は、革うらの上等物だ、とこれぐらいの見識をもたねば下足番は、つとまらぬ。

「きみ、いまの文壇に、ちゃんと履きものをまちがいなく作家に揃えてみせる下足番はいるかね」

ぴしゃりときめつけられた。具象といったのはこのことで、小林さんは話の最中は前髪に指をさし入れて、輪にもじってみたり、相手の顔つきをなさったりしているが、話をくくりしめあげる時の眼はチカッと光る。口もとは、きつくむすばれる。凡庸なぼくにも、ああ、先生はいま下足番の眼でぼくをにらみすえておられるな、とわかるのだ。

よそにも書いたので、気がひけるけれど、小林さんという人は、誰が相手でも真剣に話をした人だ。それを身に沁みていま思う。植木屋さんでも、大工さんでも、牛乳屋さんでも、人にはその道があって、その道を一所懸命生きる日が平穏なのである。その平穏の価値を、わけしりふうに、半分はどこか、植木屋ふぜいが、といった眼などせずに、真正面から、誠意をもってその価値について、話された人である。そうでなければ、小林さんの家へ侵入した泥棒が、刑務所から手紙をよこすはずはあるまい。泥棒までが、誠実な人と見たにちがいないのだ。

小林さんは気むずかしい、寄れば刃物のような智識で切りかえされる、鋭い批評家だ、思想家だ、と聞いていた。正直、私も前にすわるとおじけは生じたのであるが、どういうわけか、旅のお誘いがあった。桜ばかりでなく、講演旅行もふくめると十回以上のお相伴だった。それと、毎年加満田旅館での越年ゴルフも二十年つづいた。亡くなる先の正月まで、お元気だった小林さんと私は熱海のパブリックコースを一日じゅう歩いている。夜は宿で、酒の相手だった。私がお誘いをうけるようになったのは、文春の沖縄講演旅行以後のことだから、小林さんは六十歳。もうそろそろ刃物のような鋭い眼が、やさしくなられる頃からだったかもしれない。お若いころの先生を知らないのだから、知らないものの強さで、破戒坊主の私は、老師の前にかしこまったような気持で、控えていたのだ。ところが、小林さんの話は、禅門の師家のような、わからぬなら出直して座禅《すわ》ってこい式の、はぐらかしでなくて、とことんまで、何の道にしても、真につながり、善につながり、美につながることを、わかるまで、己れのことばにして説かれた気がする。

いま、私が、云い得るのはこういうことである。先生は「苦心学道」の道を歩まれていたが、一方では「快心行楽」の日常道にも立っておられたようだ。そうして、自分の歩いている場所から、後進の私たちに、その道のけわしさをことばに表現して示そうとされた。自分はこう思っている、こう考えている、というところを、小林さんだけのことばをつかわれたから、ごく自然に一個の話芸が生じたのである。書かれた書物も、おっしゃっているることと同じように、詩のようなリズムをもった所以《ゆえん》である。ことばで道のきわみを表現することは至難である。至難だから禅者は不立文字として逃げたのである。誰が逃げられて満足できたろう。詩人や、思想家は、それをことばにして表現することの工夫に身を削ったのである。小林さんの論文が鋼を彫り込むように琢磨されていたのはそのせいだ。苦心のことばの織り物なのである。小林さんは、云いあらわすことに身をけずられた。それが「本居宣長補記」にいたるまでの、生涯のお仕事だったと思う。「苦心」も「快心」も一本の道の上でのことだから、いつも考え、いつも歩いておられた。ゴルフをしていても、食事していても、「快心」なら「求道」につながったのである。そうして、小林さんは、道で出あう人に、わけへだてなくやさしく話しかけたのだ。植木屋さんにも、泥棒にもである。話すことは、小林さんにとって、ことばを織りあげる工夫につながるから、ごく自然になさったのだと思う。大岡昇平さんの朝日賞のパーティで、小林さんの祝辞が、志ん生そっくりで、大岡さんの若い頃の鎌倉の昼風呂につかっていた話からはじまり「レイテ戦記」にしめくくられる長い話芸を思いだしてもらえばすむ。またお若い頃、これも中村光夫さんと講演にゆかれ、小林さんの講演中に、聴衆同士で喧嘩がおきたそうだ。翌朝、小林さんの姿はなく、中村さんが出てみると近くの公園にあって、未明から講演練習だったそうだ。

「あんなことでは申しわけないからね」

と中村さんにいわれたという。話すことも、小林さんにとっては、一期一会の重要な聴衆との対決だった。手がぬけなかった。それに、芸の追究があった。晩年、志ん生のレコードをきいて楽しまれたときくが、「求道行楽」の人だったかと思うのもそのことだ。

私は小林さんから文章をもらった。「宇野浩二伝」をよんで下さった時のおことばで、何よりもうれしかったが、文春文庫版の対談集には今日出海さんをお相手に、こうある。

「やっぱり文士というものは自分が引き受けた運命というものが書けないといけないな。いまの文壇の病根はそこを切り捨てちまった所にあるのではないかな」

しめくくりのおことばだ。いま、これが身を刺してくる。私の文章についてはクドクドしてしつこいが、「批評の対象（水上註・宇野浩二）と親身な交わりを終始やめていない」交わるべき対象をすでに失っているのに批評文が出来上る人がある、との説であった。身に沁みるのは、対象にちゃんとより添えということだ。益田の夜にしても、加満田の夜にしても、調子づいて生半可なことをいおうものなら、きつくしめあげられた。つまり、ことばをかさねるようだが、小林さんは酒の相手の私にさえ、必死になって真を説き美を説き、それがぼくへの先生の寄りそい方だったのである。とにかく深切だった。いいかげんなところは微塵もなかった。私はこのような先輩を知らない。師匠を知らない。ながいあいだ、というよりは、九歳から二十歳まで、禅の老師とつきあい、わからねば座禅《すわ》って勝手に見つけてこい、とつめたく、衣の裾をひるがえして、向うへ去ってゆかれる後姿に、低頭してきた日々だったので、それゆえ、親しく、眼をなごめ、時に鋭く炯《ひか》らせて、ことばにしていいつくそうとされた小林さんのやさしさが心に沁みた。

世間にいう達道の人、求道の人はなかなかふりむいてくれない。わきへよると払われる。二祖慧可は腕を切りおとしてはじめて達磨に相見をゆるされたという宗派には見つからぬ深切な人だった。そうして、話がおもしろく、いくら時がたっても、あきない話芸をもった人だった。私には、小林さんは、そういう無尽のことばの壺をもった人に思えた。

タバコをやめようとなさったがやめられない頃に、かかりつけのお医者さんから、タバコの害をよくよく説かれ、その場で身に沁みて決心に辿りつかれた小林さんが、即座にポケットにあったのを机の上に置いて「きっぱりやめます」と帰ろうとなさると、よびとめられ、

「小林さん、おもち帰りなさい。ポケットにあっても喫わなくなれば一人前ですよ」

禁煙にも道があった。その道を禅では道《いう》という。道はつまりことばだと教えられたが、小林さんは、「参ったよ」とそのお医者さんのことばをぼくらにはなして下さった。負ければ額をぽんとたたいて「参った」といわれるお方であった。このいわれるを道《い》われると直してもまちがいはあるまい。そういう快心求道の人を、ぼくはいまこの地から失ったのである。

127　小林さんを悼む　小林秀雄

小林さんが亡くなった三月一日、燈台の灯が消えたとぼくは思った。福田恆存さんの、「無明長夜がつづくことだろう」との弔辞が、のちに私をうつことになるが、ぼくはそんな灯じゃないよ、と先生がおっしゃるなら、ぼくたちは、それではこの人生の学問の世界で、やさしい下足番を失ったのである。長夜を踏み迷い、踏み迷い、私は素足をひきずり、豆をつくっていましばらく自己の運命を書くことで生きねばならぬ。小林さんがおっしゃったことばのかずかずを、頭のひきだしからとりだしては、道しるべにして生きねばならぬ。いまはご冥福を祈りながら、そう思う。

小林秀雄の語り

小林秀雄

「新潮」昭和六十一（一九八六）年三月号

中村光夫さんからきいた話である。ずいぶん昔のことだそうだ。小林さんと講演旅行に行かれた。伊勢だったか北九州だったか、先《さき》はわすれたが、とにかく、時間がきて、中村さんが先にすませ、ついで小林さんが講演されたところ、いっこうに会場が沸かない。中村さんはべつに気にもされずに宿へ帰られ、夜の宴会もすませて部屋で休まれたが、翌朝早く眼がさめたものだから、近所を散歩してこようと外に出て、公園にゆかれた。ベンチに小林さんが座って、しきりに、何かしゃべっておられる様子。おかしいな、と思われたそうだ。誰もほかに人はいない。何をひとりごといっておられるのかと不審に思いつつ、そろそろ食事もはじまる時刻なので、寄って行って、あいさつなさると、小林さんは、ちょっとばつのわるそうな顔をなさり、「ゆうべはうけなかったから、きょうはひとつ頑張ってみようと思って練習してたんだ」といわれたそうである。それだけの話だ。中村さん

は、私に、

「小林さんは、講演ひとつやるにも、真剣だった。聴衆をひきつけることが出来ないで、どうして講演といえるか、といった気持で、いつも工夫をかさねていたようです。こういうところに小林さんらしさがあって、何につけ投げやりなことはなかった」

文壇には講演ぎらいの人もいる。講演好きという人もいる。私も思いあたる作家はないとはいえぬ。が、小林さんは、そのどちらでもなかったようだ。きらいでも、好きでもなくて、頼まれて、約束した以上は、真剣に、そこで話そうと思われるタイプだったろう。そして、話しながら、話芸といったものについて日頃、考えていらっしゃることを、自分で実演工夫しておられるように私には思えた。じつは、亡くなってみて、私も小林さんと何回講演旅行をしたろうかと勘定してみたことがある。八回ほどあった。最初は、沖縄で、もう二十六、七年前になる。平林たい子さんと三人で出かけたのだが、那覇、名護、コザの三ケ所を歩いた。その頃から、小林さんの講演を、舞台の袖や、会場の隅で拝聴してきたので、だいたいのところは想像がつくのである。中村さんから、この話をきいた時、何どかの私との講演旅行の場合が思いだされた。なるほど、二十五年前と、晩年のとでは変ってきておられた。それは、小林さんの到達された話芸になっていたように思う。まことに、飾りのない、淡々とした身辺ごとを導入部にして、巧妙に本題へ入り、終りをどこにおくかの工夫の妙が、その時その時の会場の雰囲気によって、ちがって現れていたように思う。大江健三郎氏と私と三人で紀州和歌山で講演したことがあった。小林さんは「本居宣長」を話され、私と大江氏は順に露はらいをつとめた。先番の私が演壇を降りて、控室にくると、小林さんは、卓子にブランディの大瓶と氷を用意させて、孤独に呑んでらっしゃる。落ちつかない様子である。

「話す前ってものは、いつも、いやなもんだね……」

呑まなきゃアとても気分が出ない、と云いたげにぐいーっと大きくやられるのである。先生にしてそうなら、私などこちこちになるのは当然だと思ったものだ。中番の大江氏の話が終る頃、小林さんは、スピーカーに耳をすまされていて、いよいよ出番だとわかると、顔つきをまじめにひきしぼって、やおら立ち上られる。司会の人がよびにくるちょっと前、コップをあけて、卓子にこちりと置いて、その立ち上りの間のよさというものに、私は息を呑んだ。投げやりでなく、真剣に、工夫をかさねてしゃべってみよう、とする態度がその背姿にあって、私は、感動したのである。こういう緊張ある講演は、小林さんとの旅に多かった気がするが、いまから思うと、何回ご一しょしても、同じ話はなかった。「本居宣長」と演題はきまっていても、導入部やしめくくりに変化があり、時にはまったく、ちがったことをおっしゃって、話が脱線気味に思われても次第に本題に収斂《しゅうれん》されてゆく話芸である。ご自宅に志ん生の音盤を持っておられて、折々聴いておられる、と話にはきいた。たしかに、晩年の話しぶりには似たところはないとはいえなかった。が、私はちがうと思ってきいた者の一人だ。関西育ちの私たちには、江戸っ子弁の上手な話芸はみな、志ん生に似ているように思える。小林さんのリズムもどこか似ていたが、やはり小林さんだけの話芸だったと今にして思う。

先ず、こんな感想をもって、なつかしい思いもあったものだから、こんど、新潮社から出たカセット文庫の「小林秀雄講演」（全三巻）をきいたのである。まちがいなく、感銘ぶかいものをおぼえた。「信ずることと考えること」（第二巻）は小林流話芸の頂点を示すものだと思う。内容のおもしろさもだが、何よりその芸に銘酊した。

話はこの講演当時、世間をさわがせていたユリ・ゲラーという青年のスプーンまげからはじまって、精神感応という問題をもちだされ、学生時分に読んだベルグソンの書物の話に入ってゆかれる。ベルグソンが、ある戦争未亡人の、夫が戦場で戦死した時刻に、事実どおりの光景をテレパシーで見たという、話をきく。その時、同席の医者が感想をのべ、またもう一人その未亡人の知人である女性が感想をいうのだが、精神感応を分析してみせた医者の言葉よりも、未亡人の見たテレパシーをそのまま信じるといった女性の方を正しいというベルグソンの論文を紹介されるのである。そうして、話は、脳細胞と精神の不思議な働きにうつり、このふたつは、医者のいうように並行しないものだ、というむずかしい議論に入る。しかし、これを小林さんは、わかるようにわかるようにと説いてゆかれるのだが、この時、活用されるいろいろな比喩のすばらしさはいうに及ばない。時にべらんめえ口調にもなり、時にやさしくなり、緩急自在である。だが話が話なので少ししっこく重たくなってくる。すると、小林さんは話頭を急に転じて、とつぜん、柳田国男の「故郷七十年」に出てくる話を披露されるのである。柳田さんは少年時に茨城県の布川にあずけられたが、その子供時分に、家人にだまって、家の裏にあった小さな祠《ほこら》の扉をあけてみられたところ、死んだおばあちゃんが大事にしていたろうせきの玉が置かれてある。それを見つめていたら、ひるなのに空に星がいっぱいきらめいて、不思議な気持におそわれた。どこかでひよどりが啼かなければ、自分にかえれず、そのまま気が狂っていたかもしれない、と柳田さんの書かれる文章の美しさについて語られてから、話は感受性ということにうつる。歴史にうつる。ここらあたり、まったく、よく寝かせた上質の地酒を盃にそそがれる思いで、小林さんの話芸に酔わされるのである。結局、小林さんは、歴史は、今日ふりかえる自分自身のこころにあるといわれる。国も、神さまも、みな聴衆諸君の心の中に、それぞれのすがたで在る、とのべられる。そしてまた、話がいくらか理窟っぽくなってゆくと、ふたたび、柳田国男さんの話をしよう、とおっしゃって、「山の人生」の最初に出てくる「山に埋もれたる人生ある事」の話をなさる。西美濃の山中で炭を焼く五十ばかりの男が、女房に死にわかれて、十三になる男の子と、どこかからもらっていた同じ歳ぐらいの女の子とくらしていたが、その子供らを斫《き》り殺す話である。

炭が売れないので子供らに喰わす米がない。飢えきった子らを見るにしのびなくて男は小屋で寝てしまうが、ふと眼をさますと、小屋の口一ぱいに夕日がさしていて、（秋の末の事であったという）二人の子供が日当りの先にしゃがんで頻りに何かしているので傍へ行ってみたら男の子が斧を研いでいて女の子がそれを眺めている。父親に気づいた子が、「おとう、わしたちをここでころしてくれ」という。そしてふたりとも入口の材木をまくらにしてあおむけに寝たそうである。それを見ると父親はくらくらとしてきて、前後の考えもなく二人の首を打落した。それで、自分は死ぬことが出来なくて、やがて捕えられて牢に入れられた、という話をなさるのである。

「此親爺がもう六十近くなつてから、特赦を受けて世中へ出て来たのである。さうして其からどうなつたか、すぐに又分らなくなつてしまつた。私は仔細あつて只一度、此一件書類を読んで見たことがあるが、今は既にあの偉大なる人間苦の記録も、どこかの長持の底で蝕み朽ちつつあるであらう」

というのが、「山の人生」のこの話の結末である。小林さんは、こういう話を書物の冒頭にもってくる柳田国男という人について語りはじめ、また父親の苦労を見るつらさにたえかねて、いっそ殺してもらおうと思った子の父を思う心に感動しておられるのである。カセットなので、声だけをきいているわけであるが、この話をなさったあと、ちょっと息をついでおられる。それが、私には、思いすぎかもしれぬが、ふと息むせておられるようにもきこえてくる。「山の人生」が書かれた頃の文壇は自然主義文学がさかんで、作家たちに、女性をどうしたのああしたのと身辺ごとを書くのがはやり、女の去ったあとのふとんのうつり香がどうだったなどという小説が人気を得ている時代だった。しかし柳田国男はそんな世界を無視してこつこつとこのようなことを偉大な人生苦の話として書きためていたのだと評価され、「山の人生」の仕事の重さを語られるのである。このあたりも、小林さんの作家、作品、評価をのべられる独得の話芸がある。聴衆はしわぶき一つせず聴き入って、どうしても、「山の人生」という本が読みたくなってくる。つい、誘われるのである。私などなつかしい創元選書にあった「山の人生」を買った戦争時代の苦しい一時期を思いおこし、また、これを機会に、もう一ど「柳田国男全集」の一、二巻を読みなおしてみたい思いが切々として、誘われてしまった。

この文章のはじめに、中村光夫さんからきいた話をしておいたが、こういうところに小林さんの話の工夫があったのだろうと思う。「聴衆がちゃんと聴き入ってくれねば、講演したってしかたがない」そのちゃんと語ってきかせることへの必死な思いと、工夫の妙がうまくきまっているように思われ、私は、このカセット講演記録の山場がここらあたりにある思いがして、感動をおぼえたのである。講演は、この「山の人生」で終るのではない。さらに小林さんは、話をすすめてゆかれて、信ずるということと、考えるということについて、話を絞ってゆかれるのである。信ずるということは何か、考えるということはどういうことか。これらについては、話を途中で巧みに端折《はしょ》ってゆかれて、聴衆からの質問を得てから、それにこたえるかたちで収斂されるのである。質問がいくつか出てくる。つまらぬ質問にはかんたんにこたえられ、いい質問には、ていねいにこたえられる。それが、じつはいままでしゃべってきたことのほころびをつくろう形になる。質問とこたえをきいている聴衆に、わかりやすく溶けこませてゆく手練は絶妙といっていい。じつは、このカセット講演をきく醍醐味はこの質疑応答あたりにある。いつ講演が終ってしまったのかわからない。聴衆もわからぬようなこの仕掛けに気づかされる。しわぶきも、咳もない、森とした会場の光景も見えるようであるが、残っているのは、二時間にわたる講演の内容の重さと熱さである。

私は、八回も小林さんと旅をして、講演をお聴きした。一回に三会場もある四、五日かけての旅行が多かったから、講演の回数といえばその倍以上になるだろう。こんど、カセットをきいていて、すばらしい話芸の人のお伴をして歩いていた二十五年が思いかえされ、小林さんの話のふしぶしに、在りし日々のお姿が浮んだことをつけ加える。こっちの心を無にして、ていねいに話をきくことはいいことだと思う。新潮社のこのカセットには、「本居宣長」（第三巻）も入っている。それにもふれたかったが、紙数がつきた。

講演旅行

小林秀雄

「文學界」平成四（一九九二）年二月号

中村光夫氏の随想文に、小林秀雄さんと講演の旅行をされて松阪に一泊されての早朝、食事の時間がきたのに、小林さんの姿がないので、中村さんが下駄をつっかけて表へさがしにゆかれると、松の浜のベンチに腰かけた小林さんがしきりに声を大きくしてしゃべっておられる背姿を見てしまう話がある。しばらく立ち止まっていると小林さんが講演の練習をしておられることがわかる。前日の講演は、小林さんには不首尾だったようだ。聴衆がのってこなかったのが、気になっていたようで、何とか今日はのせてみたいと、語り芸を練っておられる最中だった。話ひとつにも誠実に心をつくす人だった、と中村さんは、そういって小林さんの側面を云いあてて、その朝の松阪の松の木のはえた浜だか、公園のことを語っておられるのだが、私も小林さんとかなりご一しょした講演旅行の体験があるので、なるほど、そんな日もあったなァという思いがつのった。小林さんとは文藝春秋主催が多かった。ふり出しは沖縄で、平林たい子さんとの三人旅であったが、それから何どかお伴のおよびがかかるようになった。五十四年頃だと思うが、秋の会津若松から新潟まで磐越西線で阿賀野川渓谷の錦繡《きんしゅう》を楽しみながらの旅だった。永井龍男さんがご一しょで、文春からは宇野浩二さんのご子息の守道さん。新潟へ着くと、料亭玉屋に里見弴先生が待っておられる。その日は、講演がなくて、加治川の冬桜をたっぷり見物して新潟へ入ることになっていた。ぜいたくな旅行といえて、講演もせずに、むかしは講演旅行に参加する作家もいらしたのである。それぞれ旅先での楽しみが計画されていて、著名な宿でうまいものを喰ったり桜見物だったりするのだが、このたびの会津から越後へ入る計画は、まことに秋色を探る地としては、最高。日頃もよく、まこと会津から阿賀野川上流にさしかかる渓谷の両側は燃えるようで、まるで錦の屛風をくぐりぬけて越後平野に出る趣きであった。目をつぶると瞼のうらに景色のところどころがうかんでくるが、鈍行に近い汽車が鹿瀬に停った時、私は、小さな駅舎のプラットホームに出て、近くの昭和電工のジェラルミンの屋根が白くならぶ光景に目を吸われていた。錦繡の絵屛風をくぐってきた目には、とつぜんなる工場の出現は、異様でもあったからだが、この工場が、廃液を川にたれ流しているのが原因らしくて、下流の村で鯉が多量に死に、漁業の方たちにも病人が出ていると新聞がさわいでいた。わずか一、二分停車でしかなかったその工場のみえる駅から小林さんが、とつぜん私に向って、「カーソンさんの『沈黙の春』って本を読んだかね、きみ、ぜひ読み給え」とつよくおっしゃった。それからしばらく汽車が鹿瀬をはなれて、新津に着くまでずうーっと小林さんの話はカーソンさんの話だった。当時はたぶん、その本の名は「愛と死の妙薬」という題だったかと思うが、私は別冊文藝春秋に「不知火海沿岸」を書いて熊本の水俣病がまだ工場原因とはっきりしない頃でもあったので、鹿瀬の昭和電工も同じ廃液をながす可能性がある工場だと熊本で教えられていたので小説の仮名に「水潟市」を登場させていただけに小林さんからきく、「沈黙の春」の内容は心に沁みた。永井龍男さんも、宇野守道さんも、向いあわせの四席でのことなので、興味がなくてもきかぬわけにはいかなかったろう。アメリカの山中にあった平和な湖が、DDTをつかって虫をころすことからはじまって、魚が死に鳥が死に、湖が死んでしまい、人も来なくなってゆく湖水の亡びをかいたカーソン女史の綿密な調査について小林さんは感心しておられたように思う。

小林さんは誰かれかまわずに、当時はこの「沈黙の春」を読めとすすめられていたようでたぶん石原慎太郎氏も小林さんについて書かれた文章の中で、このことを書いていられたように思う。石原さんは、どこでこの本をすすめられなさったか知らないが、私の場合は磐越西線の車中で、しかも阿賀野川が細い渓谷から大河に変貌してゆく途次だったので、いっそう小林さんの熱っぽい話に興奮をおぼえたのをおぼえている。

さて新潟につくと、料理屋の「玉屋」で食事だった。泊りは東映ホテルだったと思うが、玉屋では里見先生が待っておられて、有名な老妓《ろうぎ》や若手もまじえて花やかな座敷になった。喰いものもうまい。酒もうまい。みんなご機嫌。私は里見弴先生とははじめてお会いする夜でもあって、緊張していたが、これが、とうとう一回きりの思い出となってしまう。けれど、先生が、老妓が夜おそくまで話相手になり、なかなか寝かせてくれないので、床の間の板に頭をのせて小さく軀をまげ妓に負けて寝てしまわれるのを見た。さあさ、早く帰ってやすんでくれ、九十歳にちかい老妓をいたわっておられる先生も九十に近かったように思う。このあたりの記憶はしっかりしないが、酒席を花やかせて客が勝手に寝ころんでも不思議にさまになる老妓だった。

翌日は加治川の桜見物。加治川は新潟の北郊外、紫雲寺に出る途中にある川で、上流は三面《みおもて》だったかと思うが、むかしは「加治川千本」といって、土堤に植えられた山桜が、太くなって枝の土堤を這う大観は有名。その春から、土堤の改修工事がはじまり相当数の大観が伐られている最中だったが、それでも大橋のたもとから、堤を歩いて、数十本の老桜大観に満足することができた。枝をたわめて重たげにふるえる北国の花のあつみにうっとりして歩いた。この時のスナップ写真がのこっているけれど、里見弴先生はお着物で草履ばきで大股歩き。小林先生はコートをぬいで、背をそらせておられる。温暖な一日だったのだろうと思う。

講演は新潟市で、むろん、露ばらいが私。永井さんが自作短篇朗読。三ばんめが小林さんであった。永井先生の短篇朗読の風格はここでよく表現できぬが、司会者が何かしゃべったあとすぐ、永井さんが一冊の雑誌をもって登場。「近作の一篇です」とかんたんにいわれてただゆっくりと朗読される姿は、作者ご本人のしぶい語りであって、場内にしわぶきさえ起きない。短篇の名人といわれた人が短篇をお読みになるのだから。

演台が舞台の袖からのぞいてみえる。次の弁士は、椅子にかけて待つわけだが、小林さんはブランディカップに少しブランディを入れたのをおもちになって、水で割ってはちびちび呑みながら永井さんの朗読をきいての出番待ちだった。

私の瞼に、この両先生の朗読と、ブランディ呑みつつの出番待ちが、ふたりの名優があたかも舞台にひとり、もうひとりが袖で出を待つ緊張感のみなぎった風景にうつる。

小林さんとの講演旅行の数《かず》を探ってみたことがある。先にもふれた沖縄、会津若松から新潟。大阪と福岡。紀州和歌山から大阪、山口、津和野から石見益田。このうち大阪と福岡は文春の文士劇の公演で、私と小林さんが芝居に加わるのではなくて、幕前に一時間ずつしゃべるための旅であった。素人芝居にしても、いろいろうしろで舞台装置や何かのためのカナヅチの音をききながらの役目をふたりはすませてやがてはじまる芝居を見ずに「勉ちゃん、うまいとこ知らないか」大阪でたずねられ、洋服の行商人時代に弁当を喰いにいった丼池に近い繊維街の、夜は料理屋になる店へおつれしたら、つき出しの「春菊のしたたし」を喰っただけで、「こいつはいいや」と二合徳利を三、四本ふたりで平げて、芝居組の打ちあげ宴席へ出かけたことがあった。それ以来、「あの弁当屋はうまかったねえ」がちょくちょく出た。福岡も文士劇公演だった。たぶん、中洲の割烹《かっぽう》店で呑んで時間をつぶしたと思うけれど、どっちも、芝居には出ず、芝居のはねるのを待ちながら呑むにしても、仕事はちゃんとすませているのだから、この一杯呑み屋のはしごはたのしかった。つまり、次のような会場の出方をして町へ出たものだ。

私が一番手なのでまずしゃべる。袖でじっと小林さんが私の首尾不首尾を見ながらきいていらっしゃる。私はすませて、「お先きに」と袖であいさつする。「勉ちゃん、いっしょにゆくんだぜ」「はい、ここでお待ちしてます」「そうかい」それで小林さんの出番になる。大勢の仲間の旅だけれど、ふたりだけには、芝居をせずにすむ格別の仲間意識が生じている。むろん東京の宝塚劇場がふり出しだ。五日ぐらいかけての関西、九州の旅だった。

宇野浩二さんの随筆に講演をせずに講演旅行にうまく入りこむ話があった。久保田万太郎、久米正雄、佐佐木茂索の一行に参加して、一言もしゃべらずに、旅だけして宴席だけはたのしむ作家もおられたのである。講演旅行はむかしはなかなか、愉快な連れ旅だったように思う。私は何度小林秀雄先生の露ばらいをつとめたことだろう。袖口でいろいろ話し方を学んだ。間《ま》のとり方を学んだ。それから町へ出れば酒のことも、肴のことも学んだ。むろん、人生も学んだ。

眼をつぶると、いくつかの旅が、桜や楓や、山や川を背にうかんでくる。三月に入ると小林さんの命日がくる。桜には少し早いが、梅が咲きさかる東慶寺がかさなる。

湯河原の思い出

小林秀雄

「新潮45」平成四（一九九二）年五月号

一

奥湯河原の加満田旅館は文士の宿といわれて、太平洋戦後に幾多の文士が、長らく滞在して、仕事をした。場所は奥湯河原でも広河原の谷で、ここ一軒しかないので至極閑静であった。谷は大観山の水をあつめて温泉街を貫流する藤木川の水源地に向って細くすぼまってゆくのだが、渓流にそうた低地に庭園を築いて、反対の高みにはなれ形式の和風平屋をいくつも建てているのである。先に宿はない。

平屋建ての個室を、これもおなじ瓦屋根の廊下でつないだ造りは回廊形式とでもいうのか、閑雅な風格がある。それぞれの部屋は独立して、季節季節に花をつける樹木の植わった庭をもっていた。曰く、つつじ、南天、どうだん、万両。その庭越しに、岩石や淵が多いので水音も日に日に変る渓流をまくらのむこうにきくのである。文士が好んだのも古い温泉宿の素朴さと、何より、創始者が、東京の河岸の魚屋だったことから、新鮮なうまい魚を食わせて、京風な料理の工夫を凝らしてもてなしたからであろう。文壇でも食味にうるさかった小林秀雄や、獅子文六が愛した所以である。

私がはじめてこの旅館に泊まったのは一九五八年の冬だった。じつは湯河原ははじめてではなかった。中湯河原の天野屋や、中西屋旅館へ、宇野浩二先生のお供できていた。それで、藤木川の渓流には馴染んでいたのだが、どちらも大きな旅館だったし、町中でもあったので、足音や人声もして、加満田のような孤雅なる感じはなかった。それでいっそう加満田の雰囲気には、鄙《ひな》びた感じをうけた。私は当時、文藝春秋連載の仕事をしていて、同社の岡富久子さんに教えられてここに来た。また私は週刊文春にも連載中で、挿絵を担当しておられた生沢朗さんがその冬、ヨーロッパに行かれるために何週分かを書きためて渡さねばならなくなって、旅館にこもることにしたのだった。当時、私はまだかけ出しだった。カンヅメされる経験はなかった。これが最初だった気がする。

まだ加満田には今の離れ部屋はなく、谷の右にあった二階建ての新旧二棟があって、私が入ったのは新館二階だったかと思う。今の大女将鎌田かつさんの五十代後半期で、旦那が亡くなられて間がない頃だった。かつさんの回想では、私が最初に来た時、「銀の庭」を書いたことになっているが、先にもいったように、文藝春秋に短期連載していた「銀の庭」だけではとても旅館入りは贅沢だった。週刊の仕事も重なったからゆけたのだと思う。岡さんからこの宿はいい宿だが、偉い先生方が時には見えるときいて、緊張して女将にあったのをおぼえている。「文六先生がいるよ」と女将はいった。獅子文六さんのことであった。たぶん先生は胃か腸を大手術なさった直後で、ここの湯が傷跡に効くということもあって保養に来ておられたのだと思う。これが縁で私は湯河原でゴルフをはじめることになり、文六先生からゆずられた吉浜のカントリークラブの会員になるのだが、むろん先生の推薦だった。女将も番頭も感じがよい上に、どれだけ酒を呑んで騒ごうが、外出して遅くなろうが、文句はいわなかった。どの従業員にも、こちらのはかどらない仕事には、ともに病んでくれるところがあって、かけだし文士を大切にしてくれたのである。私は至極気にいったから、自分もちのカンヅメを計画してその年の冬から、長逗留するようになった。「越前竹人形」「飢餓海峡」「銀の庭」「緋の雪」など、わりと身を入れた仕事をしたかと思う。番頭も女将もこっちのした仕事が何処かでほめられもしようものなら一しょに喜んでくれるのである。こういう経験はのちに諸方のホテルで仕事をするようになったが、よそでは味わえなかった。

小林秀雄先生にであったのはむろんこの宿で、一九五九年頃だったかと思う。当時、文學界の編集長だったか、もう重役さんだったかの上林吾郎さんに紹介された。先生が講演旅行で沖縄へ行かれることが決まって、誰か若い者をということで、メガネにかないそうだということだった。ちなみにその旅行には平林たい子さんが一しょであった。むろんわたしは光栄で、異存はなく、緊張気味で先生と夕食をともにした。はっきり覚えている。先生は六十歳だった。女将の回想によると、先生と旅館の縁は古く、昭和二十三年に、宇野千代さんのスタイル社から出ていた「文体」に連載された「ゴッホの手紙」「鉄斎」執筆のために逗留されたのがはじまりで、しょっちゅう利用されるようになったという。仕事がすすまない日は、ぐるぐる部屋の中を獣のように廻っておられるのを見たと、今も番頭さんの師星照男さんが語ってくれる。幾多の名文章を後世に残された御仕事の半分はこの宿を修羅場にしての創作であったかと思われる。

「考へるヒント」の諸篇や「無常といふ事」「私の人生観」などの諸文章の手入れなどがそうであったろうと小林秀雄全集年譜をみていて想像するのである。私が沖縄旅行にお伴してから、先生が大きな仕事を持って来ておられたことはなかったようだが、毎年末二十八日ごろから逗留されると東京へ声がかかり、私も仲間に加えて下さったメンバーで、ゴルフをすませて、年を越し、正月にはご家族もご一しょにすごされていた。ざっとゴルフのお供が二十年つづくから、先生を囲んで年越しされた人々のうち、今日出海、中村光夫、林房雄、吾妻徳穂、上林吾郎氏など多数の人をかぞえることができる。女将の回想には、石川達三、林芙美子、大岡昇平氏など有名作家が出てくるけれど、私は一しょになったことはなかった。

文士がそれぞれの武勇伝を遺すのは温泉宿なればこそと思われるが、しかしその記録はない。番頭や女将の口伝から想像するしかないのだが小林さんについてはいろいろある。有名な話はここで紹介しておいてもいいだろう。旧館の部屋に逗留しておられた頃、隣に若い夫婦者が泊まった。朝方、宿の親爺が夫婦者に怒鳴っていた。

「馬鹿にするんじゃねえよ、その鰯は、うめえから出したんだ」

どうやらこの泊まり客が、朝食にでた鰯にケチをつけたらしかった。わざわざ温泉にまで来て、鰯を食いたかったんじゃないといったらしい。女中からきいた親爺が頭にこちんと来て、

「おい、人の親切にけちをつけるとは何事だい。若えの、おあし《わけ》はいらないからさっさと帰りな」

とやっつけているのへ、小林さんはがらり障子を開けて廊下にとび出て、喧嘩を分けにはいった。

「おいおやじ、お前さん御客で飯を食っていながら何てことをいってやがんでえ。世の中には鰯の生きのいいのがわからねえ客もあらぁな。わからねえ人も御客さまだ。そんなにいじめるもんでねえ」

親爺はこの一言で参ってしまい、結局鰯のうまいまずいがわからないようではダメな男だと共感して、それからは小林さんの言うことに逆らわなくなった。頑固で、昔気質の親爺さんはむかし、河岸の旦那だったという生きのいい顔を私も知らないのだが、この話でだいたい想像できるのである。よく林芙美子さんが小説がすすまなくて、深夜眠れぬままに、帳場に来て、親爺さんと酒を酌み交わしていたそうな。

「文学のぶの字もわからない親爺が結構話し相手してたようですね」

とは今のご当主で秀男さんの話。親爺さんの長男で、創元社の営業に長く勤めた人である。小林さんは、昭和二十三年には創元社の取締役に就任しておられたから、むろん秀男さんは先生の世話で入社しているのだ。そういうことからもこの宿が気にいっておられた小林さんが想像されるのである。

林芙美子さんのここでの仕事は晩年の大作「浮雲」の執筆だったといわれている。今も加満田にのこされてある石川達三さんのスケッチが一点あって、昭和二十六年四月の日付で「林芙美子先生陶然の図」とかかれてある。芙美子さんは洋装で大きなお尻を見せた後ろ向き姿で描かれていて、卓子には徳利と盃が描かれてある。小説が書けないので思い屈している女流、流行作家の面影がよくとらえられている。石川さんはチャーチル会のメンバーで、宮田重雄さんが中心だった日曜画家の会に入っておられ、よくベレー帽をかぶって、銀座のラドンナの窓べりのテーブルで見かけたものだが、ここまできて林さんをとら

えてスケッチされたものと思われる。秀男さんに聞いてみると、

「一人でぶらりとこられたと記憶しています」

といわれるだけで印象はうすかったようだ。

文士たちは戦いの羽根を休めるかのように、気楽にちょっと立ち寄っていったらしい。

米川正夫。阿部知二。中山義秀。有馬頼義。

身辺が生涯の仕事の材料でもあった宇野浩二氏には、「湯河原三界」という小説があって、落合橋の近くにあった赤ペン青ペンの風景なども登場する恋人との駆落ち話だが、石川さんにも林さんにも題名になった作品はなかった。羽根を休めて、つぎの大作に取り組むか、または行きづまって人知れず、考えをまとめに来た文士が多かったようだ。私の知る人で言えば、柴田錬三郎、吉行淳之介、阿川弘之の諸氏だが、長逗留していたのは私だった。柴田さんらは一泊しただけで、箱根湯本へ移動していった。もっとも、この当時だけでなく、今だって同じ宿に、知り合いが苦吟しているときけば落ち着かない気分が生じる。むろん心得た番頭は、相客の名は極力秘すものだ。「ベンちゃんいるのかい」小林さんはお着きになると聞かれたそうだ。そんなだから、秘密はきかない。ご一しょしての食事が一番多いのも先生が私を相手に何やかやしゃべりながら呑むのを楽しまれたからであろう。むろん中村光夫さんや、今日出海さんも一しょだったことはある。林房雄さんがひどく酔っ払ってなかなか腰を上げないでひとり情熱をこめてしゃべられた正月元旦の思い

出は消えていない。記憶に間違いがなければ林さんはその元旦から一、二年ののちに他界された。話の内容はここではいえぬ。

宿屋での話だから、言えぬことはいっぱいあって不思議はないのである。宿屋というのはそういうところである。自分ごとならしゃべれることもあるけれど人ごととなると、気をつけねばならない。自分ごとでさえ控えたいことばかりだから。加満田旅館というところはそういうお行儀も私に教えた。

小林さんは亡くなる二年前までずっと加満田に泊まられ、年末はむろんだが、正月元旦も、熱海のパブリックコースで私たちとプレーされることが多かった。年が明けて二日だったか三日だったかにかならず真鶴へ行かれた。中川一政さんのお宅訪問だった。私も吉浜の谷崎松子さんのお宅へうかがうのだった。私は、いつからか、観世栄夫氏ご夫妻や、松子夫人に、おせち料理をいただく習慣になっていた。朝十時頃、桜の下の駐車場に二台のタクシーがとまる。先のに小林先生。あとのが私。私は二日酔いのこともある。二台の車は温泉宿の櫛比する落合橋付近の正月風景を窓外に見せて、まもなく湯河原駅から海に向ってゆく。海岸通りにつき当たると、左へ先の車が折れる。私の車は右へ折れる。このときだ。海の白い光が先の車の中を照らすのである。小林さんの頭と肩の左右が黒く影になって見える。小林さんは背もたれに深く体を沈めておられる。やがて先の車がゆるやかなカーブを描いて、右に心もち曲ってゆく。小林さんの姿が小さくなる。私の車が吉浜を左に折れて山を登るからだ。中川邸は真鶴の西海岸だし、谷崎邸は山の上だった。

お元気な頃は、お孫さんとも遊びあかれて、三日が来ると、近くのゴルフ場へ行かぬかとお誘いがかかる。ほとんどふたりきりが多かった。この日だけ、文六先生にゆずっていただいた湯河原カントリークラブが晴れをする。アップダウンのはげしいインはやめ、楽なアウトを二回廻るのである。日の暮れまでゆっくり廻る。先に行きたい人には先をゆずって。

「あの人の拇指には感心するね。人より倍ほど大きいんだよ、ベンちゃん。絵は技巧や頭じゃないんだ。拇指が描かせているんだ」

ぼそっと先生がこぼされる。中川一政氏の手のことだが、私はのちにその手を拝むことになる。何指というのか、蝮のそれでもなくて、頭の大きく張った拇指は、土方か大工の労働する人の指に思えた。油絵の具を八十年捏ねて来たひとのちから手であった。むろん、中川先生にお会いできたのは小林先生が亡くなってからだが。その中川先生も今はこの世にいらっしゃらない。

二

文士ばかりではなくて、この宿を愛した人は画人にも、役者衆や女優さんにも多かった。むろん名前は控えるが女将の回想録によると、殆ど有名だった女優さんは来ていて、邦楽の巨匠もあれば、三味線の人間国宝もいる。みなしずかな山あいの個室に羽根をやすめに来ている。奥村土牛、小野竹喬、鏑木清方。今のご当主の収集画にもこのひとびとは影響している。正月になるととっておきの絵画が、額装されたりまたは軸装されて個室の床の間に飾られる。よだれの出るようなものばかりだ。小野竹喬は優しい二個の葉つき蜜柑。熊谷守一は二個の葉つき富有柿。そのほかいろいろある。清方画伯はよくここへこられて、昔の新館が建った時、各部屋に名前をつけて歩かれた。曰く。檜垣。若竹。田毎。筧。

今ははなれになった部屋の名も前記したように花樹が冠せられているのだけれど、小林さんはなぜかどうだんを愛された。今の玄関を入ってすぐ右に折れたふたつめの部屋だが、十二畳ぐらいの畳の間に、三畳の入口、五畳くらいの洋間がついていた。それに風呂とトイレがついているが、簡素な部屋の感じは禅寺の書院である。小林さんが苦吟された部屋だと知って今も予約客が押し寄せるときくけれど、加満田旅館の金看板の部屋といっていいだろう。私もむかし時に泊めてもらったことがあって、覚えているのだが、今の私が勝手に決めている私の部屋より、谷川の水音が激しい気がする。そこにひとりでいると、小林さんの思い出がいろいろ浮んで仕事にならない。

「桜を好きな人がどうしてほかの桜の悪口を言うのかなぁ」

染井吉野をけなす人への文句であった。私はこの日から何の桜でも美しければ心で見ようと自分を改めた。品種などどっちでもよい。道のへにいじらしく咲いている花をうつくしいと愛でるに如くはないのである。加満田旅館はおかしいところで部屋に言葉がつきまとった。そのどうだんからも四月は桜の大木が七十本も見えた。林芙美子さんがまだ頑固で存命だった親爺さんにいったそうな。

「おじさん自分が食えるようになったら人に散じなくちゃだめよ」

帳場に座って一杯やっていると、そこに金庫があったそうな。

何かのときに扉があいて中が覗いたらしい。芙美子さんがいった。

「おじさんちの金庫は本ばかりじゃない、お金はどうしてるのよ」

「お金はないんだよ。あるのは帳面ばっかりさ」

そこへひょっこり小林さんが顔を出した。親爺さんがいう。

「先生、おれんとこの長男はことし経済出たんだけど勤め先がない。先生に頼めないかなぁ」

創元社にその頃経済出身はいなくてすぐ決まったそうな。旅館が忙しくなってやめる時も簡単だった。

「親爺さんの丹精した庭をちゃんとまもるんだぜ」

その一言だったという。どうだんからみえる桜は太くて子供は抱え切れまい。七十本みな染井吉野である。紅葉とこき混ぜて植えてあるので桜の咲く頃は紅葉も新芽を出してややあかい。それが屏風になるので花は引き立つのである。もっとも向いの山が斜めに雪崩落ちて来て、杉が盛んだから、黒くていっそう花ははえるのである。

　小林さんの大の仲よしは今日出海さんであった。私にもそう思えたし、番頭や女将たちにもそう思えた。一緒に呑んでいても、「小林」「今ちゃん」とよびあい、「ライバル意識がなかった」と女将たちがいう。その今さんが、いつかこっぴどくやられて落ち込んで小林さんの部屋を出て来た私を慰めるように、

「小林の酒もよくなったよ、ベンちゃん。昔はとてもこんなことじゃおさまらなかった」

　私は先生のカミソリのようだった、からんで相手を切り捨てなさるとき、血がほどばしってた、そんなすごい酔いっぷりを知らない。むろんひどく仕事のことで逆鱗にふれ、プロについて教えようと、気がついたら真夜中だったことはある。三時間ほど一言も口も利かずに黙って頭を垂れているしかなかった。銀座のなんとかいう呑み屋では、某作家が小林さんにやり込められて五時間も黙って頭を下げていた風景を語る人が多いけれど、私も何度かやっつけられて金縛りのまま夜明けをむかえている。

　酒を呑んでも真剣に文学を語った最後の人だったかも知れぬ。酔っ払って水道橋のホームから一升瓶を抱えたまま落ちたが、かすり傷ひとつおわず、瓶も割らずに起き上った話は有名だが、加満田旅館でも似たようなことはあったのだろう。しかし今さんは私に、小

林もやさしく酔うようになったといわれたのだった。あれは沖縄旅行のあとだったか。六十歳ごろから少しずつ変られたらしい。すると私はその頃からひそかに叱られはじめていることになる。

三

舟橋聖一、尾崎士郎。武勇伝の具体は控えたいが、二人は一風変っていたらしい。舟橋さんはいつも男性の秘書を連れて来て、何もかも持ち込み。化粧道具はもちろんだが、冬は懐炉、炬燵。むろん足袋から浴衣まで持っての逗留だったそうな。

「『芸者小夏』をうちで書かれたんです」

と番頭さんはいうが、原稿はなかなかはかどらなかったようだ。

尾崎さんは一度だけ。まだそのほかに、長谷川伸。村上元三。土師清二。山手樹一郎。幸田文。檀一雄。松本清張。吉屋信子。石原慎太郎。永井龍男。福田恆存。画家がふえて、山本丘人。福井良之助。財界では本田宗一郎は何ぞというと晩年まで、あいそよく投宿して、日がな絵を描いた。田実渉も来て新築した部屋部屋に名前をつけている。本田宗一郎氏が番頭に遺した言葉。

「金ができてうまいものを食ったから舌ができるというものではないさ。これは長い間の積み重ねで、やっぱり小さい時からいい生活をしてうまいものを食った人でないと本当のうまさはわかってこない」

青山二郎が小林さんを訪ねて来て、酒がない頃に、帳場で呑んでいて窓から、玄関の石畳へ小便したそうな。二人はいつも刀の鍔の話をしたそうな。番頭さんの話はつきぬけれど、晩年の小林先生の話で耳の立つ話がある。先生はとにかく水を飲まれなかったことでは人後におちなかった。枕元に水を水差しに入れて持ってゆくけれど、朝方気をつけて見るに、減っていたためしがない。

「先生どうして水をお飲みにならないのですか」

と問うと、先生はこういわれた。

「せっかくの酒がうまくなくなるじゃないか」

そういえば、ゴルフ場でもめったにジュースなどお飲みになるのを見たことはなかった。食後に紅茶ぐらいは飲んでいらしたけれど。

「私は先生が膀胱を悪くして入院されたと聞いて水のことをすぐ思い出しました。用心に用心をして漢方薬なんかもいろいろ試して飲んでおられたのにひとつ手抜かりがあったんです。それは水を飲んで腎臓の働きをよくするということがなかったことです。入院されて結局便は人より黄色かったのです。それはかかり女中がよく知っていました。先生の小便は人より黄色かったのです。それはかかり女中がよく知っていました。入院されて結局膀胱が命取りになったと聞いています」

酒をおいしく呑みたいために病気をひとつ抱えておられたと番頭さんはいいたげであった。熱のこもった話ぶりに、昔の宿屋には常客の小便の色まで気をつけてみてくれる女中さんがいたことに感動をおぼえた。ここでひとつ思い出したことがある。小林さんと沖縄へいった時の話だ。平林たい子さんもご一しょして、那覇の呉服屋へ土産物を買いにでかけた。町中のとあるびんがたや上布をうる店へ案内された。主人がいろいろな柄の反物をだしてくる。まるものを目の前に出すと、上手に何本も重ねてころころところがしてくれるのである。私はこういう場合に辛棒がきかない。やつぎばやに家内と娘に二本買って包んでもらったが、小林さんは決めかねて時間がかかった。

「おきみさんにと思ってね」

　耳を思わず先生の方へたてた。加満田の女中さんの名前だった。

　おきみさんは小林さんの係だった。私が一人だと私の係もしてくれた。食事のときなど、給仕してくれながら小林さんの何気ない話をした。ぽっちゃり肥っていて、口もとの小さい人だった。化粧はせず、清潔にしていた。女将と同じ年といっていたからその頃は小林さんより三つ下のはずだった。東京日本橋に実の姉がいるとかいっていたが、どこやら孤独で身寄りのうすい感じが淋しかった。

「あんたもしっかり勉強してよいものを書かなくちゃ。小林先生は一日かかっても、一枚しかできないことがあった。そんな日は機嫌が悪かったけれど、本を読んだりして考えを深めていなさったですよ」

私の書くものは如何にも軽いといいたげに聞えた。こんな女中さんがいては不快になる人もあろうけれど、私はこれを「徳」としたのである。その女中さんの名前が沖縄の旅先で、先生の口からもれて出た。しかも呉服屋でだった。平林さんは一本。小林さんが三本だったような気がする。私たちはそれから万年筆や時計を買いに国際通りへでかけたが、小林さんのしっかり抱えておられた荷の中におきみさんへの土産の反物があったかどうか。私は確かめずに終っていたが、あとでおきみさんから、先生から反物をもらったと聞いたような気もするが、ただしこれは不確かだ。いずれにしても沖縄へいっても、宿のかかり女中さんの名を出す人であった。いろいろ語られる人だけれど、どの論文にも出てこぬ小林秀雄の一側面である。

四

「新聞は読売でした。何でもよいとおっしゃっていました。仕事をなさる時間は短かったのですが、素人が外から眺めていても考えておられる時間が長そうに思えたので、だまって入ると邪魔なような気もするし、用がなければなるべくはいらぬようにつとめましたけれど、ずぼらをしていると機嫌が悪いので、女中しごとも手を抜かぬように指示しました。先生はきっちりしたことがお好きでしたから」

番頭さんの話である。光景が見えてくる。そんなふうにして「ゴッホの手紙」や「モオツァルト」が生れたのだろう。この人は宿屋の女中にしては珍しく、双葉高等女学校を卒業していて少し英語が話せた。小林先生のお若いときから晩年までずうっとおつきの女中をつとめたから、先生のことは何もかも精通するところがあって、編集者にも重宝がられていた。ところが小林さんがシベリヤ旅行から還られて仕事も旅館でなさるようになって、加満田から姿を消した。一時、湯河原駅に近い老人病院に入っていたことがあって、小林先生にはいわなかったけれど、ゴルフの帰りだかに、代参のつもりでひそかに見舞ったことがあった。おきみさんはにこやかに笑ってばかりいる人にかわっていて、私の話もしっかり聞いていなさるかどうか反応に鈍さが感じられた。十分ほどいて、帰って来たがそれが最後になった。おきみさんに当てておくられた署名入りの小林さんのサイン本が番頭さんの手もとに二、三冊あるそうだ。先生はおきみさんの晩年の様子をご存じなかったようだと番頭さんは語る。おきみさんは東京の病院で、うすい縁故の人にもみとられずに、亡くなった。これも番頭さんの話である。

「芋とつわぶきとこぶでできた漢方薬に『けいめいがしんさん』というのがあります。これが先生の大切な薬でした。いつも持ち歩いておられました。何でもその芋は、インドが原産地で、弘法大師が種子を伝来されて、なぜか屋久島で栽培されていたものだそうです」

落語に、お坊さんが、小川に添うた道を歩いていたら、お百姓が川で一所懸命に芋を洗っていた。坊さんがひとつ分けてくれぬかというと、百姓は、「これは私たちの食べ物だから分けられない」という。坊さんがだまっていると不思議なことに芋がとつぜん石になってしまう。芋が石になってはたまらない。百姓が悲しむ。坊さんは、「芋が石になっては気の毒だ、ひとつ薬になる芋にしてあげよう」ということでたちどころに坊さんはその芋を薬に変えてしまった。坊さんは弘法大師であった。薬は「けいめいがしんさん」である。

小林秀雄が晩年鎌倉の家でしょっちゅう電蓄で「志ん生落語」の大盤レコードをかけて聞いていたという話は有名だし、晩年諸方に出かけて、若者に話されたり、パーティでの挨拶などに志ん生の話ぶりへの傾倒が露わになったという人がいるが、加満田旅館の番頭さんにもそういう言い回しでおもしろく「けいめいがしんさん」の話の落ちを考えながらなさったのかもしれない。薬を飲むにも気が生じねば役に立たないとは人の言うところであるが、薬の話をしてさえ気が立ってくる。こうでなくちゃ薬も効かぬことをご承知で説教されたのだろう。

「金沢に何か黒い薬を売る店があったそうです。先生は薬が欲しくてわざわざ出かけられました。いって見ると、すごくりっぱな店で、入口から見える柱が欅《けやき》の一尺何寸とかの角材で飴色に光っていたそうです。どこもかしこも欅が使ってある。それですっかり気にいって、『おれはぴいーんと来た、そこでおいここには「けいめいがしんさん」があるだろうといって見ると、はい、ありますってんだ。そこでもうひとつ、蜂蜜なんとか言うのがねえかって問うてみると、ありますと来た。そいつもついでに買って来て飲んだら調子がいいことといったらないんだよ』って小林さんはいってましたがね。これがいつもの携行薬でした。強壮剤と、気つけ薬ですね」

「先生は本当にご自分を大事にしようとなさっていて、夕方の酒をおいしく呑みたいために水をお飲みにならなかったのでした。このことが先生の死をはやめています。多少独断ですけど宿屋の番頭のいうことを聞いてください。植木屋さんのいうことや、職人さんのいうことをいつもしっかり聞いておられた先生ですから、私のいってることもいまはお聞きになって下さるだろうと思います」

番頭は目の前にまだ先生が生きていらっしゃるような物言いではなした。その目もとが私をひきつけた。きっとこの宿はそんなふうにして特定の御客と親密な関係を持続して来ているのだと思う。

女将は八十六歳だがまだぼけもせず、一人一人の御客が到着しなさると、玄関で三本指をついて頭を下げて迎えてくれるし、部屋へも自分が煮つけた蕗《ふき》だの干し大根だの油揚げとあまく煮たのを小皿に入れて、よっこらしょよっこらしょはこんでくる。常連の御客はこの格別なもてなしに感謝する。と同時に、女将のいつまでも健康であることを祈るのである。白髪はふえようけれど、百まで生きてくれと真剣にいうのである。これが加満田旅館に小林秀雄が落とした、経営の知恵である。

人と人が真剣でかかわって生きるのである。

宇野浩二「湯河原三界」は先生が永遠の恋人とでも言わねばすまないような女性と、若き日に天野屋らしい宿に泊まって、苦の世界をかたりあかすのだが、長篇の一部なので際立ってこの中篇小説を湯河原に結びつけて語る人も少ない。寧ろ湯河原を舞台とした文章では谷崎潤一郎の「倚松庵随筆」だろうか。湘碧山房とご夫妻が名づけられた、吉浜の家での、しずかな安らぎの晩年が語られる松子さんの随想的諸文章にも味わい深いものがある。湯河原はつまり、東京からほどよく離れた温泉の街だから、ちょっと羽根をたたんで休息に来る人が多い。そのために、たとえば徳富蘆花が激しい愛憎の生活をくりひろげた伊香保温泉や、塩原のように逆杉の根もとで心中する男女のドラマはないのかもしれない。そのなかで小林秀雄のように宿屋の亭主やおかみと家族ぐるみで真剣でつき合った人もいたのである。奥湯河原の特徴といえないまでも、加満田旅館が何処にも見られない不思議な宿だといったゆえんだ。

石川達三さんを偲ぶ

石川達三

「新潮」昭和六十（一九八五）年四月号

石川さんは、田舎出の私にはむかしからまばゆくて大きな存在だった。若狭にいた二十歳前後の頃、石川さんの文学に魅入られ、それがずうーっとつづいた。「日蔭の村」は昭和十二年発表だから、私は十九歳。小河内村の自然描写の克明さはいまも残っている。「智慧の青草」の連載が「新潮」で、××の伏字が一、二ケ所あった記憶がある。村で「新潮」をひくのは私だけで、ひくというのは中央から物を買うことを田舎でそうよんだ。「結婚の生態」「転落の詩集」「三代の矜持」石川さんが十二年から十五年にかけて発表された作品だが、代表作の多いのは、脂が乗り切っておられたのだろう。私は昭和十四年に上京、早稲田派の同人誌「審判」へ入ったが、当時の文学は報国一色であった。有馬頼寧の農民文学懇話会が生れ、田舎でひく本には開拓物が多くてつまらなかった。井伏鱒二、伊藤永之介、島木健作、石川さんに集中した。石川さんは都会派だが「日蔭の村」

「三代の矜恃」は農村が舞台だし私もひきこまれたのである。「蒼氓」ももちろんそれに入る。あの頃の農村文学青年には石川ファンも多かったろうと思う。私は日本農林新聞に入って、左翼作家のたむろする酒場をおぼえたが、仕事をせず呑んでばかりいる人々の頭上に石川さんの文学は輝いていた。反骨と権力への抵抗を示して大きかった。昭和十年代は文学の受難時代だ。私はその受難時の子で、石川さんは高い空の大きな星だったのである。

最初お目にかかったのは、和田芳恵さんの用事で田園調布のお宅へお使いにいった時だと思う。昭和十四年頃だったろう。和田さんの世話で私は業界紙から新橋の学芸社にうつり、週に一回新潮社へゆき、神楽坂のコーヒー店で和田さんから用事をきいて走りまわっていた。和田さんは「和井内貞行」に関心があり、秋田の関係で石川さんとも親しいようだった。それで石川さんの本を学芸社から出す計画があったやもしれない。お宅の玄関を入り何かわたして、すぐ帰った。先生に会ったような気がするが定かではない。通りにそうて段をあがっていったとき、足がふるえた。もう四十六年も前のはなしだ。

親しくお話をうかがうようになるのは、私が文壇に出て、軽井沢で柴田錬三郎さんのすすめでゴルフをやるようになってからである。コンペへ出ると四人の組で石川さんと一しょに廻ることもあった。石川さんはプレーの最中でも、食事の時でも、私にやさしかった。むっつりした顔だちだし、心もち胸をそらせておられるから、威圧感をうける。だが、顔や物言いはぶっきらぼうでも、短い冗談をいったりなさる。私は、ああ、こういうお方だったか、と、気分がほぐれるのをおぼえた。とにかく世辞のない人だった。思うことをずばりと云い、無愛想といえば少しそれるが、愛想もいいのであるが、相手にそれが通じにくい。

朝日新聞の信夫韓一郎さんが宮崎に住居をうつされてから毎年末、ゴルフをしようと仲間が集まった。石川さんのほかに中野好夫、大岡昇平、生沢朗、池島信平、横山泰三諸氏がメンバーで、私がいちばん若輩であった。一泊二日、昼はゴルフ、夜は呑み喰う。石川、中野、大岡の巨頭会談ともいえる食事の話題はおもしろく、文学、政治、文化、風俗、女性とゆきわたり、とりわけ人物論は興味津々であった。石川さんは、例の調子だが、時には半畳を入れ、仲間からはずれておられるということはなかった。この宮崎旅行は五回はつづいたろう。そういうことも、石川さんに親しくしていただける縁になったと思う。

私は宮崎へ別府にいた家内をよんだことが一どだけあった。娘が別府で入院しており、家内が娘に骨をくれてやった大手術の年まわりだったかと思う。何もかも話す性分なので、石川さんはその手術のことをくわしく訊ねられた。娘に付添いきりの家内は、都合三年別府にいた。私は病院代に追われ、書きすぎ承知の自転車操業であった。そんな短距離走行のような私の仕事ぶりに批判がましいことはおっしゃらなかったが、障害の子をもつ家庭事情に関心をふかくもたれたようで、そのことは、のちまでつづき、時々何げない折に娘のことをきかれた。ハガキももらったことがある。

新潮社版「石川達三作品集」の月報十三に、「『蒼氓』まで」という石川さんの文章がある。

「文学について、私は早熟でもなく天才的少年でもなかった。たくさんの本を読んだわけでもない。中学一年の頃に黒岩涙香の『巌窟王』を耽読した」ぐらいだ、と仰言って、上京して早稲田高等学校を卒えると、

「学資が続かなくなってから、早大英文科は一年だけで中退し、電気関係の業界誌のような雑誌の編集記者に就職した。中退したことによって私は自分の将来の方針をきめなくてはならない、どたん場に立たされたようだった。編集記者の仕事ははじめから腰かけのつもりだった。午後五時に勤めを終って帰ると、先ず一二時間寝て、夜の八時ごろから未明二時三時まで勉強をするという生活が、何年もつづいた」

とある。自分事はつとめて書かれなかった石川さんの文学態度は一貫しているので、この文章は心にのこる。石川さんの二十三歳の時で、昭和三年だ。年譜にこうある。

「三月、学資不足のため早稲田大学を退学。五月、国民時論社に入社し電気業界誌『国民時論』の編集に従事。次兄夫婦の家に同居。小説を書いて『国民新聞』『改造』『中央公論』等に持ち込んだが、いずれも断わられた」

じつは十三年ぐらいのちになる。電気業界紙が情報局から合同を命じられて、有楽町の電気協会に居をうつし、「電気新聞」となった。私はそこにいた。和田さんの学芸社をやめ、二、三の出版社を転々したのちのことである。石川さんのアルバイト先が同じ業界だったことに親しみをおぼえた。それで、そのことを石川さんにいってみた。しっかりおぼえている。昭和五十年前後だろう。ラドンナの二階だった。石川さんはベレー帽をかぶり、小さな手提とスケッチブックをわきにおいて、窓べりのテーブルにひとりでおられた。店の女性がまだそろっていない時刻だ。おかみの瀬尾はるさんがいた。私が入ってゆくと、石川さんは、こっちへこないか、と手招きされる。窓べりのそこは通りがよく見えた。並木の葉が落ちていたから、冬だったろう。銀座のどこかで絵の勉強をなさっての帰りらしかった。これが最初ではなかった。一、二ど見かけたのだ。たいがいの日は客がいた。その日はふたりだけで、石川さんは所在なげだった。

「そこに電気ビルがありましてね。戦前から。ぼくは記者をしてました。東京に空襲があって、疎開がはじまって、田舎へ帰りましたが……電気のしごとは、毎日役所へいって通達をもらうんですよ」

戦時中の業界紙でのことを話したように思う。石川さんは、ほう、そんなことをやってたの、と微笑されてから、「国民時論」というのもそれでは吸収されたのかなァとおっしゃった。協会には月刊誌のほかに刊行物が多かった旨を告げると、たいそうなつかしがっておられたがその石川さんの表情に、早ばやと銀座入りしている私への興味というか、走るものがわかる。それでホテルをぬけてきたというと、

「カンヅメにされてまで書くのはたいへんだなァ。少し仕事が多いようだ……誰でもそういう時期はあるんだが、調子の出ている時はいちばん危険でね。あとから悔《くい》ののこる作品が多いんだよ」

おだやかではあったが、むすんだ口角にしわがよった。眼は微笑しておられた。あたたかい忠言ときいた。

「喰わんかね」

皿にシュウマイをのせて、はるさんがもってきた。その一つに爪ようじをさして、私の方へもずらせ、

「冬の軽井沢も寒いだろう」

山で越冬している私を御存じだった。たまに降りてくると、銀座もいいですよ、と私はいって、シュウマイを口に入れたが、しばらくそれがのどにつかえた。あれは、お互いに孤独な時間だったように思う。誰も来ていないだろうバァの片隅で、銀座の夕景を眺めようと思ったふたりが鉢あわせしたのだった。前にいったように、石川さんのひとりラドンナにすわっておられる姿はみたけれど、ついぞ、誰かと打ち興じて呑んでおられるのを見たことがなかった。

宮崎以外にはなかった。

宮崎に着いてすぐ発熱されたことがあった。大岡昇平さんも一しょで、ふたりの巨漢(失礼)が、ゴルフをやめて、南九州くんだりで枕をならべて寝こんだ。ほかの者は一日だけプレーをやったが、その時、私は外へ出たついでに、大きな林檎《りんご》が店頭にあったので、両先生に買って帰った。石川さんの部屋をノックして入った。石川さんはこっちに背をむけてやすんでおられる。宿のふとんというものはみなそうだが、いかにも短い。熱があるのでは、足もとが寒いだろう、と思った。石川さんはよこ向きになっておられた。軀をまげておられるのがわかった。これじゃひどいな、と私はいったように思う。もちろん、煖房もあるホテルで、設備はいいのだった。石川さんは、軀をねじまげたままで私が枕元におく林檎を見ただけで、

「ありがとう」

といわれた。それだけだ。書籍が三、四冊あって、読みかけの一冊がひらかれて伏せてあった。この時、石川さんの巨体が私に淋しく思えた。失礼を承知でいえば、黒牛が寝たようなふとんのもりあがりであるが、頭をすくめている石川さんは私の石川さんらしくなかった。まばゆく、おそれをともなって仰いでいた巨人であった。病気になれば、こうも弱られるものか。ふつうの人だった。そのことが、いまも私を淋しくさせる。

石川さんの軽井沢での最後のゴルフの当日、私はうしろの組にいた。その二、三日前か

ら、スプーンがきまらなくなった、といっておられた。何日か前に、軀の調子を按じてプレーを中止して帰られた、ときいたこともある。石川さんのゴルフは豪快だが、グリーンまわりは細心でパターのうまさに定評があった。中途であがられたときいて、軀を用心しておられるのだと思った。不整静脈云々の持病についてはなされたのは宮崎でだったか。だがそういう持病をおもちでも、豪快なティショットを見ていると、どこがわるいか信じられないのだった。ティグランドへあがると、ひとふりふたふりする人がいるけれど、石川さんにそれはなく、ゆっくりと歩いて、ティをさし、球をのせ、少し股を大股にアドレスし、ドライバーの頭を球のへりにうかせたかと思うと、す速くバシーッとたたきつける。豪快なポーズは、文壇の誰にも見られない、石川流の打法だった。大きなコンペでも、丹羽、石川と上位はきまっていた。ハンディもシングルだった。年譜をみると、昭和十六年からのゴルフ歴で、南洋旅行を終え、海軍報道部の徴用のメンバーに入れられたその年からゆえ、筋金入りといっていいだろう。スプーンがダメだときいて、こんな泣きごとをきくのははじめてだな、と思いながら、ふと不整静脈云々のことが私の心を痛めた。

軽井沢をさっさとひきあげて、夏ももちろんおいでにならなくなったのは、いつの年だったか。ついこのあいだのことのように思う。男らしいひきあげ方であった。山の家も整理されたときいたが、私のようにだらだらと土地に執着をもつところがない。「流れゆく日々」の連載は、ゴルフの不調の前後にはじめられたと思う。

石川さんのずばり物をいう性格が顕著に出ていた。元総理の名も出た。かかわり多い新聞社社長の名も出た。筋のとおらぬことへの意見である。石川さんの云いまわしには先にのべた愛嬌のなさもあるが、それがまた石川さんの人間らしいところでもある。私にはユーモアが感じられた。

日々の行間に、石川さんがつれづれの読書について書かれるのが興味ぶかかった。私のことも二、三ど出た。一どは某氏の「般若心経講話」をよんでの感想だった。「君はよんだか」「あれはダメですね」と私はいった。教学派に多いひとりぎめの解釈をこれでもか、これでもかとたたきこまれる文体だった。それが、そのまま、つまり私のいったまま出ていた。「天正の橋」という短篇を私は書いた。小田原攻めの際、秀吉に随った田舎の小伜が戦死して、帰りを待ちくたびれた母親が、くさりかけていた熱田神宮よこの裁断橋を架けかえる。現地へ行って調べたり、古文書をあたったりした短いものだが、石川さんは、短いものに調査をかけることへの関心を示してくださった。また、私の自伝的な作品を読んで下さり、禅宗寺院の内情に関心をもたれたようだった。ハガキも頂戴した。「流れゆく日々」は、大勢の人が登場していて、やりこめられた人が多いが、私にはやさしかった。宗教書への関心も示されていた。私にはそれが、石川さんをむしばんでいる病状とかかわるので心が痛んだ。いったい「般若心経」をよむ石川さんを誰が想像できたろう。

小説を書く前に、よく調べて、現地へもゆくという態度は、石川さんの「日蔭の村」でもそうだった。小河内村の村長の墓前に花を手向けておられる写真を見たことがある。調べた小説で、それが芸術にならねばならぬ、とするのが石川さんの態度で、そのことは、「蒼氓」「日蔭の村」からの出発でわかる。

「私は生涯を通じて、いわゆる私小説作家では有り得なかったが、私の最初の習作からして既に私的体験が主題ではなかった。私小説的な発想や構成を主軸とした日本の文壇に在って、私が終生すこしばかり脇道を歩くような作家であったことの、最初の萌芽はこの時から現れていた」(「『蒼氓』まで」)

中学五年生の時、大学ノートに二、三の短篇を書いたが、それらもみな、自分の直接体験ではなくて、人から聞いた話を主題にした、と述懐されての文章である。そもそものはじめから、私小説的な発想など拒んでこられたとみてよい。

人から聞いたり、調べたりした材料でも、これを小説に仕上げるのに人道主義的で、社会正義といってもいい激しい裏打ちがあって、それが構築美とならねばならない。かんたんに社会派という云い方で、くくれないところがあった。たしかに骨太くて主題は重かった。だが、正義や人道主義だけでは小説はおもしろくないだろう。そこに石川さんの苦しみがあったようだ。私は、骨太いのは、小説構成上の大胆な試みにあるように思うがどうだろう。それぞれの主題に石川さんは工夫をこらされている。「泥にまみれて」は書簡体だし、「充たされた生活」は日記体モノローグであった。「私」が主人公にしても、石川さん自身ではなかった。「構築する小説」は、谷崎、芥川論争からたびたび問題になったが、石川さんは、そのどちらでもない、自分流のモラルを正面にすえての小説を構築された。松本清張さんが、弔辞の中で、よく調べたことを小説にされたにしても、石川さんには稀有の構成的才能があり、成功した作品が多い。その秘密が学びたくて、石川文学に早くから傾倒してきた旨のことをおっしゃっていたが、私にもそれはうなずけた。

つまり、こう書いてくると、石川さんは、自分でもおっしゃるように、わずかだけれど文壇の脇道を承知で孤独に歩いてこられた。だが、それなのに多数の読者がいた。愛好者がいた。数は、日本文壇でも、もっとも広範囲にわたったはずである。誰もが歩かなかった道を、孤独につき進んでこられた。亡くなってみるとそれがいま大きく鮮明になった。石川さんが、どうして、私のような落第坊主の私小説など読んでくださっていたのだろう、と考える。なぜやさしくしてくださったのだろうと考える。

青山葬儀場での、代志子夫人のご挨拶に、

「石川は家ではやさしい夫であり、よく家の者にも九歳で死に別れた秋田の母のことを語ってくれました。そしてそのとき石川は涙ぐんでいました」とあった。

きいていて、ぐさりと胸をつかれる悲しみにおそわれた。ああ、そうだったか。石川さん、と声を呑んだ。秋田の横手生れだったが、九歳でご母堂の死にあわれ、いったん叔父さんに預けられ、のち岡山県の高梁町に移り、そこで中学校を卒えておられる。あらためてその出自を思った。早稲田へ入っても、学部へもゆけず、アルバイトしなければ喰えなかった寄食生活は苦しかったろう。愛嬌のない、世辞のいえない性質だから尚更である。葬儀場からの帰りに、代志子夫人のことばが何ども思いだされ、宮崎の宿で軀をまげて短いふとんに頭をうめておられた姿や、ラドンナの夕刻の二階で、ぼんやりと外を見ておられた石川さんを思いかさねた。石川さんは何ひとつ自分の暦のかなしみを小説の上で披露なさらなかったが、悲しいことは孤独に抱いてだまっておられた。それゆえ、私などにもやさしかったのではないかとふと思う。

私には、まだ、少し生きねばならぬ道が向うにのびている。平坦な道でなく、ぐにゃぐにゃしてみえる。そんな先の道に、大きな岩山がひとつみえる。石川達三という存在だ。その大きな岩山は、石川さんがこの世におられなくても見えるのである。昭和十年代を文学書生でおくった私たちの世代は、この岩山をどのようにうけつぐか。それは自由だが、今日はまだ初七日もこない。淋しい気持を抱きながら、私はこの文を書いた。

川口さんのこと

川口松太郎

「すばる」昭和六十（一九八五）年八月号

私には、何かとお世話になった大先達であった。一しょに講演旅行をしたり、ゴルフで京都や名古屋へもよく行ったが、一ど講演もゴルフもぬきにして、京都をあそび廻らないか、という相談が出来、白洲次郎さんと三人で、祇園《ぎおん》の松八重を振り出しに、何どか先斗町まではしごをしたことがある。かれこれ十年も前になるだろうか。その時の記憶だけれど、川口さんはとことこと歩かれるが、傍らに女性がいないとさまにならないようなところがあって、大声で何やかや話しながらだから、とりわけて狭い先斗町《ぽんとちょう》の露地など、急にはしゃぐ感じである。私などまねのできない遊び人の手順というか、女性の方も、小柄な川口さんの両手にぶらさがるといったふうなのが、いまも鮮明にあるのだ。女性の方で放っとけないようなものが、川口さんにはあるのだろう。相手は老妓の場合もあるし、若手のこともあった。そのどっちもが、ぴったりくっついてゆくのだから川口さんには、そ

う いう徳があるのだと思うしかなかった。何げない露地をぬけるとき「あいつはここの三軒目に住んでたが、とっくに逝っちゃって……気立てのいい女だったなァ」と故人となった馴染み芸妓の話などなさる。すると、はしゃいでいた若手もしんみりして、お葬式は淋しかったの、誰々さんの顔は見えなかったのと、話がはずむ。目ざすお茶屋までのかなりな距離がそれでみじかくなるのである。京は川口さんには、大映時代の古巣でもあったし、もっともお元気だった頃でもあるので、女性つきあいも多かった様子が、それでうけとれたのだが、歩きながら、露地の敷石を見つめて、そこで生れて生きて死んだ老妓の生涯が短く語られるのに、作家の極道の裏表もかさなるのである。誰だって聞きたくなる。それが、歯切れのいい江戸っ子弁ときているので京の妓らは魅きつけられるのである。そうして行った先ではすぐ老女将の手をとり、

「とうとう茶のみ友だちになっちまったなァ」

身銭を切った人だ。ここらあたりのやりとりでサマになる作家は、川口さんをおいてなかったと思う。谷崎潤一郎、吉井勇、そのほか京を愛した文人との交渉もよく話されたが、共にかかわった女性をかさねてのことゆえ、話に艶が出てくる。正しく「古都憂愁」といっていい。話していることがそのまま小説になる人であった。後年口述によって新聞に長篇を発表されたときいたが、短いものでも流麗なリズムは、かえってそれで緩急を得て、みごとな文体となっていた。なるほど語りべとはかようなものかと、あらためて思っ

たものである。

　これは遊びではなく、何かの用があって、川口さんのお供をして嵯峨を歩いた。祇王寺へ行ってみようとおっしゃる。予定にはなかったのだが、急に思いつかれたのだった。青葉の頃で、あの孟宗藪のあいだに枝をひろげる楓《かえで》が、うるしをぬったように青く光っていたからたぶん五月だったかもしれない。柴垣の扉をおして入ると案内の人が、「庵主さまはおやすみです」という。気分がわるいご様子だった。「川口ですがねえ、それじゃァ、仏さまを見せていただいて帰りますよ」と表の方へまわられる。案内の人はすぐさま奥へゆかれたが、私たちが、例の祇王祇女の木像を見物しているとき、奥から、庵主さんがふだん着に羽織をひっかけて出てこられ、「さあどうぞお入り下さい」、これも徳のなせるところと思われた。やすんでおられた庵主さんが、大急ぎで奥の間をととのえられる。川口さんとは昔馴染みらしく、それから思い出話がはずむのをわきで拝聴していると、花柳章太郎さんの話が出た。庵主さんは、つと立ち上って、奥へ消え、やがて手にしてきた単衣《ひとえ》の地味な着物をぱらりと畳の上にひろげられる。たぶんうす茶か、とき色のようだった気がするが、絽《ろ》か絹かわすれたけれど、うすい地だった。裾まわりに墨書きで寄せ書きがなされてある。花柳章太郎、柳永二郎、川口松太郎といった新派の人々の署名だ。

「大切にとってありますのえ」

　と庵主さんはいわれた。川口さんの眼がうるんでいたと思う。花柳さんが他界されて間もなかった。ああ、この時は、みんなどこそこに集まって、お前さんのことを心配して……とまた話がはずむのであった。

夕刻迫っていたし、庵主さんも床におられたのだしと、川口さんがやがて、外へ出て、庭に佇まれると、送りがてら庵主さんも出ていらっしゃる。と楓の中ほどの枝先に、五つ六つ、紅く染まりはじめた葉が見える。夕方のことなので、竹のあいだをもれてくる光線もよわいのだが、そこだけあかく色づくけしきは眼をひきつけた。

「色っぽいもんだなァ」

と川口さん。あれは五月のさなかに色づくのだから、何葉とよんでいいか今日もわからない。たぶん季語にもありそうだが、庵主さんとならんで佇む川口さんは、

「来てよかった、来てよかった」

を連発しておられた。祇王寺ゆきはこれが最後だったのではないか、と思う。この時も川口さんという作家は、小説の中を歩いている人のように思えた。生きている日常が、みな小説のタネになった。それがいわゆる深刻きわまる私小説ふうのものではなくて、人情を手際よく描く物語の風景となったのである。しかも、ごく自然にである。

思い出すことはたくさんある。これからも、あんなことがあった、こんなことがあった、と思い出しながら、後進の私はいましばらく生きるのだろう。

思い出すままに

川口松太郎

「オール讀物」昭和六十（一九八五）年九月号

別府の病院に障害の娘をあずけ、家内が自分の骨を切って、二歳の子の障害部分に移植するという大手術をやった。昭和三十七年だったかと思う。ぼくは杉の井ホテルに泊まって仕事をしていた。直木賞を頂戴してまもない頃で、新聞、週刊誌の連載に追いまくられていたので、ろくに看護役にも行かず、近くにおればまあ父親の役目はすむだろう、との魂胆で、一切病院まかせ、骨を切ったあとだから、家内もまだ、杉の井へは来ていなかったか、と思う。何げなくエレベーターをおりて、玄関口へ出ようとしたら、病院にいるはずの子と妻が、ロビーにいた。卓子には川口さんがおられる。ぎょっとした。別府へ来ておられるなど知らなかったし、同じホテルなら無礼なことだった。寄ってゆくと、卓子の上には、いろいろな玩具があり、何か縞の盤にひろげたダイスのようなあそびの最中である。くるま椅子の子は、ようやく外出は許されたもののギプスをはめている。妻もギプス

をしていたかと思う。私に気づくと、あそびの手をやめた川口さんが、

「どうだ、仕事は終ったかね。ちょっとこっちへ来たついでに、病院へ行ったらね、おふたりこっちへくるところだというんで、ぼくも一しょにきたんだ。直子ちゃんの元気なのを見て安心したよ」

講演旅行の途次だといわれた。つれの作家とべつのホテルにおられる由であった。すれば、わずかの時間をぬすんでの病院ゆきだったろう。玩具の類は、町で買ってまにあわせたものとは思えなかった。飛行機に乗る前から用意されていたものだった。玩具ひとつ買うどころか、病院へもあまり行っていない私は、ただ、頭をさげているしかなかった。

「いま、いちばん忙しい時だな。仕事が一番だから、とにかく、切りぬけなきゃあ……」

そんなことをひとことといって、川口さんはにこにこして出てゆかれた。わずか十分間ぐらいの出来ごとで、私は呆然となった。

川口さんと親しくしてもらうのは、ゴルフや文士劇に出るようになってからで、まだ、その杉の井で会った頃の私はかけ出し作家。面識は一どぐらいあったものの、したしく話すことなどなかったのだ。川口さんは、私にとって老大家だった。この日から、私は川口さんに畏敬の思いと格別な親しみに加えて一本取られた、という気持をもった。障害の子との文通は、いつからはじまったかしらない。子が手紙をかけるようになるのは別府三年の療養を終えて帰京し、小学校へ入り、中学校へ入りしてからだと思うが、妻の話だと、

文面の最後には、

「オヤジに云うなよ」

と書かれてあったそうだ。それで、子も妻も私にそのことは話さずにいたようで、毎年末参万円のお年玉が、かならず同封され、直子に届いた。川口さんは、ハワイでの越年ゆえ、心のこもったものである。私は湯河原でべつの先輩と越年するのが習慣だった。正月三日に帰宅して妻からきいてびっくりした。しかしこのことは、川口さんに会っても口に出さずにいた。いつか、お礼を云わねばと思っているうちに、機会を失したのだった。

いってみれば、川口さんには、私の家庭が気になった様子で、いつも直子のことを心配して下さったと思う。このことはいま、川口さんに亡くなられてみて、ありがたい思いと同時に、ふかく私を刺すものがある。つまり、こういう思いやりを行動にうつすというところが、私には欠けているのである。

「お前さんは、忙しいからかまってやれないだろうが……」

というようなことを云われたこともあった。直子が何か、そんなことを手紙に書いたのかもしれない。私はしょっちゅう旅に出ていた。家にいることは殆どなかった。

京都で訃報をきいて、私は通夜にかけつけるため帰京したが、妻が、

「先生には、ながいあいだ、直子がお世話になったんですよ。そのことを忘れないでね」

と玄関でいったことが重かった。

川口さんという大先達は、稀有の語りべだった。ゴルフをすませたあとの宴会では司会役をなさって、声高に明るく、江戸なまりをきかせ、ユーモアたっぷりなのでいつも座が沸いた。創作、演劇、ゴルフと多忙な日常を遠望していた私には、子との文通は、心あたまる近景として、いつも心にあったのである。

人は川口松太郎文学を「人情の世界」とよんだ。そのとおりにちがいない。だが、私にいわせると、その人情の世界は、頭でつくられたものではなくて、川口さんご自身の体験から絞り出たものという思いがつよかった。つまり、もと手がかかっているのである。人にはいわぬが、さまざまなことに出喰わして、とぼとぼと、そこまで訪ねていって、ともに泣き、ともに喜びしてこられた人ではないか、と、ふと思う。

小説は心理描写と、具体の風景がきめこまかいことに越したことはない。川口さんの文学を丹念によんだとはいえないが、たとえば、「古都憂愁」など、京に生きる人々と交際される心情と風景がまことに簡《かん》にして密《みつ》である。京都という露路の多い町の、隅々に通じた川口さんの思いのたけが出てくるし、どんな所にも、そこで生き死にした友人、知己との暦が根雪のように眠っていて、ひとつひとつほぐすように歩いてゆかれる姿がある。こんなことを書くのも、白洲次郎さんを入れて私と三人で、毎年秋末に、「京都を歩く」会が何年かつづいた。祇園、先斗町、上七軒、川口さんはむかし、大映におられたので、撮影所へもしょっちゅう来ておられる。景気のよかった映画界のことゆえ遊興もケタがちがい、京都では、女性交際もはなやかなようだった。有名な「夜の蝶」は当時木屋町で全盛だったお染さんがモデルだから、花街のほかに、新興バアの世界にもおくわしかった。ただの遊興ならともかく、人にはいえぬ情のタネをふりまいてのことだから、暦の底には無数の花がねむっている、と思っていい。とにかく、お元気なころは、花街もハシゴだったろう。そこらじゅうの老妓、女将と顔馴染みで、私たちの会合も、川口さんの指定される料亭、お茶屋でその花街《しま》の芸妓連をよんでのにぎやかさである。なかには亡くなった妓もいる、旦那にひかされて、どこかで、ひそやかな旅宿を経営する妓もいる。ひとりひとりの思い出話がつきないから、こっちは聞き役だ。べらんめえ口調のイキな艶話は絶品だったと思う。

「おれにも、髭を生やした子が出てきちゃってねエ、あの時は困ったもんだ。子供ってエものは、まあ、抱いてあやして育てるもんだろ。それがさ、お父さんって現れた時は、もう四十近いヤツでさア。髭もはやしてやがったア」

この話は、よくされたので、ここで公開しても叱られまい。まだ浅草の本屋の店員だったころ、年上の女性とのあいだに出来た由で、噂にはきいていたけれど、わからぬままになっていたのが、名古屋に芝居で滞在中ホテルに現れて、

「これから戦地へ行ってまいります。ひと目お父さんにお会いしてから……とたずねてまいりました」

と髭むじゃらの息子さんはいったそうだ。

「それっきりになっちまったよ。かわいそうに戦死だった」

話のオチはしめっぽくなかった。川口さん独自の語りであった。人はよく、己れの過去を深刻に語りたがるものだ。川口さんにはそれがなかった。まあ、聞いてくれ、とかまえるものもなかった。つねに自分をむきだし、明るく、さらりとした、男らしい人だったと思う。

また、川口さんは読書家だったと思う。とりわけ、若い後進の著作に関心を示し、よく読んでおられた気がする。私の場合をいえば、「海」に「一休」を連載しはじめたころ、読後感想をいちいちハガキで下さったし、二年の連載を終えて、手入れのため単行本の刊行がおくれていたのを、いつ出るのか、とあえば激励して下さり、本になればていねいに読み返して下さって、感想をいただいた。「一休」については、川口さんものちにべつの角度から長篇化なさるので、関心も格別だったかと思うが、他の作品についても、あれはおもしろかった、あれはつまらなかった、と歯に衣をきせずにいって下さった。

私は学歴をもたないで文壇に入った関西出身の作家である。川口さんは、そういう私のこし方に興味をもたれていたのかもしれない。障害の子と、晩年までつづく文通を考えてみても、私を情あつく見守っていただいたと思う。

遠く近くから見つめて下さっていた大先達が、また亡くなった。だいじな星がまた一つ消えた。

川崎長太郎さんを偲ぶ

川崎長太郎

「群像」昭和六十一（一九八六）年一月号

川崎長太郎さんにはじめて会ったのは、本郷森川町の宇野浩二邸だった。昭和二十二年だから川崎さんが、復員してまもない頃だったと思う。夏なので菜っ葉色の海軍シャツに半ズボン、雑嚢のようなものをさげておられた気がする。川崎さんと宇野さんがどんな話をされたか記憶にないが、川崎さんが帰られたあと、宇野さんが、「小田原海岸の物置小屋に住んで、電燈がないのでろうそくで小説を書いているそうです」と半ばあきれ、半ば畏敬の眼ざしでいわれたのをおぼえている。宇野さんには、作家を論じるに作家の生活、人柄にこだわられるところが多かった。独得な見方で、その作家の言動ぶりを披露なさるから聞いていておもしろかったものだが、川崎さんの風貌骨格についても、宇野さんは、一段格上げの感じであったと思う。というのは、初期芥川賞候補作家で、田畑修一郎、中山義秀、川崎長太郎の三氏に注目して、しょっちゅうこの三人を賞揚されたのである。

が、川崎さんについては、別格のお気もちがうごいていたようだ。川崎さんの文章によると宇野さんを囲む「日曜会」が箱根でひらかれた際、川崎さんが案内役をつとめられたようだが、もともと師匠は徳田秋声だった「あらくれ会」の川崎さんだが、宇野さんとも川崎さんは親しくしておられた。

宇野さんの依頼もあって、小田原駅前火事の直後に、海岸の物置小屋を訪問した日のことを鮮明におぼえている。たしかにそれは物置小屋で、トタン囲いの階下は地べたで、魚のウロコのへばりついた板箱がいっぱいかさねられ、住まいはその二階で、うす暗く、たてかけた梯子《はしご》が階段の用をなし、穴が出入り口だった。板間にむしろを敷いて、何かの箱が机がわりの様子で、もちろん電燈はなかった。

長男でありながら、家業をきらった川崎さんが、東京生活を切りあげて、ここにひっそくして小説に没頭されたのは、いつ頃からかしらなかったが、小田原市幸四ノ五八五という番地がそれであった。その日、私は一日じゅう川崎さんと海岸を散歩した。小屋では話が出来なかったから、日の暮れまで歩いた。何を話したかわすれてしまったがたぶん東京のこと、宇野さんの近況などだったろう。川崎さんがとある農家の裏口から入って、井戸水をもらって、私にも飲みなさいと柄杓をさしだされた光景がいまものこっている。腹のへっていた頃だ。水を飲んで散歩したのだと思う。

宇野さんが亡くなられて、「偲ぶ会」が命日ごとにあった。新橋の柳橋亭だった。川崎さんはいつも会場の隅の方にだまって坐っておられた。私がならんで坐ると、細眼をなごませて、「もうそろそろ、仕事を休んで、きっちりなさったら」とか「金なんぞいくらあったってしかたのないもんでしょう」とか、にこにこしておっしゃった。私への友情だった。やさしかったけれど、きびしいもう一つの眼が奥の方で光っていた。ある雑誌で対談させられたことがあった。川崎さんが徳田秋声を、私が宇野浩二を語る企画だった。その時、川崎さんは、秋声が、日頃、文学についてむずかしく語るようなことがなくて、何げない時に、ぽろりと大事なことばをこぼすように話された、とおっしゃって、結局、「人間の髄を書くんだ」といわれる。

「手拭をしぼって、ふっとテーブルの上に置く。しぼり放しじゃいけない、といわれるんだ。ふっと机の上におく。するとふくらみが出てくる。裂け目が見えてくる。ふつうはしぼっている最中みたいなところで書いているわけだ」

きいていて、これは川崎さんご自身の小説の仕上げ論かときいた。このお絞りに托した小説作法には、川崎さんの手ぶりも、心もち口もとをひきしめておられたお顔もかさなるのだが、極意のようなものを教えられた気がして、ただうなだれたことをおぼえている。小説の仕上りのむずかしさをいう人は多い。が、そのあたりのけしきを、このように説明した人を私は知らない。

川崎さんは、私小説を貫きとおした。もはや最後の私小説作家であって、晩年は、こつこっと孤独な道を、杣人のように歩く、極北の人のような気がしたと、いった意味の評価が、ご逝去後にもいわれた。なるほどと思うが、しかし、こういう云い方には、どこか寂寥感がともなうのである。そうかもしれぬが、ひとことつけ足せば、川崎さんにははなやいだ晩年だったろう。六十二歳で「老残」を書いておられるぐらいだから、八十三歳の今日まで、二十年は、千代子夫人をむかえられての新生活だった。作品は、あくまで私小説で、思い出話や身辺の庶民のことや、自己の心境披瀝が中心だったにしてもそれはごく自然な話で、若い頃からのアナーキーなものがいつも裏打ちになり、私にはたくらみのない、作意をこえた世界へつきぬけておられた気がしていた。人が山のぼりしているのに、はたから、その登り方がどうの、山がどうのといったってはじまらない。登ることは苦しいが、楽しかったのだろう。川崎さんのどの短篇にも見られる独得のあのリズムは、お絞りのかげんではないけれど、己れのこれときめた道を、ちゃんと歩いてゆく足の音だった。「路草」が傑作である所以だろう。

最後に川崎さんに会ったのは、尾崎一雄さんのお通夜の席上でだった。いやにお元気で、片手に手袋をはめたご不自由な姿だったが、その夜は元気な毒舌ぶりで、若い作家を槍玉にあげて、凜乎たるものが感じられた。ひとりで歩いて、山を登りつめている人の自信といっていい。あの細眼を輝かしておられたお顔が焼きついていたので、こんなに早く逝かれるとは思いもしなかった。亡くなられてみると、自己の道をしずかに歩ききっての、いさぎよい死という思いが切々としてくる。合掌。

弔辞

川崎長太郎

「文藝」昭和六十一（一九八六）年春季号

川崎さん、ご容態の思わしくないご様子は耳にしておりましたが、今日、ここで、ご霊前にお別れのことばを申さねばならぬことは、悲しい思いです。長いあいだ、親しくぼくを見つめて下さった友情にお礼を申しあげます。

本郷森川町の宇野邸でお会いしたのが最初で、あれは二十二年頃だったか、と思います。宇野さんは、川崎さんの文学と生活とを愛され、私に一ど小田原海岸の物置でのご様子を見てくるようにといわれ、ぼくは何かの用事もかねて伺った日のことをおぼえています。小屋から出てこられた川崎さんは、水兵シャツに半ズボン姿で、ぼくとつれだって海岸を歩き、東京のあらくれ会のことや、秋声文学について話してくださいました。ひどく空腹だったこの日の夕暮れまでの散歩を、ぼくはよくおぼえています。

宇野さんを囲む「日曜会」、亡くなられてから「偲ぶ会」があるたび、ぼくは、川崎さんに会えるのが楽しみで出かけたのですが、新橋の料亭の会場の隅で、ならんですわると、やさしく語りかけて下さいました。

あなたは、宇野さんの小説をお好きでした。そういえば、私が出版した「子を貸し屋」は川崎さんの解説でした。だが、川崎さんの師は徳田秋声先生でした。いつか、私を対談相手に川崎さんがえらんで下さって、秋声先生の思い出にふれられた時、

「小説の仕上りは、ちょうど固く絞ったお絞りを机の上においた時、ふっくらとしたもどりがあって、さけ目も見えてくる。あのかげんにある」

といわれた。それは、秋声先生のおことばではありましたが、川崎さんご自身の文芸の工夫思案の道であると思え、感銘ふかくうなだれたことをわすれておりません。世に小説のむずかしさをいう人は多いのですが、このようにいわれた小説作法を、私はほかの人にしりません。私は、その日から、川崎さんの小説を読む眼が変りました。「路草」「裸木」、いずれも川崎さんの世界であり、絞られたタオルのもどりかげんを思わせる芸の苦心が出ていました。ぼくは、ぼくのことしか書けないけれど、この作法だけはと心に銘したものです。そうではありますが、ぼくは、もう一つ、川崎さんの文体のリズムについて、考えをふかめてきました。それは川崎さんの気風でもあり、家風でもあったようです。生涯を通じて変らない川崎さんの文体です。その頑固さも好きでした。

自己の身辺を彫りふかくきざんでゆく樵人のような仕事ぶりだとは、広津和郎さんが宇

野さんを話されたことばでしたが、それと同じような川崎さんの孤独な道を、ぼくはつねに思わないではおれませんでした。長男に生れながら、家業を捨て、ペン一本の道を生きるのに、もっとも貧乏な道をえらび、もっとも率直であったあなたに正統派の作家の道を見、背中からさす光が、いまもぼくの心を打ちます。

思えば、尾崎一雄氏の亡くなられた日のお通夜でお目にかかったのが最期になりました。あの時、川崎さんは、ひどくお元気で、若い作家を槍玉にあげてやっつけて、意気軒昂でした。ご不自由そうな手が気になりましたが、こんなにお元気なら安心だと思って帰ってきたことでした。

それが、今日、こんなに、早くご訃報に接しようとは思いませんでした。

また、ぼくの大事な星が一つ消えた悲しみを、かみしめるしかありません。川崎さん、ながいあいだ親しくして下さった友情をふかく、ふかく感謝します。どうか、やすらかに、おやすみ下さい。今日は小田原の海はたいそう凪いでおります。やすらかに、お眠り下さいますよう。お別れのことばといたします。

三周忌に憶う

中野好夫

「朝日新聞」昭和六十二（一九八七）年三月二十日夕刊

早や逝去されて二年経った。ぼくは正直、生前の先生を雲の上の英文学者、思想家であると思っていたから、近づきがたいものがあったと思う。ところが、小説を書くようになって、文壇ゴルフの仲間入りして、先生の風貌骨格に親しめる機会を得た。多忙な日常でおくつろぎになる先生から最初に声をかけられたのは、「勉《べん》さん、若狭だってね」だった。「篠山の文章おもしろかったよ」丹波篠山はぼくの故郷に近い。構えの大きな砦《とりで》あとのある城下町だった。城趾の美しさと閑雅な町のたたずまいを書き、むかし、鉄道がしかれた時、火を噴く汽車など危険きわまりないといって、篠山駅を拒んで、町を訪れる者には町営馬車を用意した大正時代の町長さんの行為に感心したと書いたのだが、その町が先生のお父さまの在所だとは知らなかった。

先生は、「もう篠山へは帰らんよ」とおっしゃっていた。ぼくの感心した町長にも批判がありげだった。そういいながらも、「若狭かね」と親しみをこめて問うて下さった先生のお顔を今日も大事にしている。野良犬のように東京へ出て、文壇で絵空事を書いてくらすようになって、東大教授から声かけられて、うれしかったのである。地縁というようなことばがあれば、それだったかもしれない。のち、ぼくも「宇野浩二伝」を書いて、先生から「波」に過褒の文章を頂戴した。先生六十九歳の時だった。ぼくは来年その先生の年齢になってしまう。

学者でありながら、社会運動にもかかわられて、思うことをずばりおっしゃる先生の態度に、遠い指針を思い、若狭の村を十七歳で出て、東京で花屋の丁稚をしていた古河力作が、大逆事件に連座して処刑されるまでを書いた。先生の眼を意識したことを偽れない。辺峡の村を出た仲間が、権力の一方的な判断で、市ケ谷刑場で殺された。同じ若狭出身で物を書いてくらすなら跨いで通れぬ人ではないかと思った。ぼくの同じ宗門の花園大学にいた柏木隆法君が、僧侶生活に背を向け、「大逆事件と内山愚童」を書いた。十五年の歳月をかけた、その仕事をささやかに祝う会があった。せまい会場の隅っこに中野先生のスポーツシャツに上着をひっかけたお姿を見て感激した。柏木君の仕事がこれでむくわれた、と思った。「きみたち、同じ派だったのか」、育った寺のことだった。内山愚童は禅宗僧侶で、箱根の小寺の住職だったが、やはり事件に連座して殺されていた。若狭の少年と箱根の住職とは生前に逢ったことはなく、死刑判決の法廷で網笠をかぶってめぐりあっていた。ふたりの仕事を、先生はだまって見ていて下さったのだと思う。柏木君のためのテーブルスピーチは、長年、足をつかった調査への信頼であった。柏木君はそれ以来先生の遠い眼を感じただろう。また五年ほどかけて、「伊藤証信とその周辺」を書いた。殆ど彼は無名だった。無名の物書きの仕事を、先生はアカデミーの城から眼を放されなかったのだ。

「文学は本来、物言わねば腹ふくるる業をやむにやまれずして表白することであった。発表と未発表とは問うところではなかった。おそらく後世昭和十年以後のわが文学の位置を決定するものは、現在徒らに巷間にダブついている文学によってではなく、誰か黙々と発表も何も考えないで書きつづけられていた作品によってであろう。また私は必ずやそうした幾つかの作品があることを信ずる」(「蠅打器の必要」)

先生は、人の眼のとどかぬ草の葉かげに、眼をやって生きられた学者だといまにして思う。

先生といちど、人生の愁苦について語りたかったが、男っぽい先生ゆえに、そんな話など出来るものではなかった。いま、ぼくは、「人間の死に方」で先生が、慈円をして、「サシタルコトモナキ也」といわしめた臨終に、瑞兆の一つもなかった人間親鸞の死を見つめ、実子の善鸞義絶や、妻恵信尼との別居や、子をつれて夫に死別してもどった娘覚信尼の将来に心をつかう、老いたる思想家の末期に眼をすえておられることに興味がふかまる。

先生は、「夏日随想」という文で、自分の死についての考えを書くことを拒んでおられた。自分はこんなふうに生きた、こんなふうに死ぬだろう、などというような物言いにはずかしさを感じられていた。先生の筑摩版の選集の十一巻に、担当記者小宮正弘氏に口述させられた最期のことばが掲載されている。
一、やっと十一巻が出ることになった。
一、これでこれまで書いてきた全体の量の何割くらいかな。
一、よく駄文を書いたものだ。
一、死後も、この種の選集、私集は出さない。要するに死後出版、新出版はない。
私はこの文をよんで、江戸城に屋敷をあたえられたが、そこに住まず、大徳寺にもすわらず、一介の末寺僧に甘んじた沢庵の末期をかさねずにおれなかった。

「全身をうしろに埋めて只土を掩《おお》うて去れ、経を読むことなかれ、斎を設くることなかれ、塔を建て像を安置することなかれ。諡《し》号を求むることなかれ（略）年譜行状を作ることなかれ」

が遺言だった。

「出家のわざもいやになり申し候て、袈裟ぬがざるばかり」といった沢庵は、権力と仏教のはざまで自己を通した自由人といわれている。「死後の事毛頭思わず末世の法三十年前に見限り候」この人が、いま、中野先生にかさなって致し方がない。先生が自らを偽善者とよんでいらしたことなどともかさねあわせて。合掌。

（一九八七年三月十四日、東京・有楽町マリオンの朝日ホールで催された「中野好夫・没後二年講演会」での講演に加筆要約）

山本健吉さんを憶う

「海燕」昭和六十三（一九八八）年七月号

あれはもう二十五年近く前になる。山の上ホテルにカンヅメされて、夕刻玄関よこにあった寿司屋へ入ったら、カウンターの奥にひとり先客があった。山本さんである。こっちへ来ないか、とおっしゃる。面識はなかったが、「私小説作家論」を読んでいたから畏敬の思いで近寄った。山本さんは、徳利を一本前においてちびりちびりやっていらっしゃる。少し前からそこで退屈してらしたらしいことがわかった。ぼくは当時四十そこそこの若僧だったし、ホテルのカンヅメも読物小説の締切りに追われていたと思う。きみ、と山本さんはおっしゃった。

「宇野さんもね、ずいぶん通俗なものを書かれた時がありましたよ。しかし、ぷっつりやめられた……」

山本さんの眼は、戸口ののれんにそそがれていた。のれんは、鍋井克之氏の絵と字だった。山の上ホテルは当時、マッチのデザインにも鍋井氏の絵をつかっていたように思う。鍋井氏は宇野浩二さんの友達で大阪在住の画家だった。山本さんの眼が、寿司屋ののれんになった画家と宇野さんの交際を沈黙の中に秘めていて、それから思いついたふうにもきとれた。だがじつはそこにすわったぼくの仕事の内容もだいたいわかっておられる眼だった。

「はい」

とぼくはいって黙るしかなかった。それだけの話である。この時、山本さんが、ぼくに何を云いたかったのか、よく承知できた。ぼくは「雁の寺」を書いてすぐだった。この小説は純文学の評者から好評をうけていた。山本さんは、ぼくに、これを機会に、通俗なものはやめよ、といっておられるにちがいなかった。ぼくは山本さんに、温かさときびしさを感じた。

この三、四十分しかいなかった山の上ホテルの寿司屋のカウンターでのことが、山本さんに、それから、あうたびに、思いだされるようになった。ぼくが、カンヅメされねば処理できないほど注文をうけていた推理小説をやめようと思いたち、すぐには踏み切れなかったそれらの仕事を、追々と整理してゆけたのは、山本さんのこのひとことを頂いたからだと今にして思う。中山義秀さんからも烈しく忠告されたが、山本さんのことばは、義秀さんとちがって、やわらかだったと思う。それだけにこたえた。面識のなかったぼくに山本さんは開口一ばんにそういわれたのだった。

のちになって、宇野浩二伝を書く時、山本さんにはお世話になった。山本さんは、改造社時代に宇野さんの担当で、桜木町時代の家を何どか訪問されていたので、宇野さんの編集者に接する一風変ったといえる態度について、ユーモラスに話して下さった。たとえば訪問していっても留守だとお手伝いさんからいわれ、歩いて帰る途中、また追いかけてきたお手伝いさんに、「先生がお会いになりたいそうです」といわれてひっかえしたりした話などだった。

「二階に小窓があって、じっと見ているんだよね」

山本さんの謹厳なお顔が、細眼とともにゆるむのだった。口はへの字だったが。そういう話しぶりに、ぼくは山本さんの人間を見て心がなごんだ。一見、とっつきにくい感じをぼくは後輩としてうけていたが、はなしてみると、意外にユーモラスなところがあり、それが謹厳な顔だちゆえに、いっそう効果のある話しぶりに思えた。山本さんには、作家の人間を見る、人間を愛読するところがあったように思う。そうでないと、次のようなことばは出まい。

「宇野浩二の肖像を描けば、私の文体は何時の間にか間の延びたお話体になっていた。岡本かの子を描けば、私の妄想は何時か悩ましげな雰囲気を創り上げていた。嘉村礒多を描けば私の筆は業苦と共にのたうち廻った。そして私はこれをしも相手のインキ壺から汲み出した苦汁であると思った」

批評家の文体について言及された「私小説作家論」の初版あとがきの一節である。私はもちろん、「宇野浩二伝」で山本さんが宇野浩二のインキ壺から汲みとられた文章をよんで啓発されている。お許しを得て山本さんの文章を本文に挿入させてもいただいた。

文芸家協会の集まりで会うことが多くなった。山本さんに会えば、「ことしはどこの桜を見るかね」と問われた。ぼくに老桜を訪ねる作品があって、山本さんはそれで、そうおっしゃるのだった。ぼくは、その年の花の頃を旅している先について話した。山本さんも桜がお好きで、しょっちゅう花どきは旅行されている様子だった。吉野の話もきいた。京の桜の話もきいた。銀座から一ど車で一っしょになり、赤坂で山本さんをお降ろしして成城へ帰ったことがある。

「このごろはどこにいるのかね」

「はい、軽井沢です」

「そう」

ぼくの居の定まらぬことを見ていらっしゃる横顔だった。

「もう、寒いだろ」

「はい」

言葉は少ないが、言外にいっぱいつめこまれているものが感じられた。これは山の上ホテル以来のことで、山本さんはぼくとふたりきりになったことで、思いをそこへ立ちもどらせておられるようにぼくには思えた。ぼくの方にそういう思いつめ方があったのかもしれぬが。たとえば、銀座で、いまさっき、マイクを手に、酒はぬるめのカンがいい、とうたっていらっしゃった直後でもである。ぼくはいつも山本さんからは、作家の初心を教えられていたと思う。

山本さんと最後にお会いしたのは、紀尾井町の福田家で、ある文学賞の銓衡会場だった。山本さんは、至極痩せられ、お顔色もわるかった。大手術をなさったあと、会えばお軀のことを気にしていたのだが、その日のご衰弱ぶりは激しかった。皆より少しおくれての到着も気になった。しかし、いよいよ討論になると、お言葉に力はないが、つよい主張があって小気味よかった。これを言いたいために、ふとんの中から出てこられたのだな、という思いがぼくに迫った。

山本さんとは、ふたつの文学賞の銓衡でご一しょする機会があったが、山本さんの作家の人間を見すえた上での作品を論ずる態度は一貫していた。宇野さんも小説を書く以外には、何もしなかった生涯をおくられたといえるが、山本さんも、評論ひと筋を生きられたといえよう。人間への好奇心と、文体の洞察。相かわらずの、つよい気概を感じたその日が最期になった。

ぼくは「新潮」に連載されていた当時、読んでいた「いのちとかたち」をあらためて読みかえして、感動をあらたにした。

「仏への供花に生花の起原を説こうとする美術史家たちは、その前に、花の中に『いのち』、それらを威力あらしめる根原の『たましひ』を認めた、古代の日本人の心構えを忘れない方がよい。仏への供花の造化など、いけばなの根本の心には、たいして意味を持ちはしない。立花は花も花器も、豪華な造形性を誇ったが、それでも、花が『時の賞翫』であるという本来の性格を忘れたことはなかった。『時の賞翫』とは、花が命短いものという認識の上に立って、その『いのち』の瞬時の輝きを賞翫することである」（「花の美学」）

「すべての生き物をはじめ、山、川、森、海はもとより、風にも雨にも雷にも竈にも厠にも屋根にも、石にも武器にも衣類にも装飾品にも調度品にも、すべて『いのち』の存在を考える。それらと人との『縁』を考え、その『縁』のひろがりと深さとが秩序を形作っている。たとえば川について、昔の人たちはそれを生き物と考え、それと自分たちとの『縁』の深さを考え、始終それと親しみ、手なずけていなければならない仲間と考えて、砂防や築堤に心を遣《つか》った。それが日本人の自然愛の根底だった。（略）世界を人間中心に考えない。人間をも含めて、万物を等しく生きたものとして『縁』すなわち相関連する道理において、その共存を考えるのである」（「終章」）

山本さんの思想の根がかたられている。山本さんは亡くなったが、ぼくはこれから、何どもこの言葉を力にするだろう。座右において力づけられることだろう。

山本さんには、親しい思いはあっても、ぼくは距離を心得ていたように思う。亡くなって、いま、その垣がとれ、「いのちとかたち」の諸論文が、骨身に沁みる思いである。山本さん、ながいあいだ、やさしい眼をかけてくださってありがとうございました。心からお礼を申しのべます。合掌。

富士正晴さんのこと

富士正晴

「図書」昭和六十三（一九八八）年七月号

「海」に「一休」を書いていた時、連載二、三回めぐらいだったか、某新聞の短文欄で「君の仕事を取りあげている人がいたよ」と教えてくれた友人がいた。軽井沢の山中にいたので新聞もなかった。編集者に問うと、富士正晴さんだといってその切抜きを送ってくれた。短い文章のなかに、ぼくがやりはじめた仕事への声援が感じられて嬉しかった。小説とも伝記ともわからぬ文章を書いていたので、まったく自信がなかったのだが、富士さんに勇気づけられて、元気が出たことを先ず思いだす。富士さんも一休和尚に関心をもたれていて、のち筑摩書房から「一休」が出た。そして、その本が軽井沢にも送られてきた。ぼくはそれで富士さんに手紙を書いたかと思う。すると、ハガキに蛙の絵が描かれて、大きな字が一、二行書かれてきた。これも嬉しかった。それから何年か経って、京の四条石段下近くの画廊で、富士さんの個展のあるのをホテルで見た新聞で知って出かけていった。富士さんの絵と書は、心おもむくままできあがる温かさがあった。それは二、三ど呑みにいった建仁寺うらの呑み屋にあった畳一枚ぐらいの富士さんの書を見ている時にも感じたのだが、こっちの心が躍るのであった。躍るというと云いすぎかもしれないが、禅寺育ちのぼくには、老師たちの墨蹟や禅画に接する機会が多く、ある老師には隠事もつとめて墨すりもしたことがあって、その半分は読めぬ字の躍り書きに、かなわんな、という気持を味わってきた。そのかなわんな、がないのである。字もちゃんと読めるし絵も滑稽味に富んで、しばらく立ち去りがたい。その中に、蓮の葉だったか（と思うが）大きな一枚葉があって、一匹の蛙が向うからよじのぼってきて、いま半身をのりだし、きょろっとこの世を眺めているふうなのがぼくの心をとらえた。何かぼくに物をいってくれているような気がしたのである。富士さんがいって下さっているようにもうけとれるのだが、なぜか、その絵にはことばが書かれてなかった。たぶん、絵の出来を見て、画家は讃を必要としなかったのだろう。そこらあたりの呼吸が、ぼくにつたわるのだった。ぼくは三十分ほど画廊にいて、すぐ外へ出て、夕刻でもあったから、どこか呑み屋へまた出かけたと思う。それだけのことだったが、また何日かして、東京へ帰ると、富士さんからハガキがきていた。絵を見にいってくれてありがとう、といった意味のことが書かれていた（いま、それが手許にないのでそのとおりのことがここに書けない）。

富士さんからいただいたこのハガキ二枚が、ご生前の縁といえたが、ぼくは人のいう竹林の隠者宅へぜひ一ど伺いたい念願をもちながら、一どもゆかずじまいに終った。会ったのも一どか二どで、それもゆっくりの話のできるような場所ではなかった。一どは京都の桑原武夫先生の古稀の祝いが国際会議場で催されたロビーでだったとおぼえている。ぼくを見て、眼をほそめ、何かききとりにくいことをちょろっとおっしゃったのだが、何をいわれたのか忘れてしまった。忘れられないのは、眼をほそめておられたしわばんだ顔と、この会場に正装した人が多かったのに富士さんだけが、ジャンパーのようなものをひっかけたふだん着だった。眼のほそまりには、やさしさが感じられ、ふと、蓮の葉にのぼりかけた蛙の顔がその時もかさなった。

誰も富士さんに紹介の労をとってくれる友人はなかった。ぼくは、一ど会ってご高説に接したい、と思いつめてはいるけれど、ひとりで出かける勇気もなかった。誰かがつれていってくれて、たぶん、酒が出れば、それをいただいて、富士さんの禅談がききたいと思ってばかりいた。それだけのことだったが、いつか、とその機会をねらっているうちに、富士さんは逝かれたのである。さっさと逝かれた気がする。

死なれて、会っておきたかった、と悔いもしたが、なぜか、会わないで、遠望し、畏敬してきたままでよかったのかもしれぬ、という思いもなかったとはいえぬ。会えば、あのような絵を描く人だから、恐い感じもした。「八方やぶれ」にこんな一節がある。

「誰か、わたしを評して死者崇拝の思想があると書いたことがあったが、死者崇拝とは何のことだろう。又、或る人は、わたしに於いて人が本当に生きはじめるのはその人の死の後からで、わたしはその人が生きておる間に、犬のように後で標識になる小便をあっちこっちへひっかけておき、その人が死ぬとその標識をたどり直して、その人を死から生へ構成するという意味のことをいった。しかし、これも幾分かは判るようで、大方は判らぬ。死者とその死体との間に、わたしの中では、はっきりした薄い膜があるかのようで、死に顔をわたしはじっと長時間にわたって凝視するが、それは視線が死に顔をずっとなぞっていることだけなのだろう。そして死体から離れたところに、わたしは死者の過去を組立てはじめるのかも知れない」

富士さんが友人の死に接して、葬式ぎらいにかかわらず、出かけてゆかれた時の随想文の一部なのだが、憂鬱な隠者が、友人の死をかなしむことばが、ぼくにはやさしくつたわってくる。悲しむとか、悼むなどというようなことばはてこでも出てこないのが富士さんの文章である。だが、それがぼくにつたわる。

ある人の生きているうちに、犬のように標識になる小便をひっかけておく、といった云い方をして富士さんを評した人をぼくは知らない。ひょっとして、ぼくは富士さんご自身かと思ったりしながらこの文章をよんだ者のひとりである。あるいは、富士さんには京都学派に多数の友人、知己も多かったから、それらの学者のひとりが呑み屋ででも、そんなことをいわれたことがあったのかもしれないとしてもである。「しかし、これも幾分かは判るようで、大方は判らぬ」という中しめくくりの云い方にそれが感じられる。幾分か判ることが大変な方《かた》だからである。大方判らぬ、と云い直しておられるけれども、幾分か判る気がしたのもたしかなようで、そういう批評をいくらかみとめての引用なのだろうか。どっちにしても富士さんの人柄がほのみえる云い方であって、ぼくには巧みな表現に思えた。そしてすぐ思ったものだ。さしずめ、ぼくなんぞは、小便もひっかけられなかったなあと。

閑話休題。絵も書も好きだけれど、もう一つ好きなのは、富士さん独自の云いまわしの妙に出あう文章である。「八方やぶれ」もその一つだが、ぼくは、こんど、「富士正晴作品集」に入れられる短篇の中の「往生記」というのを読んで、不思議な酩酊を味わった。よく説明できぬけれど、これは前人未到の文芸といえる。あるいは、「禅文芸」というふうなものがこの世にあるとすれば、こういう文章が暗示しているのかもしれぬ、と思ったりした。ぼくはもちろん、雁ノ湛庵という人が書いて、諸君《もろきみ》ノ諸兵衛《もろべえ》藤原ノ住兼という人の蔵書だった「往生記」を知らない。富士さんによって教えられるわけだが、何とも、面白い「往生記」である。「往生伝」というものは二、三読んだ。この世は穢土であるから、念仏三昧すれば極楽往生を遂げられるといい、貴賤貧富を問わず、往生できる極楽境をたとえていえば、「妙好人伝」などで味わったものだが、富士さんのは「伝」ではなくて「記」であって、その往生のありさまが地獄なのもおもしろいのだった。中味は読んでもらうしかないが、とにかく、こんな一行でしめくくられる。

「いい日和のこんな時に、ふっと円満な人が蒸発するか、完全蒸発である自らに向ってする殺人を行うのである」

憂鬱なる隠者宅を軽率に訪問できないできたぼくの富士さんへの畏敬の内容をよく云いあらわせない。が、このあたりのしめくくりのこわさからでもあった。

内田百閒、高橋新吉。不可解な幽谷の湧き清水の清冽さにも似て、非情な温かさをもつ文体。ぼくにはまだまだ読みつくせない畏敬の人々はいるのだが、富士さんも、その一人である。こんど、作品集がでたら、ゆっくり味読したいと思う。二氏とまたひと味ちがって、この世の地獄を憂鬱に見すえつつ、さっさと逝った人の文体をもう一どゆっくり味読したいのである。

大岡さんの死

大岡昇平

「朝日ジャーナル」平成元(一九八九)年一月二十日号

大磯から成城に越してこられたのが昭和四十六年だったと思う。庭の桜が見たい、と奥さまとふたりで来られた。不思議な桜で、梢のはしに綿のようにもりあがって咲くのである。世にいう太白桜かもしれぬと何かに書いたのを実見しにきたと仰言《おっしゃ》る。庭の隅の太い一本きりの根を見つめて、

「はあん、これは雷鳥《らいてう》さんの桜だよ」

うなずいていらっしゃる。大岡さんの調査だと、うちの庭の南隅の一部が平塚らいてう邸になっている。古くからあるその一本桜はどうみても七、八十年の樹齢に思える。古い地図だと六丁目十六番地は平塚邸の北裏に当たるそうだ。太白桜はその日から雷鳥《らいてう》桜と名をかえた。

「ひと枝くれないかな」

よじのぼって、いい枝ぶりを折ってさしあげた。大岡さんはにこにこして、花つき枝をふりかざして帰られた。成城は桜通りが多い。大岡さんの新居に向う道も両側みな桜並木だった。その花の廊下を、手折《たお》った雷鳥桜をどのようにしてもち帰られたか。このあたり、大岡さんらしいと思えた、と同時に、通る人に誤解されはしないかと心配にもなった。

ゴルフにゆくにも一しょに誘われた。宮崎での年末旅行は六、七年続いた。那須へも行った。いいショットがでると、「ベンちゃん、どうだ」とよばれた声がなつかしく耳にのこっている。

京都旅行で、高台寺下の常宿に泊まって翌日、弁当もちで常照皇寺にゆき、人出で座る場所がなかったので、むかし小僧をつとめた等持院の茶室を借りうけ、おそい昼めしを食った。寺の衆がひとりもいない。ひっそりした茶室で、冷酒をさしかわし呑んでいて、

「お前、こんな寺にいたのか」

とひとこと。誰も出てこない大寺の書院での寂寥がいまも肌を這う気持ちだ。大岡さんのいたわりだった、と思う。

「先生は、学生の頃、どこに下宿しておられたんですか」

「西田町だよ」

銀閣寺の哲学の道に近い白川ぞいの町がうかぶ。京都には、複雑な思いがあるらしかっ

た。ぼくの好きな短篇「黒髪」は、女主人公が、川が北へながれる哲学の道をさかのぼって通りかかった尼寺の門をくぐり、出てきた庵主に、「どうしたら尼さまになれるか教えて下さい」と頼むところで終っている。名品だと思う。

学生時代の散策路が下敷きになっていたことがその時にわかった。

大岡さんを調べ魔だといった人がいる。よく資料に当たり、嘘を書かぬ態度である。「レイテ戦記」を見るがいい。実証のためには命がけでもとをかける作家である。「幼年」「少年」の取材で、東京渋谷の宇田川町を探られた際、宇野浩二さんが「苦の世界」の女主人公と同棲していた当時のことをご存じの方に出あわれ、その録音テープをうちの郵便箱に投入して下さった。その通りではないけれど、

「きみはきみの態度で宇野さんを書いた。しかし、こういうことをいう人もいるということを知っていてほしい」

といった意味の添え書があった。年齢もうんとちがう後輩に対してこのように親切だった。ぼくだけではないだろう。大岡さんからこのようなやさしさをもらった後輩はうんといるはずだ。うちの歩けぬ子にもよく手紙が切手なしで届けられた。

「おじいさんは、いのちがみじかいから」とあり、「直子ちゃんは、若いから、これから直子ちゃんより不幸な人々のために働く人間になってください」と書かれていた。

嘘をきらった人である。女々しさのなかった人である。ゴルフをしていても、食事をし

ていても冗談にまぎらわせて、相手の嘘を見ぬく発言があった。論争も好きで、妥協をきらいとことんまで喧嘩だった。

大岡さんを男っぽかったと語る人は多いけれど、ぼくの場合は、その大岡さんが妙に温かくやさしかったことのみが多かった。だが、一、二度、こっぴどくやられて、長い手紙をもらった。「一休」を書いた時で、ぼくの書いた嘘が気にいらぬ、とあった。

「嘘を書いてしまったら、どうすればいいのでしょうか」

夜中に、泣く思いで電話したら、

「死ぬまでそのことはいわぬことだ。それしかないだろ」

つよくいってから、ベンちゃんよ、きみはきみのまことを書けばいいんだ。きみの方法でさ、とべらんめえ口調で云いそえられた。

ぼくは十二月二十五日の午後三時ごろ、大岡さんに会いたくて、順天堂病院に行った。集中治療室に入っておられて、面会はゆるされなかった。しょんぼり帰ってきたが、タクシーをおりて、まもなく訃報を知った。

文学上のことは勿論だ。けれど、人間の誠実さについて、生き方について学んできた。大岡さんが成城にいらっしゃるだけで、ぼくは何か安心していた気がする。

安心していたという思いの中身は、大岡さんがいつも、文学者の良心を代表して下さっているという尊敬と畏怖である。筑摩書房から出た「証言その時々」を読んだ時、大岡さんの戦争批判は、戦前からのつよい意思で、若くから一貫しておられたとわかって、慄然《りつぜん》とした。

ぼくなど輜重輸卒《しちょうゆそつ》といわれた格別な兵科で応召し、毎日、馬の尻洗いばかりして内地部隊でくらした。その短い軍隊生活を思いかえしても、上官へのへつらいや、自己偽瞞《ぎまん》で終始していた、その日々が、「証言その時々」をよむことで悔やまれた。「証言」は、大岡さんの抵抗の暦だった。そして同時にぼくらの暦でもあった。大岡さんが必死で抵抗しておられた時に、ぼくらはあっけらかんと、軍部にへつらって生きていた、と思わずにはおれなかった。自分の虚偽の暦をめくられる思いだった。大岡さんはそういう作家だったのだ。だが、日常は、先にも思い出をつらねてみたように、きめこまかいやさしさでつらぬかれていたのである。

うちの歩けない子が大事にしている赤いビニールのハンドバッグがある。大きな赤い花びらが、バッグの一面いっぱいにひらいていて、何ともはなやかなものだ。これは、去る日、大岡さんが、玉川の高島屋のウインドウで見つけられたもので、奥さまのはなしだと、その場に釘づけになってうごかれなかったという。

「これは、直ちゃんにいいなあ」

とひとことといっての衝動買いだったと奥さまから妻がつたえきいている。足がよわられてからの散策途中に立ちよられたデパートでのこの心のこもった贈り物は、先生が日常、ぼくの家庭のことを考えていて下さった証しだと思う。

この九月に大岡さん夫妻を囲む会があった。ぼくも招待された。大岡さんは足もとこそよわっておられたが、ゆっくりした毒舌ぶりで、なごやかな会だった。その日、おみやげにくださったうるし塗りのお盆には、二枚の銀杏の葉がかさなって描かれていた。奥さまとふたりのお姿とも思えたが、ぼくには、直子の所持している赤い花のハンドバッグがかさなってしかたなかった。

評家も大岡さんを硬派とよぶ。喧嘩早かったからだろう。だが、それは一面のことであって、もう一つの大岡さんの顔を、ぼくは大切にしてきたと思う。

大きな燈台が消えた。足もとを照らされていた光が失せた。ぼくはいま、大岡さんの死を悲痛にかみしめている最中である。昭和六十三年十二月三十一日

大岡さんのきびしさ 温かさ

大岡昇平

「中央公論」平成元(一九八九)年三月号

大岡昇平さんは十二月二十五日の午後三時半ごろに亡くなられた。この日は検査だときいていたので暢気な気持でお見舞いに順天堂まで伺ったのだが、集中治療室に入っておられて面会はできなかった。容態は悪くなっていた。少しでもよい方へ向われるよう祈りながら家へ帰ったが、まもなく訃報をうけた。信じられなかった。二十日には成城へ戻るつもりでおられた検査が急変していた。しばらく声がつまって出なかった。

ぼくは、住居も近かったので、同町内のよしみで家族ぐるみで親しくさせていただいた。大磯から越してこられたのは昭和四十四年の春だったかと思う。家が建つまで富士におられて、ぎっくり腰をひきずっての引っ越しだった記憶がある。大岡さんには成城は在所帰りに似た思いだったろう。「オレが戻ってくると成城の地価がさがると言ったヤツがいたよ」と大笑いしながら、ぼくの家に見えた。折から庭の桜が満開だった。「きみ、これか」と梢を仰がれた。ぼくが不思議な桜だと某誌に書いたものを読んで下さっていたのだった。太白という品種で、綿のようにもりあがるのである。「これは雷鳥さんの桜だ」と先生はおっしゃる。あとでわかることだが、六丁目十六番地の拙宅の一部は、旧平塚雷鳥邸の裏庭だった由。先生の考証で太白桜は、その年から「雷鳥桜」と名をかえた。その最初の日、「ひと枝くれよ」とおっしゃったので、よじのぼって綿の房みたいなところをさしあげると、よろこんでもち帰られた。新居へもどられる通りも桜のトンネルだったが、大枝をどうしてもち帰られたか、たぶん徒歩だろうから、このけしきは異様である。

ぼくは大磯時代の大岡さんとゴルフもしていたので逢う機会が多かった。それが引っ越しでいっそう親密になった。「六十の引っ越し」「つらい夏」の随想文にこのあたりの消息がうかがえる。越してこられて、すぐ「レイテ戦記」のお手入れ、「ミンドロ島ふたたび」(「海」)の発表だったから、先生は六十歳。脂も乗り切っておられた。おなじ「海」にぼくは「宇野浩二伝」を連載していた。先生は「おもしろいよ」と元気づけて下さった。実証派の巨匠である。近所づきあいはいいとしても、仕事のことでは五目も十目も置いて仰いでいたぼくは、純文学論争に登場させられたこともあって、畏怖の思いがつよかった。だが、ほめられると嬉しく、勇気も出て仕事ができた。四十六年の年譜に、「自伝の取材と水上勉『宇野浩二伝』への情報提供をかねて、宇野浩二の渋谷時代の下宿『竹種』の老婦人を東北沢に訪ねる」とある。自伝は「幼年」「少年」であった。先生は、渋谷宇田川町のあたりをくまなく調査された。小さな袋カバンをさげて筑摩の辰巳さんと出かけられるのを見た記憶がある。「竹種」は中渋谷九七〇番地で、宇野浩二さんがヒステリイの女性と同棲しておられた家があり、母堂も一しょの三人ぐらし。ヒステリイの女性がこの家から横須賀の置屋へ芸者で出ることになって、宇野さんは九段へ移転される。このあたりのことについて、ぼくの調査の不備に感づいておられた先生は、ご自分の取材をかねての探索行だった。「竹種」の老婦人をよくも見つけられたものだと思う。家の郵便受に、老婦人の録音テープと手紙を投入して下さり、地図もつけて、「こういうこともあったよ。きみはきみの態度でいいんだが」という意味の添え書であった。「読売新聞」に「燈台もと暗し」「海」に「事実とフィクションの間、『宇野浩二伝』への寄与」という論文が載せられた。「燈台もと暗し」とはぼくのことで、さらに言いたりぬところを、「海」でくわしくこだわられたわけだが、「竹種」で三人ぐらしだった宇野さん母子が、伊沢きみ子（ヒステリイの女性）が横須賀へ身売りする金で九段へ越せたのではないか、という大岡さんの推測で、老婦人との会話や、その他の調べで、宇野さんの小説には嘘がかなり入っている、女主人公が竹屋の表を通る人のなかに、芸者や半玉をみている光景が描かれているが、これは、女主人公がやがて身売りしてゆく帰巣本能のようなものが巧みに暗示されていて、宇野さんの「苦の世界」「続軍港行進曲」では、そこが少しあいまいだ。どうせ「竹種」でも安い家賃を溜めていたに違いない宇野が、三ケ月の敷金を工面できたのは不思議で、当時の「竹種」の間借の相場は三円ぐらい、独立家屋家賃は五円ぐらいだったろう。宇野は結局その家にはひと月しか住まず、二ケ月の敷金を取り戻して、次の下宿へ引っ越した。その場合、友人から借りた金はどうなったのか。むろん返したりしないので、もし引っ越し全体が金繰りのためだったとすると、これは詐欺類似行為ではなかろうか。

「このフィクションの変化には二つの原因が考えられる。一、『苦の世界』を書いた頃、宇野は売り出し中であり、女を売り飛ばして、引っ越したとは書くことが出来なかった。友人から詐欺的に借金して、ひと月喰い延ばした恥の方を選んだ。二、『続軍港行進曲』を書いた昭和二年には、宇野は流行作家であり、そのくらいの経歴の疵はなんら影響しなかった。むしろ、女の心尽しに花を持たせたい理由が生れていた」

宇野さんの女性は自殺しているのであった。横須賀へ身売りしてからも、たびたび宇野さんの下宿を訪れて、母親に追い返されている事実も大岡さんはこの取材で確認された。外国人の家で「家政婦」をしていた伊沢きみ子は、鼠取りの猫イラズ団子を間違って喰べて死んだと新聞記事に出た。ぼくも、もちろん、この伊沢きみ子の自殺が宇野さんのそれからの仕事に影を落としたであろうことをぼくなりにこだわって追跡はしたのだけれど、大岡さんのこの調査で、いっそう伊沢きみ子のおかれていた立場が哀れで、その自殺は悲しく思えた。実証の力である。

ぼくは大岡さんの文学的態度といったものをこの論文で教えられた。フィクションと事実というものを、大岡さんがどのように考えておられるかもわかる気がした。意地の悪い調査癖といってしまえない、温かさを感じた。次のような展開がそれだ。

「これらの事実を知ったからといって、宇野浩二の文学に対する私の尊敬は少しも揺らぐものではない。この魂はこれらの狡猾な処世術、巧妙な小説作法にも拘らず、或る根源的な苦悩あるいは罪障感があって、それがあの妙に人を喰ったような語り口を支え、或いはそれに支えられて、独特の美しい表現に達している奇蹟を、大正文学の珍宝として尊重している」

郵便受に、事実の調査──成果を投入して下さっていて、「きみはきみの態度でやればいい」とあった温かさとかさなるのである。

「燈台もと暗し」には「すぐ水上に電話をかけて誤りを指摘するだけでは気がすまず、わざわざ略図を書いて、彼の家へ持って行った。『隣に住んでいる男に、ちょいと声をかければいいものを、燈台もと暗しとは、このことだね』と私はいった。水上は髪をかきむしってくやしがった」とある。

ぼくは、いま、あらためて、この「事実とフィクションの間」を読んでいて、大岡さんのぼくへの親愛の心を感じずにはおれない。仕事の上ではきびしさを堅持しつつ、大岡さんはつねに冗談をまじえた物言いで、「オレもうばててきたよ」だった。そして、麻雀やゴルフのお誘いもあった。ぼくの娘が障害児で歩けぬ事情にあるのを大岡さんは心にとめて下さっていた。妻が娘のために腰骨の一部を切って与えたのは別府の病院でだったが、ぼくはこの翌日、那須で大岡さんも待っておられるゴルフ仲間に参加するのに、一日約束を破った。かけつけて遅刻の理由をのべたが、大岡さんの顔つきがこの日から変った。大岡さんには、わが娘にしろ、母が自分の骨を切る行為が衝撃だったのだろう。昭和四十六年の「婦人公論」一月からの連載小説「青い光」にこの話が少し形をかえてつかわれることになった。直子（娘の名）の誕生日をおぼえて下さっていて、クリスマスには花が届けられるようになった。冬のことなので、鉢植えのシクラメンや蘭が多かった。娘はその都度手紙を書くようになった。娘は、母から骨をもらったけれど、結局歩けずじまいで、くるま椅子で和光大学を八年がかりで卒業できた。あとで大岡さんのお孫さんが転入される東横学園への橋わたしも娘の縁といえた。娘にあてたハガキの二つを披露しておくが、「おじさん」と書いて、「おじいさん」と「い」があとで挿入されている。もう先がみじかいから、というようなことが書いているのもいまぼくの心を打つ。

「きれいなお花どうもありがとう。七十八のぼけじいさんになりました。ご卒業おめでとう。あるたけの才能をのばして、がんばって下さい。いのちのつづくかぎりおとなりから見守っています。さよなら」

　これは三月六日の日附だ。娘は先生の明治四十二年三月六日の誕生日を空んじていて、花を送ったらしい。その返事である。娘は絵をやっているので小さな作品の写真を大岡さんに進呈したことがあったらしい。大岡さんはこれを客間の壁に飾り、くる人ごとに見せて、誰の作かと客がいぶかしむのを見て愉快だとおっしゃり、「新しい画家の誕生に乾杯」とむすんでおられた。また、もう一つには、「この世には、直子ちゃんよりめぐまれない子もいるので、その人たちを助けてあげる人になって下さい。自分はいのちのつづくかぎり、おとなりで見守っている」と書いて下さっているのだった。ぼくは、直子をくるま椅子にのせ、遺言によって簡素きわまりなかった先生の野辺送りの日、七丁目まで妻に押させて見送りさせた。ぼくは、家をしょっちゅう留守にし、京都にいるので、娘がこんなに泣いた日をあとにも先にもしらない。うちの娘にだけではあるまい、大岡昇平という、男性的で、硬派だった文学者はひそかに身辺の人々に、このようなやさしさを保ちつづけた人だったのである。そのことをのべたかった。

人縁でいえば、こんなこともあった。ぼくの軽井沢当番で京都の綾部から手伝いにきてくれていたWという当時六十数歳の女性がいた。よく働く人だったが、少し口数の多いところがあった。一年ぐらいいて京都へ帰ったと思っていたら、某有名女優邸へ手紙を書いて、やはりお手伝いに入り、そこをやめると、こんどは大岡邸に住み込んだ。もちろん、W女の独断的行動である。それはそれでよいのだけれど、これも燈台もと暗しだった。当人から軽井沢へ電話がくるようになり、いま先生は富士だとか、自分ひとりで留守番だとかいってきた。もちろん、ぼくは大岡さんとは、何かの会だとか、ゴルフであっていたから、W女のことについて何かいったと思う。「少し口数が……」といったにちがいない。大岡さんは気にされていないふうだった。これも、これでよかった。W女は字が上手で、文章もうまかった。世はお手伝い難時代といわれていた。W女は、大岡邸にきて一年いたかどうか。はっきりしないのも、成城を留守にすることの多いぼくのせいで、いずれにしても、W女のいた頃は、先生の奥さまの病院ゆきがあったりして、手助けにはなったのだろう、と思う。なぜこんなことを書くかといえば、大岡さんのお人柄が偲ばれるからである。つまり、「あのひと、君の軽井沢にいたんだってね」くらいあって普通なのだけれど、それがしつこくなかった記憶があるのは、やはり、そういうめんどうなことは、どこかへ押えておいて表に出さぬようなところがあった、と思う。いろいろと思いだされることのなかに、近づける人を選ぶといえば、ことばはきつくなるけれど、都合のいいお手伝いの出現をよろこんでおられた様子はうかがえるものの、些細にわたる深入りはなかったという意味である。大岡さんの生活態度を証す一件だった。

一ど京都へゆきたい、といわれた。ぼくはその頃、高台寺近くの「東籬」を定宿にしていた。いい宿で、喰うものもうまかった。その話をするとご夫婦でゆこう、ということになり、中公の佐藤さんもまじえて、四人で京都二泊の旅行を楽しんだ。常照皇寺へ桜を見にいったから四月十五日前後だったか。行ってみると、ずいぶんの人出で、宿でつくってくれた弁当を喰う場所がない。ご住職も見識っていたから先生夫妻を紹介し、山の光厳天皇陵へも参詣したのち、山国から京都へもどって、ぼくが昔小僧をしていた等持院の茶室を借りることにした。電話でたのむと、寺内の者は留守にするので、どうぞ勝手につかってくれ、とのことだった。ぼくは、十三歳ごろから十九歳まで苦惨をなめた寺へ案内し、庭園の見える茶室で、宿の満月弁当をひろげた。つめたいけれど酒徳利も用意されていた。ちびちびやりながら、二時間ぐらいいたろうか。庭のあちこちにも山桜は咲いていた。北に森があるので、陰気さはかくせない。

「勉ちゃん、こんな寺にいたのか」

べらんめえ口調にかわりなかった。早朝から霜焼け手で雑巾がけした廊下を見つめていると、ぼくにはなつかしいのだが、無人で誰もでてこない殺風景な古寺の茶室は、大岡さんには、興をそぐ風趣だったか。

「なるほど、こういう寺だったか」

だけだった記憶がある。もちろん、ここは「雁の寺」の舞台だった。推理小説がお好きでもあった大岡さんは、ぼくの小説を読んで下さり、何かの折の短文で、「和尚殺しの心理経過の描出に成功している」から認める意味の評価を下さっていた。しかし、小説は嘘だらけであった。興をそぐ禅寺の（事実の）静寂に、いささかの関心があってしかるべきとこっちは思ったのに、深いこだわりがなかった。淋しいような、嬉しいような気がしたのをおぼえている。

高台寺の宿は静かで、部屋も最高のところを工面してもらっていたので、陰気な寺より気に入った様子だった。周知のように大岡さんは京都大学を卒業しておられる。入学は二十一歳で、昭和五年である。左京区浄土寺西田町が下宿だった。昭和五年は、ぼくも相国寺にいたからもう頭を剃っていた。それで、こっちは子供の頃にしても共通の話題はあった。夕食を奥さまもまじえて共にしながら、いろいろと話をきいた。ここは「黒髪」の舞台だった。事実とフィクションの間を気にしているぼくには興味がつのった。あの女主人公久子は、劇団の男や画家やダンス教師などと関係をもったが、終り近くになって死のうと思って、哲学の道の疎水を北へ歩いてゆく。疎水は京の川ではめずらしく北へ流れる人工川である。

「坂を上り切ったところは、南禅寺の裏山を隧道で貫いて来た水が、一間ほどの水路にひしめき合い、ゆるやかにカーヴして流れて行く。その水の早い動きを見ていると、久子はいつの間にか自分が興奮しているのに気がついた」

「小さい時、死のうと思って山陰の町の河原を一人でうろついた時も、こんな気がした。丸い玉のようなものが、胸元からこみ上げて来るような気がする。いつか柏木に書いてやったように、鏡の前に坐って、髪をすいている時も、そんな気がした。伸ばした黒髪はそれから切っていない。彼女はそれを無造作に引っつめて、うしろに束ねてある」

「水に沿った道を、水の流れに送られるように歩いて行く。水はどんどん彼女を追い越して行くので、前に歩きながら、後ずさりしているような錯覚に囚われる」

感傷をきらう大岡さんの自然描写と心理描写のみごとな場面である。何ど読んでもうまいな、と思ってきたその舞台についてもぼくは、この時、いろいろの話の中できくことが出来た。宿は高台寺といっても、下河原に近かった。つくりも純京風の建物で、露地もせまい。近松秋江の「黒髪」の舞台でもあった。それで、その話も出た。大岡さんにも秋江「黒髪」についての文章はあったはずだ。ぼくは、秋江の方は京女にあしらわれる東京の男が主人公だが、大岡さんの「黒髪」は女主人公が男にあしらわれる話であることを思いながら話をきいた。いずれにしても、大岡さんの自然描写には、事実がしっかり踏まえられていた。それは、西田町在住時代の記憶もあろうけれど、昭和六年には、岡崎東福ノ川町の貸間にうつっておられるし、ざっと、三年間の京都の市内転々で、疎水あたりの地理は頭にあったのだろう。ぼくは「黒髪」を大岡さんの短篇群のなかでもっとも好きなのだが、大岡さんにはじかにいったことがなかった。「尼さんになるのは、どうしたらいいんでしょうか」と久子が通りすがりの尼寺へ入って、僧形の人に問うところでこの小説は終っている。尼寺の名はない。安楽寺ですか、ときいても返事はなかった。きくのはやぼというものだったろう。

京の宿で二泊して帰られた。その後、司馬遼太郎さんもまじえて、山陰講演旅行のお供をしたこともあった。桂小五郎がかくれていたことのある出石へもいった。ここは小林秀雄さんの父君の里だった。大岡さんには感慨無量だったらしく、町をくまなく三人で歩いた。何かと司馬さんとの間に、天誅組の話が出ていた記憶が濃い。どっちも歴史小説の人であった。この旅は、そばにいて、とてもためになった。大岡さんは何をきいてもこたえて下さったが、きいていいこととわるいことはあるもので、よく考えてからたずねることにしたのも、あとの毒舌がこわかったせいである。

ぼくは、おつきあいもながかった大岡さんとの旅のことや、近所つきあいのことをいま思いうかべて書いてきたが、九月十八日に、大岡さんご夫妻を囲む会があって、厳選されたにちがいない招待客の中に入れてもらえた。東京会館でだった。ぼくは京都にいたのでかけつけていったが、電車の都合で、会場へ早目に着いた。大岡さんご夫妻も早くに来ておられた。澤地久枝さんたちもいた。ぼくは、大岡さんがステッキをよこにおいて坐っておられる椅子の前へゆき、お招きをうけて嬉しかった旨をのべた。

「しょっちゅう家を留守にいたしておりまして、娘や妻がお世話になっております」

といった。ぼくは、成城の大家さんに向って、家賃をためている店子のような気分で小さくなった。その挙措をみて、「オレは何もいってねえじゃないか」

哄笑された。大岡さんの大きな入歯は、常時旅行などで、枕もとのコップの中で光っているのを見ていたが、この時ほど大きくあいた口を知らない。足もとにご不自由さが感じられたのと、物言いに昔の元気がなかったにしても、哄笑だけは、昔のものだった。ぼくはうれしくそのお顔を眺めた。

この会のあいさつがまたふるっていた。何だかもうおさらばしろ、といわれているような気もするが、というような言いまわしで、幹事役の新潮の坂本さんたちをねぎらわれたが、参会者は担当編集者や作家の二、三の顔があるだけで、社長級の顔はなかった。ごく身近な者たちを招いての会だった。この日のおみやげには、うるし塗りのお盆を頂戴した。黒地のうるし肌に、二枚の銀杏の葉がかさね描かれてあった。ぼくは、大岡さんが、別れるつもりで、この会を承諾された心の経過が見える気がした。男っぽいこの作家は、こういう別れの会をひらいておいて、まもなくさっさとこの世を去られたのである。ぼくには燈台の消えた悲しみが今日もふかい。合掌。

大岡さんを憶う

大岡昇平

「ちくま」平成元（一九八九）年二月号

昭和四十四年に成城へ越してこられてから、家が近くなったので、親しくして頂いた。それだけ、大岡さんの日常を見る機会が多かったといえる。お元気なころは、ゴルフにも誘われた。メンバーが足りぬと麻雀にも招かれた。年譜を見ると、同年五月二十三日の読売新聞に「六十の引っ越し」とあるから、四月の桜通りが花ざかりだった頃が引っ越しだった、と思う。ゴルフシャツにズボンだけのスタイルで、時には下駄ばきで家にも立ち寄られ、ぼくがさしあげた桜樹のお返しだといって、富士からわざわざ一本のフジザクラの苗を下さった。いまはかなり太くなって家では大岡桜と名づけているが、新葉といっしょに小ぶりな白い五弁の花を咲かせるこの木は、成城に多い染井吉野とくらべて地味で、しっとりしているふうにぼくには思える。大岡さんのきめのこまかさを見るような思いがする。大切な賜り物となった。

きめがこまかい、といったのは、大岡さんの自然観についていったのである。「野火」「武蔵野夫人」に描かれる自然描写のみごとさは定評があるが、桜一本にも、それはいえて、地形や番地の変遷についても、よくこだわっておられた。「少年」「幼年」を書かれた際、渋谷宇田川町へ、何どとなく足をはこばれて、変ってしまった昔の家のあたりを、くまなく調べられた。この調査行の際、宇野浩二さんが某女性と母堂との三人ぐらしをされた家のことを知っている女性に会われ、いろいろとその方から昔の宇野さんについて聞かれたことをテープにとって、ぼくの家の郵便受に投げ入れて下さったことがあった。ぼくは「宇野浩二伝」を書いてしまっていたが、その資料は貴重だった。ぼくの調査の欠落部だった。先生は、

「きみは、きみの態度で書いたのだからいいけれど、こういうこともあったんだよ」

と添書きして下さっていた。実証によって、あぶり出されてくる真実、について考えこまされた。それが大岡さんの文学生活の態度だった、と思う。

日常のどんな時にでも、いいかげんなことをいうと、冗談をまじえながら、その嘘がひきめくられた。怖い人でもあった。自分にきびしかったから、他人にもそれを許されなかった。それが喧嘩大岡といわれた精神の出所だったように思う。

何どかこっぴどくやっつけられたこともある。「一休」を書いた時に、かなり嘘も承知で虚構の伝記を登場させたが、そのことで、叱られた。爾来、大岡さんの眼がいつも炯《ひか》っ

ているような気がして、書くものにも力コブが入ったことがあった。

こういうやさしい先輩が近所に住んでおられることは、後輩作家にとって嬉しいことであった。

また、大岡さんは、ぼくの家の障害の娘に親しい手紙を、やはり、切手なしで投げ入れて下さってもいた。娘は八年がかりで、和光大学の人間学科を出て、絵を描いて大岡さんに進呈したりしていた。大岡さんは、娘の絵を、お宅の壁にかかげて下さっていたそうだが、歩けない子の将来を思って下さり、娘に「たとえ障害をもっていても、世の中にはもっと不幸な子がいるから、その人たちのために生きて下さい」といった意味のことが書かれてあった。ぼくは家を出がちで、子にろくな教育もしていないのだけれど、大岡さんのおことばが、娘の心にしみこんでいることを願わずにおれない。

九月に大岡さんご夫妻を囲む会が東京会館の一室で催された。お招きをうけて京都からかけつけたところ、大岡さんは、

「べんちゃん東京にいたのか」

と質問された。いま帰ってきました、と申しあげ、日頃、家を留守にばかりしておりまして、とこたえると、大笑いされた。大岡さんの哄笑は、ちょっと顎をあげて大口をあけられる。ぼくには、それがひどく温かかった。「青い光」という長篇に、自分の骨を切って、障害の子に移植する母親の話が出てくる。ぼくの妻と娘がモデルだが、この話は、ぼ

くが先生に話したことが材料になっている。大岡さんは、そのようなぼくの家の背負った歴史も気にして下さっていたことは確かだろう。ぼくが、しょっちゅう成城にいないこと、そのことを哄笑で吹っとばされるあたりに、思いやりがあったというのである。

こんなふうに、思い出を綴ってゆくと、あんなこともあった、こんなこともあった、といまはつきないほど出てくる。宮崎や那須にまで出かけてゴルフをしたし、京都旅行も、ぼくの招きでご夫妻だけできて下さり、寺まわりや、先生曾遊の地を歩いた。そういう道すがら、何げなくおっしゃることは、昔の地形が残っているところ、変ってしまっているところへの関心だった。一つ一つたしかめて歩いておられた。

「レイテ戦記」は、宇田川町の幼、少年期の地形を探る旅と同じように、いまは亡き戦友に代って、自らがレイテの戦跡を歩かれた鎮魂歌である。実証にこだわることによって、行間からきこえてくる深い痛恨の歌がある。大岡さんの私小説だといったら云いすぎになるだろうか。

日本の文壇は、命がけで戦争にこだわりつづけた稀有ともいえる誠実なる文学者を失った。その逝去の昭和六十三年十二月二十五日は、昭和という時代が終る十三日前のことだった。大岡さんの死は、ぼくにとってたまらなく悲しかった。「証言その時々」を読んでみるがよい。戦争時から大岡さんは、軍閥に抵抗しておられた。ぼくなどは、召集をうけて内地勤務で命拾いした仲間だが、上官にへつらい、自分にも嘘をついて体裁よく生きてきた。そんなぼくに、大岡さんは良心の作家として、いつまでも、前方に光をさし示しておられる気がする。合掌。

近所に住んでの思い出　大岡昇平

「群像」平成元（一九八九）年三月号

毎年末宮崎へ出かけてゴルフをやる会があった。信夫韓一郎さんを囲んで、大岡昇平、石川達三、横山泰三、中野好夫、生沢朗、池島信平、宮永真弓各氏。それにぼくが招かれた。昭和四十年頃から四十七年頃までつづいたかと思う。ぼくは、別府に娘が入院して妻もいたので、別府から参加した。一夜信夫邸に集まった時、お手伝いさんにみんなで色紙を書くことになった。大岡さんは、筆書きで、

「野火焼不盡」

の五字だった。春草吹又生だったか。そのあとの句は無かった。ぼくは、大岡さんの墨蹟をこの日以外に見ていない。野火が草を焼きつくしても、また春がきて風が吹けば新しく萌える。そういった心がこの五字にこめられていると思う。さらさらと書かれたから、この句がお好きだったのだろう。そういえば、昭和四十七年五月にご長男に長女の生誕が

あって、萌野と名づけられている。たぶん、大岡さんの命名にちがいない。七月から、「萌野」(「群像」)の連載がある。

宮崎ゴルフ会のメンバーは、横山さんとぼくをのぞいて、六氏が鬼籍に入られた。

大岡さんのゴルフは、ショットがわるいと、ぼやかれたし、うまくゆくと、どうだとぼくの方を見て、顎をちょっとあげられた。あの表情がいまはなつかしい。何しろゴルフには、一冊の著書があるぐらいだ。後輩のぼくなど、下手の横好きではじめ、大岡さんの本も参考にしていたが上達しなかった。夜はにぎやかな宴会だった。べらんめえ口調で、ここでは披露できない話題も多かった。辛辣な大岡さんの直言は、冗談も入ってのことだから、当人がきけば、逆撫でされる思いもするだろう。これでは喧嘩大岡といわれてもしかたがないな、とわきで拝聴しながら思ったものだ。たぶん四十七年だったかと思う。折角集まったのに、石川さんと、大岡さんのおふたりが風邪にかかられた。熱も高かった。ゴルフはやめになり、ふたりは、個室にこもって寝たままとなった。ぼくは宿を出て果物を買ってきて、さし入れた。石川さんも大きい人だったが大岡さんも大きかった。宿のふとんでは両方とも足が出そうであった。牛が二頭部屋別に寝ている気がしたが、もちろんクスリの工面や、お医者にも走ったのをおぼえている。結局、この年はふたりぬきで、ぼくと生沢さんと信夫さんだけで、一日プレーして解散だったかと思う。この日以後、ぼくは、大岡さんに親しみがました。なぜそうなったか、うまくいえぬが、大岡さんも熱が出ると、子供のようにおとなしくなられたせいかもしれぬ。旅は道づれである。那須や白河へもいってゴルフした。なぜかお誘いがかかるのだった。

大岡さんの文学は戦争体験をぬきにして語れないが、「花影」「黒髪」「来宮心中」など女性の運命を書かれたものが好きで何ども読んでいる。私小説にしても、私小説をこえ、社会的な眼をゆるがせにされていない。その話のすすめ方が好きだ。時々、挿入される簡潔な収斂語に酩酊もしてきたから、芝生の上で綻んだ身をさらしておられる瞬間に出喰わすと、ぼくは、親しみが湧いたのだった。ゴルフには人間が出る。

大岡さんは、誰彼かまわず近づけるというふうでもなかった気がする。ぼくは成城の町の桜の下を寝巻きの上にセーターを羽織って、ひとり歩いておられる大岡さんを遠望したことがある。遠望でなぜ寝巻きにセーターがわかったかといえば、娘がよく喫茶店などでお茶をよばれ、その時の大岡さんの身装りを教えてくれていたからである。花の下の大岡さんはよく似あった。孤独が感じられた。寄ってゆくのもはばかられた。大岡さんは、ぼくにはやっぱりこわかった。ぼくは大岡さんに、純文学論争以来、やっつけられてきていた。ぼくのような感傷過多に陥りやすい者には、理智的な実証派の大岡さんは畏敬の人なのであった。それゆえふだん着の大岡さんに会うことが、近づけるぼくなりの道だったか、といまにして思う。

「野火焼不盡」は禅僧が好んで書く五字である。大岡さんの「野火」はもちろん名作として、日本文学の峯にある。ぼくは、主人公が屍体からはなれて、野へ降りてゆく、「野の百合」の章が好きだ。

「『野の百合は如何にして、育つかを思へ。労せず紡《つむ》がざるなり。今日ありて明日炉に投げ入れらるる野の草をも、神はかく装ひ給へば、まして汝らをや、あ、信仰うすき者よ』

声はその花の上に漏斗状に立った」

大岡さんの感性にある、「漏斗状の景色」は格別のもので、よくこの用語が出てくる。ぼくは言葉を砥いだ人のふだん着姿に、住居が近いご縁で親しくつきあえた。十二月二十五日、検査のつもりで入院されていた順天堂へもお見舞いにいったのだが、一時間後に急逝されている。悲しみはふかまるいっぽうだ。いまもまだ先生が、同町内であの特徴のある大笑いをしながら生きておられる気がしている。

大岡さんの優しさ

大岡昇平

「新潮」平成元（一九八九）年三月号

こんなことがあった。うちの障害の娘に妻の骨を移植する手術をした。別府の病院でだった。立ち会って翌々日、那須で待っておられた大岡さんのホテルへ急行した。一日だけ約束を破ったかたちになった。ゴルフなので口のわるい先輩の面々がいた。正直に理由をのべると、大岡さんの顔つきがかわった。「それじゃ、しょうがねえよな」べらんめえ口調だったが、温かかった。それ以来、ぼくの娘に関心をもたれたようだ。「婦人公論」に連載中だった「青い光」にこのエピソードが巧みに投入されている。「勉ちゃん、九州の話を少しつかわせてもらったからな」お電話も頂戴した。子に骨をくれてやる母親の話は大岡さんには衝撃的だったらしい。それから会うたびに、直子（娘の名）の様子を訊かれた。子はくるま椅子で大学へゆき、八年がかりでそこを卒業した。成城の町を散歩中、よく大岡さんに会った。喫茶店へ誘われた。子の話だとみんながレモンティだとかコーヒーなのに大岡さんだけは、チョコレートパフェを注文された。また、「寝巻きの上にこれだよ」と上着をあけてみせておどけられたそうだ。子が絵を学んで、小さな作品の写真を勝手に送ったら、

「直子さん、美しい絵をどうもありがとう。色といい、特色のある画想といい傑作です。客間の正面へぽつんと掛けてお客を驚かしています。(写真同封)クレーのデッサン、シャガールの色なので誰かなとお客はいぶかります。あててみろといってからかい楽しんでいます。ガラリーユニバースの村上さんも来てとても感心していました。よい画をどんどん描いて下さい。画想がいいからもっといろいろなモチーフを見つけたらいいと思います。お母さんの手が入っているかどうか知りたいところです。新しい画家の誕生を祝って乾杯します。お母さんによろしく」

純文学論争で、やっつけられた父親は出てこない。父親はしょっちゅう家にいない。父親はこんなやさしい手紙をもらったことはなかった。いいかげんなことを書くと「あれは嘘だろう」とこっぴどくやっつけられた。成城へ越してこられてから「レイテ戦記」の手入れがはじまっていた。ミンドロ島まで出かけ、古戦場の谷々をくまなく逍遥して、死んだ戦友たちへの鎮魂歌、「ミンドロ島ふたたび」の発表もその頃だった。そんな寸暇にも散歩はあった。子が某誌に書いた文章をよんで、ご返事に、

「人生は芸術である。(略)積極的に生活を作り出して行こうという意欲に感心しました」

とあり、直子がいつか、大岡さんも加わっての麻雀をのぞきに這い出てきた五歳当時の姿を記憶しておられて、

「あの頃から直子ちゃんは知りたがり屋の積極的な精神があったのですよ、直子ちゃんはよいお父さんとお母さんにめぐまれていますが、そうでない新しいお友達を助けてあげて下さい。一そう積極的に希望をもって生きて下さい。おじいさんはもうじきいなくなりますが、お元気でね、さよなら」

とあった。直子は、明治四十二年生れの大岡さんの誕生日をおぼえていて、花をおくるようになった。

「お花どうもありがとう。七十八のぼけじいさんになりました。ご卒業おめでとう。あるたけの才能をのばして、がんばって下さい。いのちのつづくかぎりおとなりから見守っています。さよなら」

このはがきは七十八歳。三月六日付になっている。毎年クリスマスには、大岡さんから、シクラメンや蘭の鉢植えが届けられた。直子はそのたび、お礼状を出した。やさしい先生だと、たまに帰るぼくにいった。あの先生はやさしいどころか、文壇ではこわい先生だぞ、とぼくはいうしかなかった。子は旧臘、大岡さんから戴けるはずの花を心待ちしていた。そのクリスマスが、ご逝去となった。ぼくはきつい娘が泣くのをはじめてみた。

じつは、その二十五日の午後二時ごろ、順天堂病院にぼくはいたのだ。この病院は、子

が生れた病院だった。大岡さんも、大岡さんの奥さまも時々入院されていた記憶がある。こんども、検査のつもりで入院なさったときいていたので、暢気に見舞ったのだった。すでに集中治療室に入っておられて、面会できなかった。タクシーで帰ってすぐ訃報に接したのである。

まるで、めんどくさげに、さっさと向うへゆかれたような気もする。男っぽい人だった。女々しいところは微塵もたず、ぼくら後輩にはきびしくて、いつも冗談をまじえながら、「お前、あれはいいかげんじゃねえのか」とやられたものだ。喧嘩大岡といわれたのは、ごまかしや嘘をきらった実証派の真骨頂の異名だったと思っている。そういう大岡さんが、もっとも近所に住むぼくの書くものよりも、歩けない子に友情をもって下さっていた。何かと、父親にないしょの文通があったことを、訃報の日に妻からきいた。妻は、大岡さんから直子がいただいたハンドバッグをとりだしてぼくに見せた。ハンドバッグは、黒地に真紅の大輪の花が描かれたもので、いかにも華かなものだった。この贈り物は、高島屋での買い物の帰りぎわ、ウインドウで先生が見つけられ、「直子ちゃんにいいなア」とあともどりしての衝動買いだったと奥さまの話だったそうだ。大岡さんは障害の子に、「いのちのつづくかぎりおとなりから見守っています」と書いて下さっていた。

仕事の上では、あくまできびしく、ぼくの「宇野浩二伝」についても、調査不足のところを、わざわざ渋谷の現地へ出かけ、旧地の事情にくわしい老婦人に会われて、聞書をされ、「『宇野浩二伝』への寄与、事実とフィクションの間」という論文を文芸誌に発表された。そのことはべつの所に書いたから詳細ははぶくけれど、ぼくは、仕事の上でも、私生活の上でも、温かい監視役の大先輩を失っていま途方にくれている。合掌。

永井先生の思い出

永井龍男

「別冊かまくら春秋」(永井龍男追悼号) 平成三(一九九一)年十一月

思い出すことのひとつに、先生の「万年筆売り」の芸当がある。物真似といっていいかもしれないが、とにかくおかしかった。腹がよじれるほど。たぶんあれは、神楽坂の「鷹乃羽」の広間だったかと思う。

井伏先生も河盛先生もおられた。とつぜん永井先生が、座を立って、別の間へゆかれた、と思うまに襖《ふすま》があいて、緋毛氈《ひもうせん》の上に先生がぽつんとあぐらをかいておられた。タバコに火をつけるか何か動作があって、眼の前にある万年筆の山を(じつは見えないし見えもしない)どこそこの問屋が火をだして、いまし方その焼け跡から、使えそうなところをはこんできて安売りしてみせているのだ。買ってゆきなさい、こんなトクな出物はめったにありはしない、といったことをいかにもまことらしく、香具師《やし》が上手に人をだます口上というか、どこやら侘びしいけれど、おかしくて凄みのある人物を演じられるのである。

ああ、永井龍男という人はこういう地べたにすわる男に興味をもって生きてこられたか、とあらためて思い、胸を打たれた。

先生はいたって痩身であられたから、あぐらをかいておられると、膝がしらが細まり、一瞬、貧乏ゆすりのように皿がゆれた。あれも芸であったか、といまは思う。

有名な文士劇の「父帰る」を観たが、記憶にまちがいなければ長兄の役で、これもおかしかった。どこがおかしいかといえば、やはり先生の役づくりには誠実さがあって、どこかがぬけていて、おもしろい。観た人でないとわかってくれないだろうが、うまく説明のしようがないほどそれは堂にはまっていてぬけていたのである。

弟役の井上友一郎さんが「モズが鳴いている」をウズラといった話は有名で、このまちがいを永井先生はまともに受けとってちっともゆるがれなかった。

ゴルフもご一しょしたことがある。とりわけて、秋の一日を伊勢四日市にあそび、桑名の船津屋に泊まって、先生ははぜ釣り、ぼくらはゴルフだったか、とにかく楽しかったが、先生のゴルフは一風格があって、二段打ちとでもいうのか、いったんふりあげたクラブを途中で一服させてからジャストミートさせるという独得な打撃法で、あとにも先にも、あのような打法の先輩を私は知らない。

なぜこのようなショットの風格についていうかといえば、香具師のすわりこんでの客よび口上といい、文士劇といい、似たような風格が感じられたからで、三つともみな滑稽なのであった。まちがいなく、永井龍男がそこに存在していた。

あれは、かなりながくつづいた財界人と文壇人とのゴルフ会だったがスリーハンドレッドコースでの、食事前に先生が、「一個その他」というご本に署名なさる光景に接したことがある。

財界出席者に、一人ずつプレゼントするべく作家たちは自著をもちよったのだが、先生のご署名は、墨筆で、ゆっくりゆっくりと時間をかけて書かれていた。持ち重りする「一個その他」がまばゆく思えたのを忘れない。署名にしろ、何にしろ、物事をさっさとすますようなことをきらわれた方のように思う。

追悼　野間宏

「すばる」平成三（一九九一）年三月号

一九四九年春、真砂町の同町内に下宿して、森川町の宇野浩二邸へ口述筆記に通っていたころに、目黒書店の「人間」編集部にいた常田富之助さんにつれられて、はじめて野間さんにあった。露路の奥の古い二階屋で、玄関から階段まで本でうまっていた。野間さんは文庫本の重みで、壁面の書棚がしわる書斎で、絣に兵児《へこ》帯姿だった。「人間」に「真空ゾーン」連載のころだったかと思う。それから何日かして、春日町の角からわずか北へあがった電車通りに面した呑み屋にゆくと野間さんが呑んでおられて、知人とご一しょの席へまねいて下さった。そのあと、まっ暗な表通りで、野間さんの知人に首すじをつかまれて都電通りへ投げとばされていた。何か失礼なことをいって、喧嘩早いその人の機嫌をそこねたにちがいなかった。それ以来、野間さんにあうのが気重くなった。富坂二丁目に越して、長女が野間さんのご長男と同級の原町小学校の父兄会で、奥さまにお目にかかったと家内からきいても、畏敬の思いがつよくありこそすれ、めったなことでお邪魔しては、と思っていた。だが、こっちも洋服行商をやめ、物を書いてくらすようになった。何かとお会いする機会にめぐまれ、親しくはなしかけていただいたが、「朝日ジャーナル」で、「差別の根元を問う」鼎談や、「新潮」での安岡章太郎さんと三人での差別問題を語りあう機会などがあって、ぼくが、解放同盟の木津譲さんたちと差別戒名の発掘にかかわっていたことなど評価してもらえたのがうれしかった。「新潮」の方は結局、まとまらなくて掲載されなかったけれど、どっちの鼎談でも、野間さんのおっしゃることと、ゆったりした物言いには特徴があった。とにかく、相手のいうことをよくきいて、じっくりとかみくだいて、おそいテンポで話されるのであった。ぼくはせっかちなので、いきおい早口になった。差別戒名は、ぼくの小僧をしていた禅宗の寺院に多かった。草男草女、玄田信士などと石に彫ったものがあって、ぼくはそんな戒名を長野県下や鳥取県下まで行ってしらべたことなどしゃべったのだが、野間さんは、ひとつひとつうなずいてきいてくださった。直接お会いしなくても、どこかから野間さんがあと押ししてくださっているのが、力づよく思われて、ぼくは、木津譲さんたちとの映画製作や、その他の調査キャンペーンなどに参加できた十年ほどの健康だった月日がいまはなつかしい。

　野間さんもおからだの調子がすぐれないときいていた。ぼくも心筋梗塞で倒れて入院生活がながかったために、会える機会はなかった。病中ぼくは何どか解放同盟の方たちの見舞いをうけ、そのときに野間さんのご容態をうかがうぐらいだったが、退院後薬害をひきずって京都に主治医を見つけて療養中に訃報に接した。

春日町のだらだら坂をおりてまもない都電通りのアスファルトに投げとばされていたあの深夜の思い出にかさなって、野間さんが、たとえば、新宿のバアのカウンターの隅から、眼を糸のようにして、ゆっくり、ゆっくりはなしかけて下さった、これもなぜか深夜のことが思いだされた。

ぼくはもうすこし、人生の愁苦について。それから、親鸞思想や、妙好人の生活のことなどについて。野間さんの話をじっくりきかずじまいになってしまったことに気づいて、うろたえた。しかし、もう、このことはとりかえしがつかない。

「それは、ひどいはなしですね。しかし、その仕事は重要ですよ。いま、はじまったばかりです」もちろん、差別戒名のことだが、そのとおりではないけれど、こういう野間さんの言葉が、耳奥にある。はじまったばかりだから、捨てないで、と遠くからはげまされる気がして、ぼくは、戒名研究をつづけているのだが、なにぶん、この仕事も足で歩かぬとゆきとどかぬところがあって、また、それらの墓地が、山奥や、坂に多いために、心筋梗塞後、すこし、なまけていることが、いま悔まれる。ぼくは野間さんに亡くなられて、いっそうこの仕事の大切さをしらされている。今日ははや二《ふた》七日になった。日がたつごとにその思いがつよくなった。

井上さんの大根

井上靖

「毎日新聞」平成三（一九九一）年一月三十日夕刊

正月すぎてお元気になられたと知人が告げにきて五日とたたぬ今日、訃報に接しようとはうろたえるばかりである。ずいぶんと世話になった。人にもぼくにも見えるところでのことをかぞえてもかぞえきれぬほどだが、ぼくの知らぬところでも、きっと、そうだったのではないか、と思う。とにかく、ぼくは世話になった。

格別なご縁といえば、昭和九年から十一年にかけて、京都の等持院にいた十六、七歳のころ、南町の嵐電《らんでん》停留所ぎわにあった等持院アパートに井上さんは間借りしておられた。ぼくは寺の小僧であったが、妙心寺の中学で同級だったMがそのアパートを借りていて、よくあそびにいった。Mは和歌山の医師の子で、ギターを弾いたりした。井上さんのことをMはよくはなした。一度だけぼくも二階にあった共同洗面所で、絣に兵児帯姿の井上さんを見たおぼえがある。サンデー毎日に千葉亀雄賞の発表があって、等持院アパートと出ていた。ああ、あのひとが、と兵児帯のむすび目だけみせて背なかをまるくしておられた井上さんを、ぼくは眼に焼きつけた。それからは、Mのアパートがまばゆくなった。

このことをのちに井上さんにはなしたら、「お寺はよく散歩しましたよ」「停留所ぎわのうどんやさんおぼえてますか」とおっしゃった。先生にも等持院はなつかしい寺であるらしかった。

それだけのことだけれど、ぼくは五十年以上も前の等持院の街風景が、いま、井上さん急逝をきいて瞼にくっきりうかぶ。絣はこまかくて、盲縞だったかもしれない。兵児帯は黒くてはばひろかったから、当時はやりの人絹ではなかった。ずんぐりと、肩をまるめて、洗面中だった井上さんは、むろん、ふりむきもなさらなかった。ニキビ顔をもてあましていたぼくら中学生の、騒々しい部屋をにがにがしく思われていたろうに、ひるひなか、なぜか井上さんも洗顔中だった。徹夜仕事だったか。少しまるみをおびた背なかがまばゆかったその日が、やがて文学文学といって生きる小僧の脳裡に、ずうーっと残ることになる。これは、運命だった、と思う。

中国へ連れていってもらえたのも井上さんの団長のときだった。思い出ぶかい延安へも同行した。爾来、三度も同行の機会を恵んでくださり、のち、ひとりで出かけることにもなった。向こうの縁故の人々は殆んど井上さんを介していない人はないといってよい。

一昨年（一九八九）の六月に、ぼくは訪中作家団に加わった。四日の事変にあって、急遽帰国して、心筋梗塞となり、集中治療室に三十九日間治療をうけたが、その時、井上さんが、世田谷の庭の大根を一本ひきぬいて、ぼくの娘に托してくださり、「三年やすみなさい。何もせずに三年ですよ」と娘におっしゃったときいた。ぼくはベッドのうえで、娘が頂戴してきた葉の青々とした大根を撫でて、生きようと思ったあの日をわすれていない。井上さんがガンセンターで、食道を切除され、外国へゆかれ、大作「孔子」を完成される二年間を、ぼくは呆然として、転々した病院のベッドで拝むしかなかった。だが、まるで禅問答のように、一本の土つき大根を娘に托されて、三年何もするな、といわれたことばの奥をいま嚙みしめるのである。

井上さんの文学事業はまるで巨大な山脈を見る思いだが、ぼくのように関西から、東京に出て文学を志した者には、井上さんは、物語る小説家として、先をゆかれる偉大な詩人でもあり、開拓者だった。井上さんが東京で数多い小説を発表される。その存在が、どんなにか、仲間のいないぼくら地方出身の文学志望の者の挫折や絶望の日々のはげましになったことか。ぼくはいま、そこのところを上手に言えないのだが、小説をつくることにゆきづまったとき、ひそかに、「補陀落渡海記」をよみ返しよみ返しした日を忘れていない。

つまり、そんなふうに、六十年近い歳月をぼくはみちびかれた。ぼくは心筋梗塞後、快復のおそい仲間のひとりで、いま京都にきて、まだ医師にかかっているが、「三年やすめ、何もするな」と、言いおいて、逝かれた先生の、背姿に合掌するしかない。もう一どお会いして、お礼を言いたかったのに。いまうろたえるばかりである。ああ、未《ひつじ》どし生れの大先達の最後の大事な人に逝かれてしまった。この世がにわかに寂しくなった。

井上さんを悼む

井上靖

「群像」平成三（一九九一）年四月号

井上さんが、食道手術をなさってまもなかったころ、

「よけいなものは切り捨てた方がいいと思いましてね。めんどうだったんで切ってもらいました」

にっこりして、何人かの作家たちの前だった。手術されている箇所が箇所なので心配げに、誰もが先生の方をみつめるのを一蹴なさるように、ちょっと顔をはすにされ、

「酒もおいしいんです」

そのとおりではないのだが、何げないふうにこぼされた言葉がいま、頭にこびりついてはなれない。「孔子」を連載中で、後半部にさしかかっておられたころかと思う。大作に向けられている熱っぽい眼もだったけれど、親からもらった食道さえ切りとって、さっぱりし、作品に向う日常の、すがすがしさというか。きっとそんなことはあるまい、身の大

事なところを切りとられたのだから、食事のときなどつらい思いもしてなさるにちがいないと臆病ぶかく見守るぼくの視線と先生の眼があうと、だまって、またにっこりされる。

こういう晩年に何どかお会いした時の、井上さんは、自分の森をつきぬけた台地で、晴れわたる空の切れ雲を眺めていなさるような、浄らかな眼をなさっていたように思う。

それでもご自作のことが気になっておられる様子で、

「少し雨をふらしすぎましたかなア」

などとおっしゃったりした。自分の山とは、人にたよらずみずから植林したり、拓いて道をつけた仕事の山塊のことである。森あり、泉あり、沼あり、もする散文、詩、小説のあつまった井上文学山系のことである。歩いているうちに、高みへつきぬけて、ひとり岩場にすわって空を見ておられる井上さん。食道を切りとってしまった井上さん。小説のことを考えつめておられる井上さん。

ぼくはいま、眼をつぶると、そういう井上さんの姿がうかんで心打たれる。

京都ではじめてお会いした、昭和十年ごろの井上さんは絣をきて兵児帯をしめておられた。二十代のお顔は、下《しも》ぶくれしたようにぼくにはみえ、頬肉がいくらかはっておられた記憶がある。よそにも書いたので、簡略に誌すけれど、ぼくが京の禅寺で小僧してた等持院の南町にあった木造アパートの住人だった時代のことだ。人より何年もかけて京大を卒業しておられるから、毎日新聞へつとめられてまのない二十代後半頃だったろうか、とにかく、ぼくには、ちょっとよこ結びに兵児帯をいなせにむすび、両手をその帯にかけて、胸をそらせた井上さんの口をむすばれたお顔が、いま、八十歳をすぎても小説の筆をやすめず、大患と闘いながら、山上で一服しておられる姿とかさなったのである。

こんな「景色」をぼくにいだかせる作家はすくない。何ども中国旅行のお供もし、北京から西安まで、寝台車で真向法体操を教えてもらったこともある。延安の洞窟の中を軀をくっつけあうようにしてくぐったこともある。ぼくにはそれらはみなわすれ難いひとつひとつだが、井上さんはそれらの景色の中でひとつひとつぼくへの言葉をのこしてくださっていて、殆どそれが仕事とかかわっていたようにも思う。

「あなたのあの短篇をよみましたよ。あれはよかったですね」

などと、とつぜん無関係な中国の山道を歩いていて出るのだった。それを云いたくていまここにいるといってなさるようなところがあった。真向法は有名で井上さんの健康法だったが、銀座のバアのソファでも教えてもらった。ぼくだけかもしれぬが、この体操の最中でも何かひとことわすれ難い言葉がまぶされていたように思う。

八十をすぎて、めんどうだからと食道を切った人をぼくはほかにしらない。井上さんに、「戦国無頼」があるが、やっぱり無頼の人だったな、と今にしてぼくは思う。この世は戦国であることにまちがいはないのだけれど。柔道でそうなられたらしい片耳のかたちが、少しぼくらとちがっていた。そういう横顔もいま無頼の杣人をぼくに思わせる。

ぼくは、これから何どもくりかえし、井上さんとどこかでごいっしょした風景写真を思いうかべて生きるだろう。大切な先輩に先立たれて、毎日暗い日がつづいている。（二月二十日）

追悼　井上靖

「すばる」平成三（一九九一）年四月号

井上靖さんにはお世話になった。いろいろな思い出があってつきない。中国へもよくお供をした。まだ文化大革命中だった頃、北京発の夜行で鄭州一泊で西安へ向ったことがある。偶然私は井上さんと寝台車の一段目で向きあう席になった。北京を発ったのがおそかったので（たぶん宴席があって）、汽車が出るとすぐ私は寝入ったが、井上さんはいつまでも起きておられ、徐水、保安、邯鄲などとなつかしい駅に列車が停ると、必ず窓側の卓子にある茶を飲んで、外景色を一見される。鉄橋にきて、列車の音が高まると、「いまのは丹河でしょうか」「いや沁河かな」「もうすぐ老潼関ですね」もちろんひとり言である。川には関心がふかくて、外が闇でも窓に額をつけてごらんになっていたお姿が忘れられない。その車中で六時に目をさましてから真向法を習った。とにかくまだまだ西安へはつかない。つくまでにひととおり教えましょう。先生は寝台の一段下の昼は座席になるその上にあぐらをかかれ、両股をひらいて半身と頭を床につけ、あるいは両足をひろげて両手もあげて半身を折って腹をつけるなど、やわらかくおやりになって、「これを毎日欠かさないでやっていると調子がよくなりますよ。ゴルフをやめてからこれに転向しました。あなたもおやりなさい。便通も快適ですし、脂肪もとれて何かと軽快になります」先生はひとまわり上の未どし。私は先生の長寿にあやかりたい一心で、真向法をやることを即座に約し、たぶん洛河や、渭河をわたる鉄橋の上でもいっしんに真向法をやって西安までつづけた記憶がある。ありがたいことである。この旅行から十六年。私にこの日の先生伝授の真向法だけが残った。「出来なくても、毎日少しずつやりなさい。自然と頭がついたり手がつくようになりますよ」先生がやさしく指導して下さったあの軟臥車の寝台席での西安ゆき列車が、いまはなつかしい。先生は七十まえ。ずいぶんお元気だった。北京での歓迎宴もあってお疲れだったはずだが、一夜じゅう列車がすぎてゆく外景色に関心をふかめ、一睡もされず、早朝から真向法だったのである。このことが、それからずうーっと私の脳裡から離れなくなる。つまり、「風濤」を読み返す時も、「孔子」を読むときも列車の窓に額をつけながら真向法をやって旅しておられた先生のお姿が、おびただしい小説の行間にかさなったのだ。

私は何どか中国へお供をして、この国を旅行する時のお行儀や、相手方に対してどのような云い方でそのことを漏らせばいいのか、などといったことまで、そばにいて教えられた。それで、のちに、個人でゆく旅もラクにゆけた。先生に習った方法を踏襲すればよかった。

一昨年（一九八九）の六月の日中文化交流協会代表団にえらばれて、私は北京、杭州、寧波、天童山の旅を計画して友人たちと出かけた。井上さんからもお力づけの電話を頂戴したのだが、運のわるいことに天安門事件が起き、しかも泊っていた宿が北京飯店だったので、コトの修羅場を見てしまった。急に帰ることになって六日の夕刻の救援機で羽田へ着いて、一行と共に難なきを得てほっとした。が、二時間後、自宅で心筋梗塞をおこして、救急車中で仮死に入り、病院の集中治療室に三十九日置かれるという大手術と治療の生活に入った。ベッドで点滴をうけつつ読んだ井上さんの「六月有感」は生死の境にあった私の魂にしずかに沁みた。それは、先生が、北京大学の建校九十周年に招かれた日のことで、大勢の学生が見守るなかを百歳の哲学者馮友蘭先生が黒いベレー帽にステッキをついて参列される光景をえがかれたあとで、

「それから一年、今朝、北京大学の学生たちが、天安門広場で、銃弾に倒れているというニュースを知る。烈しく、心痛む。老哲学者・馮友蘭博士は、己が若い支持者たちを襲っている事件を、どのように受取っていることであろうか。

——道の将《まさ》に行われんとするや命《めい》なり、道の将に廃《すた》れんとするや命《めい》なり」

井上先生は、博士の著書にもある孔子のこの言葉がどこからともなくきこえてくるよう

な思いだった、とむすんでおられた。

私は病中ひどく落ちこんでいたのだが、つよい刺激をうけた。井上さんの詩は日本で最初に天安門事件を慮った文学作品だったと思う。「六月有感」がそれを証すし、事件の日を「今朝」と誌されているからである。

こういう一事をふりかえってみても、先生は中国のことをつねに思いつづけておられた日本でも数少ない文士だったと思う。敦煌、楼蘭、天平の甍、風濤、蒼き狼、孔子、代表作をあげてもとてもこれで足りない行蹟は、殆ど中国が舞台だ。しかもそれらがみな叙事詩的名品で、創られた小説の傑作群ともなっている。「窓からね、こうカメラを出してパチパチやるんですよ。距離も絞りも露出も放ったらかしです。とにかく撮っておいて帰ってからみるのが楽しい」蘭州あたりの砂の上を車で走っていてのことのようだった。中国へ行けば、名もない村も町も、街も川も山も渡り鳥までもが、先生には重要な主人公たちとなったのだろう。

そうして、その語りを自分にかわってやってくれる人を先生は見つけるために旅をしておられたような気が私にはする。

逝かれて今日ではや二十日経った。まだとてもそんな気がしない。病中にあって、まだ先生に心配をかけている気がしてならないのだが、先を歩いてゆかれる少し背をまるめたお姿がいま、ぼくにみえかくれする。

「石濤」のこと

井上靖

「波」平成三（一九九一）年六月号

井上靖「石濤」を読んで、井上さんは橋本関雪「石濤」をお読みになったか、あるいは、毎日新聞美術記者時代に、関雪氏や京都画壇の諸家を訪問されていて、「石濤」の正体について、直接何かお聞きになったこともあったにちがいないと行間から感じた。この正体不明といってもいい画僧のことは、明末の生れで清初から中期に活躍したとされるだけで没年もはっきりしておらぬ。八大山人は十四、五歳上のようだし、揚州八怪とも仲間というわけではない。この人だけが孤独に放浪の生涯を楽しみ（?）、あるいは苦しみして、瞎《かつ》尊者、苦《く》瓜《か》和尚、道済、大滌子《だいてきし》などといった号をつかって必ずしも多いとはいえぬ墨絵をのこした。宮崎市定氏に「瞎尊者伝」という文章があるけれど、私の知るかぎりでは一冊になったものは関雪氏の「石濤」（梧桐書院、大正十五年七月五日附発行）ぐらいかもしれない。その中で、関雪氏も、石濤についての調査の苦労話をされている。たとえば上海の知人に依頼して、五、六点の書物をとりよせられたが、生年、没年も詳細なことはまったくわからないといわれている。宮崎市定氏もそういわれていて、両氏とも残された南画と書の独創世界については力をこめてみとめられ、日本人に好まれる画風ともいわれる。そしてその画論に、「一画は衆有の本、万象の根」「一画の法乃ち我より立つ」「一画の法蓋し無法を以て有法を生ず、有法を以て衆法を貫くなり」といったり、「画は心に従うものなり、山川人物の秀錯《しゅうさく》、鳥獣草木の性情、池樹楼台の矩度、深くその理に入り、その態を曲に尽さずば能く画の洪規を得ざるなり」といったりしていることに注目しておられる。

禅僧だった人だ。「黄山の石濤」という関雪氏の文には、ある日石濤が山中の庵にいると木精の化物があらわれる。石濤は、芋をやいていた焚火のなかから榾火《ほたび》をとりだして、「芋をくれてやる」といって化物の口にさしこむ。化物は消える。翌日、石濤は山へ入って老柏の林にゆく。まるで霜柱をかさねたように老木は雲をつく勢いである。黄山の骨が膚を破って、雨に風にあたって一部がむきだしになっている。石濤はふと、足もとの老株に寄った。とその裂け目に榾火のくろくなったのが朝霜をうけたまま つきささっていた。「銭梅渓筆記」という本にある話を小説ふうに仕立てられているのだが、井上さんももちろん、これをお読みになっていたろう。「石濤」には、正体不明の男が出てくる。その男が、井上さんとおぼしい主人公の留守中に石濤の絵を玄関先において帰る。主人公はアレルギーになやまされているが、深夜、よくこの石濤の絵にむきあって洋酒を呑む楽しみをすごす。蕭条落莫たる湖畔の荒磯が描かれていたそうだ。主人公はこの絵が気に入る。私も井上さんのところへまよいこんだ絵を想像してみた。関雪氏の「石濤」には二十六点の図録がある。その一点に湖畔風景がある。

「荒亭岑寂荒山裏老樹無筌傍水磯飯後尋幽偶到此十分寥苦惨斜暉」

と書かれてある。

これも荒磯にまちがいない。私はこの図録を見つめつつ、井上さんが、石濤の絵をもってきておいて、また留守中にもち去った正体不明の老人を描かれたことに思いを馳せたのである。この老人を石濤当人にかさねておられるところに興味がわいた。四つに組んで、描いてみたい石濤だったろうに、その石濤について井上さんは何ほどのことも語られず、逝かれた。今回あらためて読みかえしてみて不思議な仕上りだという思いがつよくした。まこと不可思議な小説である。

大きなうしろ姿

松本清張

「毎日新聞」平成四(一九九二)年八月六日夕刊

二ケ月ほど前。ご入院とおききして、心配しておりましたが、訃報に接して驚いています。

三十二、三年前になりますが、「点と線」をよんで興奮し、行商しながら、小説を書きはじめました。「霧と影」がそれでした。それからまもなく、先生宅へ電話して会いたい旨を申しあげると、すぐ来いとおっしゃるので石神井の家へ伺って、いろいろ教えをうけました。私は、先生の叙事文のみごとさを尊敬しておりました。社会のこと、人間のこと、よく書くようにとのアドバイスでした。未知の若者が訪ねていったのに、気さくに会っていただいた日のことが忘れられません。私がのちに直木賞をいただいた時の銓衡委員で、激励のスピーチもして下さり、また菊池寛賞をいただいた時は、祝いにきていただきました。パーティぎらいの先生にはめずらしいことだとあとでききましたが、何かと、後進の者にやさしかった方です。

「点と線」「黒地の絵」「顔」などに魅了され、面白い小説にも、社会、人間をしっかり描かねばと必死に多作した時代もありました。いつも先をゆかれる松本さんの大きなうしろ姿が見えておりました。

のちに、直木賞銓衡委員会に入り、松本さんのきびしい発言が的確であった思い出はいくつもありますが、拝聴していて、「小説を書くこと」に真心をあずけておられるという思いがしました。意見がちがう方に向ってもちゃんと仰言っていました。投げやりなことを嫌われた方だと思います。そうでないと、あの小説群の誕生はないでしょう。息ながく、充実した社会派作品の山系は、いっぱい湧泉《ゆうせん》をもつ谷があって、好きな作品をあげればきりがありません。私のように、影響された後進作家はまだほかにおられることでしょう。とにもかくにも、馬力のある作家でしたから。

石神井の家へ伺った時はひる時でした。玄関を入った先の左手に応接間がありました。そこへ通される時、ドアのあいた先を見ましたら台所の板間のようなところで、先生が立ったままで、何かたべておられる姿が見えました。私は、食事前にお邪魔した無礼に気づいていましたが、すぐ先生は、おいでになって、何やかや話して下さったのです。着ながしで、黒っぽい単衣《ひとえ》に兵児帯をしめておられましたが、まばゆいような初対面でした。そういう風格をただよわせる作家は、松本さんのあとにもう無いでしょう。また二回目の訪問は文藝春秋の田川博一さんか、角川の山本容朗さんと一っしょだったかと思いますが、夕張に起きたポリオの取材にゆく直前でした。ノンフィクションの作法を教えられました。思いだしてみると、一どでなく、二ど三ど伺っているようです。日本一多忙な作家が、後進の若者というにしては、十歳年少だった四十すぎた男に接して下さるのに、思いあがったところは微塵もなくて、人間的で、そんな態度にも、苦労をされた方だな、という思いが深く味われました。

社会派の巨匠といわれていましたが、そういう云い方でしめくくれない大きな方だったと思います。古代へも、江戸時代へも、旺盛に入ってゆかれて、資料を漁って、視点の独自性と、面白さを追求しておられましたが、何といっても、小説を書くことがお好きであった、というしかありません。鷗外や菊池寛の道をうけついで、坦々と歩まれた松本さんの道は今にして大きく広かったと思います。また一つ前方の燈台が消えました。淋しい限りです。合掌。

清張さん、中上さんを悼む

松本清張　中上健次

「別冊文藝春秋」平成四（一九九二）年十月号

一

昭和三十四年秋。ぼくは、東武電車の足利駅の売店で「点と線」を買った。夢中で読みすすみ、浅草へ着いて、省線に乗りかえて市川へ着くまで読みつづけた。それまで、松本さんの小説は「西郷札」「或る『小倉日記』伝」を読んだきりだった。とにかく魅きこまれた。行商をしていたので、汽車の時刻表や、それぞれ暗部のある田舎駅の様子などにも馴染んでいたので、未知の香椎《かしい》の海岸あたり、鳥飼刑事の背中を見ながら、本当に歩いている気分がした。

叙事のみごとさである。いずれは空想の所産にしても、こういうふうに読まされると、恐ろしくなった。自分の日常も、的確に書けば、物語りの場になる。葛西善蔵や宇野浩二を読んでいたぼくの書棚に、その日から「点と線」は風穴をあけてくれた気がした。つづいて「眼の壁」「黒い画集」「甲府在番」「黒地の絵」「顔」「声」「鬼畜」など、短篇小説のおもしろさにひたった。「眼の壁」では、未知の瑞浪《みずなみ》の町の匂いがわかり、東京駅を白昼堂々、屍体をはこぶ行者ふうの団体がゆきすぎるところでは背筋が寒くなった。文体が、平易で簡を得ておれば読む側の心をつきあげる。

ながらく、休んでいた小説を書くしごとに戻りたい思いがつのった。松本さんのようにいかなくても、よく調べて、事の次第を描けば、この世の仕組み、人間業の深みに立ちいたって、読者に何かあたえられよう。松本さんからそれを学んだのだった。行商を休んで日がな家にこもって、約三ケ月でかいた「霧と影」は、河出書房の坂本一亀氏の眼にとまり、氏の推敲をうけ、まっ赤になり、四ど書き直したのち刊行された。直木賞候補になり、松本さんが銓衡委員だった。賞にはもれたが社会派の新人といわれ、註文をこなす書き手になった。そのころ、文藝春秋の田川博一氏から、北海道夕張に起きたポリオの話を、ノンフィクションふうの読み物にする仕事がきて、松本さんにアドバイスを受けたら、といわれ、山本容朗さんにつれられてだったか、私ひとりだったか、とにかく、電話をしてから出かけていった。たぶん二どめにしても初対面に近い若僧に、天下一多忙な松本さんが「すぐおいで」とおっしゃったのである。石神井の家であった。その日のことをよくおぼえている。玄関を入ってすぐ左側が応接間になっていて、つき当りに台所の板間があった。さかいのドアがあいていた。何げなく先へ眼をやっていたら、着物姿の松本さんが、立ってこっちを向いて何かたべていらっしゃるようだった。食事どきだった。無礼を省みずにきたことに恥じ入りつつ、応接間で待っていると、「やあ」と松本さんはあいそよく入ってこられて、ぼくの話をきいて下さった。兵児帯を少しよこで結び、ぶってりした松本さんには仕事疲れが感じとれた。だが、その風格はまばゆかった。何をどうしゃべったのかおぼえていないが、取材のコツなどについて教えられた、と思う。かようしじかな人がいるから、手伝ってくれますよ、と紹介もして下さった。その人は、のちに松本さんの大きなお仕事の下調べをなさったときいた。松本さんはつまり、若僧の後進の者にも、大事なアシスタントを紹介なさる人であった。私は、松本清張という人の忌憚のなさに出あった。

「霧と影」が賞にもれ、二年後「雁の寺」で受賞した。受賞式には、松本さんが、委員代表であいさつして下さった。この調子でどしどし書くように。「きみは鉱脈を掘りあてている」といったような祝言だったと思う。それ以来、先をゆかれる松本さんのブルドーザーのような力のある多作ぶりに魅かれ、左右にゆれる大きなずんぐりした肩を遠望しながら、やみくもに書いた。昭和三十六年から四十年ごろまで、松本さんの仕事は、大きな励みになった。なかんずく短篇のお仕事にはまいった。どれも叙事の名文だが、省略の妙があった。情緒的な感懐をなるべく排して、即物的に話をすすめる方法であった。いくら、練習してもとどかなかった。私だけではあるまい。この当時、推理小説の新人の中には、ぼくのように、松本さんの結構、文体の影響をうけた方が多いのではないか、と思う。

ある文学賞の会の時、急に瘦せられたことがあった。「どこかおわるいのでは」ときくと、「このほうがいいんだよ、きみ」とおっしゃってお元気そうであった。その後、お会いする機会がなかったけれど、作品を読むことで、畏敬の思いがつのりこそすれ、一つ一つの作品に、投げやりのないのが心のささえになった。しかも恐るべき活力。

「年をとって、よく人間が枯れるなどといわれるが、自分はそういう道をとらない。貪欲に自由、奔放にこの世をむさぼって生きたい。仕事をすること以外に枯れようがない」

そのとおりではないけれど、このようなことを仰言っているテレビ会見もみた。あれは朝日文化賞を受賞された頃だったか。

ぼくは七十になって大病をした。強度な心筋梗塞であったが、病院に二年もいて、退院してまもなくに、松本さんの調子のわるいうわさをきいた。やはり、心臓血管の病気の由だった。案じていた矢先、訃報に接した。亡くなられてみて人が大きく、眼にかぶさることがある。なぜか大きくかぶさるのである。わけもなく淋しくさせる。よく理由をいえないけれど、松本さんにはいつも強さがあった。ぼくなどには持ちあわさないものである。ぼくも大学は出ていないが、松本さんは高等小学校卒だけときいている。それだけに世の中には敵が多い。反骨や、権力ぎらいは松本さんだけに限らない。だがこの人にはもう一つ不思議な文章力があった。つよい文体である。平明にして簡。しかも、興味あふれる書き方。松本さんが、自ら手習いで取得された方法である。誰のまねでもない。心田の所産である。森鷗外や菊池寛のあとをこつこつと歩く道だ。しかも、多作だが、どれひとつ、投げやりなことをしない。ながいあいだうしろを歩いてきたので、十歳若いぼくにはそのお仕事の広さと層の厚さがわかった。病後もあって、不意の訃報に接した時は途方にくれた。ながいあいだ、ありがとうございました、と思わずことばが出て、合掌していた。

二

松本清張さんの訃報をうけてまもない八月の十二日、中上健次さんの死を知らされた。正直、この時も信じられなかった。腎臓ガンだったという。四十六歳の働きざかりの君の命をむしばんだガンの虫をのろいたい。本当に信じられない。悪いとはきいていたけれど、中上さん。これでは、あんまり早すぎる。

あなたと、最初に会ったのは、「蛇淫」を書いてすぐだった、「岬」も書いて、一服したくなり、湯河原の旅館にいたぼくをたずねてくれた時だったと思う。茉莉花《まつりか》の女将も一しょだったかと思うが、とにかく、深夜まで、温泉街へ出て呑んだ。大きな軀だけれど、妙に声が細くて、繊細な人だなとぼくは思った。やがて、「岬」が芥川賞になり、あなたは多忙な人になった。「雪がみたい。行ってはダメですか」軽井沢で冬越ししていたぼくのところへとつぜん電話があって、むろん快諾したら、とんできて、その夕刻から、大酒を呑みはじめ、翌日は、菅平《すがだいら》へ行った。途中吹雪になり、空にかくれていたお陽さまが急に綿にくるんだように地球から遠のく感じがあった。とつぜん、中上さん、あんたはその雪空を眺めていてから、「小説が書きたいッ」「早く帰りたいッ」と言いだして、最終の特急に間にあうべくタクシーをとばして、山をおりて、駅へいそいだ。都合よく間にあって、家へ帰ったあなたはすぐに、仕事をはじめたらしい。それが「枯木灘」だった。三年たった。東京新聞に連載の「鳳仙花」の何回目かに、女主人公が、新宮の冬空に、太陽が綿にくるまれたようなのをみるシーンがあった。読んでいて、ああと思った。こんな交友は、中上さん、あんただけで、そうだ、やっぱり、あなたは雪がふっても、雨がふっても、風がふいても小説のことしか考えてなかった人だと思う。なまけものの、ぼくなんかのもちあわせないものだが。

ながいこと、アメリカへ行ってた時、伊勢の長島の近くの村で、何人かが猟銃をもった身内にころされる凄惨な事件が報じられた。新聞記事をよみ、テレビニュースもみて、「ああ、中上よ、アメリカなんぞにいていいのか。この事件はきみにしか説明できない世界だ」猟銃をもった男は農家か漁業の家の長男だったか。とにかく、法事の日に、親兄弟をはじめ集まった身内を惨殺したのである。法事というのも、理にかなっていたし、日本の誰もが、中上文学とかさねてみたろう、この事件のことを、詳細に、アメリカまで手紙にして送った。むろん、新聞の切抜きも入れたと思う。中上さんは、まもなく帰ってきた。そして、「火まつり」を書いた。やっぱり。小説に書きたかったんだ。私は満足した。

「水上さん。あなたの若狭とぼくの新宮は、同経度ですよ」

とよくあなたはいった。なるほど若狭本郷と、紀州新宮は地図の上へ三角定規をおくと、まっすぐの線上にあった。中上さん。あんたは、そんなことをいって、ぼくに同根を迫る目をしたように思う。ぼくはいわなかったけれど、なぜか無性にうれしかったものだが。

あれは、ぼくが京都に部屋を借りて、長篇の準備をしていたころだった、三条木屋町のアパートへ寄ってくれて、ぼくは、あなたと天王寺から電車にのり、新宮へ向っていたのだが、和歌山をすぎ、枯木灘にさしかかる頃から、急に天候がわるくなりだして、海をみるとどえらい高波が、電車の腹を洗うような勢いだった。あなたは、新宮が近づくにつれて、汽車弁をいくつも喰ってしょげてしまい「こんな嵐の日に、あんたをよぶなんて」と口惜しがった。新宮に着くと、駅の建物も、駅前の商店街も、窓という窓はベニアが打ちつけてある。風はひどくうなって、そこらじゅうが鳴っている。あなたはますますしょげて、「こんな日にあんたをよぶなんて」をくりかえした。何でも、市の教育委員会が主催の講演会だったが、中上さんあんたが、仲立ちしていただけで、天候の荒れとは何もかかわりがなかった。しかし、京都がからり晴れていたのに、紀州へきて荒れた偶然を、あなたは子供のように口惜しがって、いよいよ、時間がきて、ぼくが舞台に立っているうちに、どういうことか、千人の席が、八割程度入ってしまった。しゃべりながら、何げなく袖を見ると、ピアノに両腕をのせて、あなたは、うつぶしていた。泣いているように、ぼくには思えて、ぼくはそれから一時間ほど一しょけんめいしゃべったのだが、中上さん、あなたはお里帰りだというのに、子供のようにしょげていた。どうして、あの日あんなふうだったのか。故郷の若者たちが教育委員会の宴席をぬけて出たぼくをバアへつれていってくれた、その席でも、歌うあなたに元気がなかった。

そうそう仲原清さんのことが、ふたりには気になっていた。仲原さんは、戦前三笠書房で文庫を編集していた、新宮出身の人。ぼくはその下で校正係で働いたが、戦後早々、東京神田にいたぼくのところへ、復員服を着てたずねてきてくれてからすぐ新宮へ帰って、二どと東京へ現れなかった人だった。ぼくは、彼から、大きな体温計をもらった縁があるというと、あなたは、「仲原さんはえらい人だ」といい、しきりにぼくらの交友をききたがった。同じ経度の若狭から、古河力作が出て、南の新宮から大石誠之助、高木顕明が出て、大逆事件は語られてきたが、そのことが調べたくて高木顕明の寺をたずねた時、仲原さんはもう亡くなっていた。彼がなぜ、東京をきらったか、そのことを語りながら、高木顕明の住んだ禅寺をたずねてゆく道すがら、あなたは、また、ぼくにしょげた顔をみせた。なぜ、そんなふうなことをいったのか、わけがいまだにわからない。

「水上さん、ぼくはこの寺へはいけないんです。ここで待ってますから、ゆっくり、話をきいてきてください」

そういって、門の石段の下にあなたはしゃがんだ。その大きな軀がまっ黒くいまぼくの眼をつかんではなさない。

中上さん、あなたはどうして、ぼくのことをあれから、気にかけてくれたのだろう。若狭に図書館を建てた時、ぼくは、「あなたが新宮で、熊野大学をやるなら、ぼくは一滴文庫だ」といったりしたことがようやく実現したわけだった。あなたは都はるみさん夫妻をつれて、こけらおとしにきてくれた。その日も大酒を呑んだが、あなたは、若狭の人らが鯖をやいて出した料理をよろこんで、「若狭が好きになった」といってくれた。

子供のように微笑するあなたの、そんなときの小さい声が、いまから思うと、経度の問題ではなかった気がする。湯河原で、最初にあった日、あなた、まだ、喫茶店で小説を書くといってたし、空港で、荷物の処理をする仕事をやめたばかりだといっていた。貧乏だった頃のぼくの話をきいてくれ、ここでは困窮しかなかった若狭をあなたは、嗅ぐように見て、「好きだ」といっていた。そんな、あなたのウチワのような大きな顔がいまはなつかしい。

三

「古河力作の生涯」は、大逆事件に連座して、市ケ谷刑場で殺された若狭出身の西洋草花店店員の実情を調べて書いたもので、松本清張さんのお仕事を見ていて、ぼくが、ぼくに課した調べ仕事の一つでした。それが、紀州新宮の大石誠之助、高木顕明の調査となり、ずいぶん、ながいあいだ時間をかけて調べ歩いたと思います。仲原さんの死をはさんでいますから。中上さん。そういうことをやっているぼくをあなたは、やさしく、したしく見ていてくれた気がする。

最後に会ったのはいつだろうか。あるパーティの席上で、テーブルに皿をおいて、ひとりぱくついているあなたのそばへ寄っていって、

「少し痩せたが、調子はいいんですか」

ときくと、

「いいですよ。心配無用」

とわらい、すぐ小説のはなしだった。「微笑」の書きだしだったか。考えていることはふたりとも同じで、場ちがいだから、長話はしなかったけれど、眼ではなしあって、ぼく

は遠ざかったきり、それから、ぼくも入院したのであなたにあっていない。中上さん。あなたは病院を出てすぐに紀州へ帰って、そこで永眠した。あなたの生き急ぎと、壮烈な死は、いまぼくを充分納得させはするものの、それゆえに悲しみを激しくし、やるせなさが胸をつきあげる。

松本清張さんに逝かれ、いま中上健次さんに逝かれて、この夏は急に暮れてくる。中上さん、あなたが去った八月十二日から二日たって満月だった。翌日が十六夜。十六日が立待ち、次の夜が居待ち、今日寝待ちの月を松越しにみながら、ぼくは、都会の冷房生活を逃げてきた信州北御牧の村で、この追悼文を書いています。

松本清張先生、中上健次さん。ぼくは、おふたりから学んだものをいまあらためて抱いています。

老いて、枯れるな。清張さんからもらったことばです。中上さん。あなたからは「謀反」です。そう。この世を、人生を対立的にみるだけでなく、必然に謀反となる文芸の道をえらべといっている気がする。ぼくは、今すこしぼくの道を歩みたく思います。中上さん。病院にも見舞いにゆかなかったが、ずいぶん、ながいこと、痛い病気と闘っていたんでしょう。安らかに眠ってください。合掌。

惜しい人が去った。中上健次

「すばる」平成四（一九九二）年十月号

中上健次さんに、先立たれた。文壇へ出てまもない頃から、一躍多忙な剛球作家となり、新宿を呑み歩く頃、湯河原や軽井沢にいたぼくのところへ、中上さんは友達をつれてきた。

大きな顔、ゆたかな耳たぶ。まだ髭を生やさぬ頃の中上さんは、元気だった。若狭の図書館へも、都はるみさん夫妻と一しょにきてくれた。若狭の図書館運動をはじめるに当っては、中上さんと、「同じ経度の南北で、何かやろう。あんたは牟婁叢書だ、わたしは一滴文庫だ」といった気がする。私の生れた若狭本郷と中上さんの生れた紀州新宮は、地図の上に三角定規をおいてみると、ぴったり、同経度上にあった。どっちも、海辺にあって京都からは、等距離のへだたり。そんなことも、会えば云いあう仲になった。どこやら、先に東京へ出ているわたしを、「はだしで村を出た男」として、親しみを感じてもらえたらしかった。いわゆる路地物といわれる諸作品に光る生活の細部描写には、魅かれていた。西からはだし男がまた出てきたよろこびを感じた。芥川賞になった「岬」と前後して、いい短篇をいくつも発表していた頃だ。「千年の愉楽」で高い到達をみせた中上さんの紀州譚は、わたしには、胸があつくなる魅力があった。「浄徳寺ツアー」「欣求」などすばらしい出来上りだった。まだそれらの上に「枯木灘」「雲山」「熊野集」が加わるのである。新しい霊異記ともいえる語りべの登場だ。魅かれないですむはずもなかった。

なぜか、その人が、私の旅先にきて大酒を呑んで夜あけまで語りあかすことが多くなった。湯河原では、「岬」を書き終えてすぐの頃だった。「今度は手ごたえがあった、発表されたらぜひよんで下さい」自信たっぷりだった。羽田空港で働いた時は喫茶店の卓子で小説をかいてきた、といっていた。脂ののり切った感じがあって、年上である私にあいそよくしてくれた。酔うと乱暴だったともきくけれど、私にはたえて、そんな姿をみせたことがなかった。

牟婁叢書は、明治時代、紀州田辺にあった牟婁新報（荒畑寒村、管野スガがいた）をもじったものだった。どういうわけか、明治末に、若狭人のひとりが、紀州人もふくまれる大逆事件に加わって処刑されていた。その男、「古河力作の生涯」を書く時に、大石誠之助や、高木顕明のことが調べたくなった。それで新宮へ何どかいった。そんな時、中上さんは、多忙な軀なのに、先に帰ってお膳立てしてくれていて、案内もしてくれた。

のちの熊野大学の発足の根底には、「紀州人と中央知識人」を考え直そうとする企みがあったように思う。私とはなしあった牟婁叢書の刊行のこともふくめていっぱい夢があったのではなかろうか。

あれだけの剛球作品を書きながら、尚また、紀州における文学運動は、エネルギーの要る仕事でもあったろう。巨体が、知らぬうちに、ガンにむしばまれていようとは。残念至極でならぬけれど、まだまだ、しなければならぬ仕事をいっぱい背負っていたのに、四十六歳では、あまりに早すぎる。残酷の一語に尽きるけれど、よくふりかえってみると、「岬」も「枯木灘」も、「鳳仙花」も今にして中上健次の遺書だった気がしてくる。どの一行をとり出しても、細部に光を発するたがねがはめこまれて光芒を発している。そして、ぼくら読み手に一切をゆだねて、中上健次はさっさと逝った。もう書くものは書いたといった声がしないでもない。

どの作品も重い。軽いものがない。「千年の愉楽」の完成度の高さはいわずもがなだが、どの作品も、中上健次の苦心惨憺、心田の所産で、みな珠玉である。惜しい人がこの世から消えた。合掌。

陽がちぢかむ

中上健次

「新潮」平成四（一九九二）年十月号

中上健次さんが「雪が見たい」といって軽井沢にきた。あれは、「岬」で芥川賞をもらわれて間もない一九七六年の三月はじめだったかと思う。ぼくはひとり山の家で冬越ししていたが、中上さんは筑摩書房の辰巳四郎さん、村上龍さんをつれてきた。「サンカミの出発です」と中上さんはいってわらっていた。上流は水上、中上さんは中流、村上さんは里を流れる、といったようなことをしゃべりあって大酒を呑んだ。この年、軽井沢は、猛烈な雪で、吹雪がみたいなら、菅平がいいだろうと相談ができて、翌日、友人の車で出かけた。小諸をすぎるころから風が出て、菅平の手前の真田村あたりで、陽が綿につつまれたように遠のいた。山へ登るのに、陽が遠のくのだった。中上さんは、窓に顔をくっつけて雪空に見あきない様子で「陽がちぢかんどる」といった。紀州育ちの彼には雪の降るのも、陽がその雪につつまれるけしきもめずらしいのだろうと、ぼくはうしろ座席で見ていた。スキー場につくとリフトには人影がなく、ホテルのロビーも無人だった。山はひどく荒れていた。

ぼくらはオールドを一本あけて、ロビーから、ベランダに出たり入ったりした。夜が近づくころ、とつぜん中上さんが、「わあーっ、小説が書きたくなった」と大声をあげだした。「早く帰りたいよォ」

仕方なく、切りあげ、友人にぼくの家まで送ってもらって、家からタクシーをとばして駅へ急いだ。最終便に間にあって中上さんは帰った。改札口も汽車も雪にまみれ、よこなぎの吹雪であった。

東京新聞に連載の「鳳仙花」の冒頭に「紀州の海はきまって三月に入るときらきらと輝き、それが一面に雪をふりまいたように見えた」とある。紀州で見ることの出来ぬ雪がここでつかわれていた。長篇の冒頭で女主人公のフサが、三月の海を好んだ理由が語られるのだが、石垣の脇に水仙の花を見つけて、使い走りも忘れて、肩で息しながら、立ちつくす姿が描かれる。

「フサは雪のはねかえす光が眩しいというように眼を細め、その雪の海の方へ、かりかり音たてさせながら歩いた。潮風が吹きつける。髪が乱れてその髪の間から飛び出した耳が冷たく、フサは手でおおいこすった。いつも夜聴える潮鳴りのような音が耳に立ち、温く熱くなってくる」

たぶん母堂の面影にちがいないと思われるのだけれど、このすぐれた長篇小説の書きだしが、あの夜菅平で発想されたか、と思うのである。発表は三年後だったが、むろん中上さんは、そんなことはいわなかった。

「岬」を書いて、まだ、受賞と決まっていない歳末近い一日にも、湯河原にいたぼくの部屋へ来てくれて、小説の話ばかりし、材料のことや、方法のことや、苦心しているところを言葉少なにしゃべって帰った。

こういう人は、ぼくにはめずらしいことで、楽屋や手の内をしゃべらぬ友人が多い中で、中上さんはちがっていたと思う。初対面から、空港でバイトして、喫茶店で小説を書きました、といっていた。「文芸首都」やその他に発表された諸短篇は、その羽田空港近くでの所産だったのではあるまいか。

軽井沢にきて、吹雪の菅平へ行ったのも、大酒呑んで、しゃべりあかしたのも、巨体に充満した重油に点火が待たれる、一瞬の間合いだったのかもしれない。ちぢかんだ陽が、かなしいと中上さんはいわなかったけれど、あの大きな顔をしかめていた。雪につつまれて、地球から遠のくまひるの陽が、泣いてるように見えたのかもしれぬ。中上健次という人は、どんな風景の一瞬さえ、おろそかにせず、触発されて書きすすめてゆく、といったぐあいの作家だったのだろう。休むひまなく、そこらじゅうへ出かけていたようだが、これで納得させられるのである。

いま、急に逝かれて、あべこべに、こっちが生きていることの不思議に思いをはせつつ、陽がちぢかむような淋しさを味っている。

「鳳仙花」は、中上健次文学が到達した嶺だ。「千年の愉楽」とともに、この長篇は代表作として残ると思う。

ディテールが閃光のように光る作家だった。長篇にも短篇にも、諸所にそれがあって、小説の正統派でありながら、つねに苦心工夫していた作家だ。粗略に出来ない作品をいっぱい書いて、さっさと冥界に去った。

へしこと鯨

中上健次

「文藝」平成四（一九九二）年冬季号

　中上さんはへしこを好んだ。へしことは若狭産の越冬食で、鯖が沢庵漬のように、塩辛く糠《ぬか》漬けしてある。

　あれは、「岬」を書いて、芥川賞をもらって間もない頃のことだ。たぶん軽井沢だったと思うが、夕方とつぜんやってきて、大酒となり、拙宅に泊り、翌朝、食膳にへしこが出た。お手伝いが若狭から母の送ってきていたのを焼いてだしたのである。

「こいつはうまい。本物だ」

　中上さんは、あの大きな顔を笑ませて、箸の先で、へしこ鯖の切身を小器用にさいた。

「紀州にはなかったのか」

「ないですよ」

「お国は鯨のとれる枯木灘だ。鯖もとれるはずだが」

「こんなふうにして塩漬けにするのはめずらしいですね」

「そうか、若狭では、貧乏人の喰うものだが」

そこで、製法から、すべてわかっていることを中上さんにしゃべった。実際に、若狭では、へしこを漬けるのは金持ちの家が多かった。というのは、鯖や鰯は、とれすぎるほどとれた時は、漬物にするほどあるけれど、どちらも桶に入れて、石で重しにするから、汁があがって、そこらじゅうがくさくなる。したがって、家の外の軒端にならべられる。ところが、村で根性のまがったのが、家々のへしこ桶を勘定して歩いて、ああ、あの家はことしは、たったひと桶だったとか、ふた桶だったとか、いってまわった。したがって、貧乏人の家では、軒端もせまいし、若い者は都会へ出ているから、人数も少ない。年寄りは塩気のあるものは嫌う。近ごろはめったに漬けない。

「しかし、うちでへしこの喰えたのは祭りか、客のあった日かだったよ。運動会の弁当では、へしこに身はなくて、糠ばかしがめしにまぶしてあった」

と私がいうと、中上さんは、にがい顔をしてきいてくれた。しかし、この朝のへしこはよほどうまかったらしくて、何かの折に、東京であった時も、へしこがうまかった話を中上さんの方からきりだした。ご馳走しがいのある人だと思う一方で、あんなものをよろこんでくれるのか、とうれしかった。さてそれから何日かして、たぶん春がきて、京都の錦市場を歩いていたら、鰯のへしこが眼についた。店頭に山盛りされたそれは、透明なパックに入れられていた。糠をすこしつけた鰯がうらめしそうな顔をして、一匹ずつ入っている。それを五包ぐらい、荷にしてもらって、手帖をだして中上さんの家宛におくってもらった。むろん、人の混む錦市場で、便箋などに書くわけにゆかない。品物だけ送ってもらって、うちへ帰ってハガキでも書こうかぐらいに思ったのだがそのハガキも、品物を送ったことも忘れてしまった。物忘れのひどくなったころのことである。

中上さんからは何もいうてこず、また、東京のどこかで会った時、中上さんは何か、私の顔を見るのに、いつもとちがう眼をした。いつもとちがう感じとは、上手にいえぬけれど、何か心にうかんだことをいわずにいる人の顔だった。私は察知した。あの鰯のへしこはまずかったにちがいない。じつは、その日、わたしも、三包買って、京の勉強部屋で焼いて喰った。鯖よりはオチたのである。

「ああ、中上さんに、ひどいものを送ってしまった」

とその時も思ったが、しかし、送ってしまっているのだから、あとの祭りだ。

だまって、にっこりしている中上さんの顔には、「へしこ」と出かかっているものをおさえこんでいる心が出ていた。

喰いものは何でも喰った人のようだが、好きなものの峻別はきびしかったようだ。そういえば、中上さんの汽車弁の三どの喰い直しを見たことがある。あれは、新宮の教育委員会依頼の講演にゆく途中の天満橋を出た列車の中でだった。堺あたりで一食、和歌山で一食、つづいて白浜で一食だったか。都合三食分の弁当を買って喰う中上さんを見た。あの巨体だから三倍は喰って不思議はないのだけれど、いちいち吟味して、買う前に想像した味でないことがわかるとすぐ折をたたんで、つぎのを買っていたように思う。へしこのパック入りに気がむかなかったのと似ている。

しかし、このことは、私のあくまで想像であって、ちがっているかもしれない。中上さんには、乱暴な、といえば、逃げてゆく思いもする、ある暴力的なところがあった。しかし、それはしずかなやわらかな言葉が先にあって、実はあとからきたもののように思われる。鯖のへしこが好きだった中上さんに、母が送ってくれた鯖があの日以来、二どと、さしあげることができなかったのだ。残念なことだが。あっちの国へいっても、果せない。母も逝ったのである。

私はいま、中上さんに先立たれて、呆然としているけれど、この人は、私よりずいぶん年齢は若かった。けれど、書いた小説群は、それぞれ傑作ばかりで、いずれも越冬食のように、身が塩で押しつまっている。うまくいえないが、この人は遺書を書いていたのだと思う。

悼辞

中上健次

「海燕」平成四（一九九二）年十月号

中上さん。こんなに早く、あんたに逝かれて、いくら何でも早すぎます。あべこべですよ。あんたが死んだなんて、いま、まったく信じられない。

入院されたときいて、むろん心配はしていたけど、まさか、こんなことになろうとは、考えてもいなかった。あなたの若い大きな軀にくらいついていたガンの細胞をぼくはにくみます。さぞかし毎日痛かったでしょう。病院で、ガンと闘っていたあんたの毎日を思うといたたまれない気持です。とても、悲しいです。いま、運命が。

中上さん。あんたは、糸のように細まる眼でぼくをみつめて、ぼくのくにのことを新宮と同経度の位置にあるといってたね。北と南のはじにあってともに海辺。京都からは等距離のへだたり。地図に三角定規をおいてみると、若狭本郷と新宮はぴたり同一線上にある、と。

明治の末期、東京で起きた大逆事件の連座者に、なぜか若狭人と紀州人が申しあわせたようにいました。日本じゅうにくにがもっとあるというのに……。そんなことも、あんたの考えの中にあったかもしれないが、あんたはそんなことは何もいわないで、西からはだしで東京へきた仲間だ。しかも、大学なんぞへゆけなんだ仲間だ、といいたそうな眼で、じっとぼくをみることがあった。

湯河原で最初あった日、あんたはぼくの部屋に入ってくるなり、机をへだててしきりに書いてきた小説のこと、これから書かねばならない小説の話をしたね。落合橋へ出て呑みあるいた夜ふけ。あの夜を思いだしても、とても、あんたが二十八歳だったなんて。六尺近い巨体。大きな顔。ふくらんだ耳たぶ。

「羽田空港近くの喫茶店で小説をかいてきた。荷役夫をしてたが、もうやめた」浅黒い肌といい、頑丈な骨格といい三十歳以上にはみえましたよ。なんか、とても安心な気がして、初対面なのに何もかも信頼してしまったことをおぼえています。二十八歳の人気作家にカンヅメ部屋を急襲されたのも、はじめてでしたが、いまから思うと、光栄でした。大事な思い出になりました。

あの時、あなたが書き終えていた「岬」が好評で、芥川賞になり、あなたはその冬、「雪がみたくなった」といって、筑摩書房の辰巳さんと一しょに、軽井沢で冬越ししていたぼくの家へまた来ましたね。

ぼくは吹雪の中を友人の車へあなたたちをのせて萱平へ行った。ホテルのバアでオールドを一本あけた時、まだ夕刻にならぬ天に陽がのこっていて、綿につつまれたみたいに光線を失っていたのを見たあんたは、とつぜん、「ああ陽が泣いとる、早く帰りたい」「小説が書きたくなった」。急いで、最終にまにあうようタクシーをとばして、駅にかけつけた。その時の作品がたぶん「鳳仙花」でした。なぜか、あなたの秀作、傑作の誕生する直前に、あなたはぼくの部屋にいることが多かった。

そういえば、アメリカに行ったきり、帰ってきそうもなかったあなたに手紙を書いて、伊勢長島に起きた猟銃での一家惨殺事件のことを報らせ、「あんた早く帰ってくれ」と書いたのをおぼえています。まもなく、あんたは帰ってきて「火まつり」を書いた。

あんたは小説を書くことが好きだった。苦しみながら書くことが好きだった。いつも昨日までの自分に「謀反」する、そんな小説を企んでいた。生れた土地が同経度云々などかかわりはなくて、同根の人がいると、ぼくは、勝手にあなたを見ていたのです。

中上さん。ぼくはあなたより、ひと足さきに東京へきていました。あなた流にいえば、はだしで。それが縁となり、二十八歳から四十六歳の終焉までの、あなたの文学への態度を、遠近望していますと、あなたには、つよく、ひと筋通ったものが顕著にあったことに気づきました。ひとすじにつながらせるべく苦しんでいる人だと。

中上さん。文学上の苦しみに加え、あなたには、ガンとの闘いが新しく加わっていた。

とりわけて、末期にいたっては、つらかったことでしょう。あなたの胸中を思うと、悲しくて、たまりません。

中上さん。もう痛いところはなくなったでしょう。ながいながい格闘で、つらかったでしょう。どうか、やすらかに、ゆっくりお休み下さい。東京の病院から、新宮へ帰ってしずかに眠られたあなたにほんの少し、いま安堵をおぼえています。枯木灘の波音をききながら、安らかに眠られたあなたが想像できるのです。中上さん。さようなら。一九九二年八月十二日

井伏さんの文体

井伏鱒二

「毎日新聞」平成五（一九九三）年七月十二日夕刊

私は戦争中に文学書をよみはじめた。昭和十年頃である。その頃、日本の小説界は、戦争を謳歌する作品が多かった。たとえば、農山村を舞台にする小説でも、当時の国策だった満州（現中国東北部）移民や、侵略を肯定するというよりは、食糧増産を奨励し、侵略の片棒をかつぐ話が多かった。農林大臣だった人が、文学懇話会の中心にいての「農民文学」だったのである。

だが、井伏鱒二文学だけは一風も二風も変っていた。飄々として滑稽に富み、風格があって美しかった。しかも、確かな人間がいた。「多甚古村」「へんろう宿」「丹下氏邸」などあげればきりがない。また、「夜ふけと梅の花」や「屋根の上のサワン」など、都会にくらす青年の思い屈した日常を描いた作品に私は魅かれた。主人公の青年が故郷を抱いていたせいかもしれない。

私は文学について何程も勉強していなかった。また、友人知己ももたないただの小説好きの少年期から青年にいたる時期を、若狭の田舎で肺病を患い、毎日寝てばかりいたのだった。そんな日頃に、井伏さんの小説は、心に沁みたのである。

農村でくらす若者が、文学好きとなり、読むとすれば、当時は文藝、新潮の二誌しかなく、あとは単行本をひいたものであった。ひくというのは東京の版元へ注文することをいう。いまでも、伊藤永之介の「鶯」や井伏鱒二の「雞肋集」が送られてきた時のよろこび、鼻をついた包装紙の匂いがわすれられないくらいである。私のような文学青年は日本の農村に数多かったのではないかと思う。

私はのちに、小説を書いてくらすようになった。井伏さんの文体。とりわけて飄々と時代をさかのぼって、江戸へでも、アメリカへでもどこへでも入ってゆかれる方法がまばゆかった。つまり、主人公の少年と新井白石に会いにゆくといった具合の小説である。いまとむかしの境がない小説である。井伏さんは「まげもの」といわれていたが、私には、そのまげものが面白かった。前人未到の手法のように思われた。また、それが、ごく自然に思えて、楽しかった。「漂民宇三郎」「ジョン万次郎漂流記」などがそれであった。戦後作品になるが「遥拝隊長」「二つの話」などもそれである。井伏さんの文章には、どんな短文でも井伏さんの息がかよい、小説には小説をつくる妙味が香ばしかった。私は遠くから、けだかい師匠として尊敬してきた。合掌。

井伏さんを憶う

井伏鱒二

「新潮」平成五（一九九三）年九月号

亡くなられてみて、ながいあいだ仰ぎ見てきた山であった思いが、あらたまるのである。

戦争中、つまり、昭和十年代はじめに小説を読みはじめた地方農村の文学青年には、井伏鱒二文学は、やすらぎを与える数少ない作家の一人として心に沁みた。

その頃、若狭で肺病と闘いながら、小説ばかり読んでいた私には、いわゆる国策便乗の小説が横行していたので、小説の醍醐味に酩酊しようと思えば、明治、大正の文学ということになった。いわゆる現代作家の作品を味うとなれば、伊藤永之介「鶯」壺井栄「大根の葉」井伏鱒二「多甚古村」といった農村を舞台にした作品が味い深かった。東京には、「農民文学懇話会」という有馬頼寧農相を中心に発足した農民文学作家が現れ、満州侵略や、南島侵略を謳歌する文章や小説が、情報局の用紙割当てもあって、本屋の棚を埋めていた。その中で伊藤、壺井、井伏の三人の現代作家は、国策に対する態度がちがっていたように思う。とりわけて、井伏さんの文学は、戦争や、米つくりやが出てくるけれど、一風変った主人公が創造されていたし、その人物が滑稽に描かれ、深く悲しみがつたわるところがあった。私には、不思議な文学として、心弱い日々の、生活の糧になった。「屋根の上のサワン」「夜ふけと梅の花」では都会に出た地方文学青年の憂愁を味い、「へんろう宿」や「多甚古村」その他の農村を舞台の作品では、人間観察の底光りといった場景描写に出あって、心を打たれてすごした。あの心のやり場のなかった戦争中に、米もろくに喰えなかった貧乏な時節に、井伏さんの小説は、まことにもち米のような糧であった。心の友として、青木南八や村山十吉のことを思った人は多かろう。名篇「鯉」が、青木南八氏にささげられたのは有名である。井伏文学に登場する井伏さんの友達や文士、それから村長やお巡りさん、医者や骨董屋主人までが、みな私たちの身近にいる人に似てきて、友人に感じとれた。井伏さんの文章には、そういう魔力があった。

また、井伏さんには、「まげもの」とおっしゃっていた歴史物があった。しかし、これらの作品も、独得の云いまわしを駆使したものが多く、たとえば、「二つの話」などは、作者が疎開少年と一っしょに新井白石に会いにゆく話である。いわゆる従来の小説の約束や垣根をとっ払って、自由な語りを発明工夫しておられた。そこのところが私にはまばゆい思いであった。

井伏さんに「宇野浩二さんの魚釣」という一文がある。戦後のことらしいが、桜井書店主人と三人で、東京湾へ船を出して黒鯛釣にゆかれる話である。宇野さんがその時、和服にインバネスを着てソフトをかぶり、黒繻子の股引に白足袋をはいておられた様子が書いてある。「誰が見ても海に出る釣師の服装ではない。戦後、この手の服装は陸でも珍しい。後になつて私はテレビで寄席やお座敷の芸人が繻子の股引で踊るのを見るたびに、宇野さんのこのときの様子を思ひ出す。船頭に手をとつてもらつて船に乗ると、しづかに天幕の苫のなかに入り、きちんと座蒲団の上にかしこまるのだ」風変りな宇野浩二を見据える井伏さんの眼を想像してみた。宇野さんも同行なら井伏さんも海釣船に乗りこまれたと思われるのだけれど、風変りな作家の横綱を二人のせた船頭と、桜井書店主の顔が想像される。

井伏さんには、「蔵の中」や「苦の世界」の作家への敬服の念もあられていたように思う。が、戦後になって、宇野さんの身辺に近付きを得て、口述筆記をつとめた私にも、井伏さんと海釣にゆかれた話はきいたことがなかった。自ら深山幽谷とよび、三味線と小出楢重の裸婦を部屋において「夢みる部屋」とも書かれていた人が、その書斎を出て一日、海へゆきたくなったのも、井伏鱒二という作家の人徳だろう。宇野さんばかりではない、中島健蔵氏をケンチとよんで友情をつくされたことも井伏さんの誠実な側面であった。日本文壇は清水町の先生の急逝によって、芸術派の孤塁を守った庶民作家の巨匠を失った。

合掌。

井伏さんと足利尊氏の墓

井伏鱒二

「海燕」平成五（一九九三）年九月号

井伏さんが足利尊氏の墓に関心をもっておられるときいたのは、寺田博さんからで、寺田さんは何かの折に、私が足利尊氏の墓のある京都の等持院で小僧をしていたのを井伏さんに話したらしい。その時、井伏さんが、寺田さんに、尊氏の墓の思い出を語られたようだ。そうでないと、寺田さんから、私に、尊氏の墓のことで何か資料がないか、と問い合わせのあるはずはなかった。

私はその頃、心筋梗塞の手術後で病院にいたが、毎日退屈をもてあましていた。井伏先生が、私の少年時にいた寺のことを訊ねておられるときいて、何か資料をと考え、さっそく、京の知人に等持院へ行ってもらって、絵葉書の類と、尊氏の墓のある庭園の一部と、そのあたりの様子がわかるスナップ写真など四、五通を病院へ送ってもらって寺田さんに托した。私は、その時、つぎのような説明書をそえた。

尊氏の墓碑は、写真の如く、等持院の本堂裏の心字池と芙蓉池の中間平地に、椿に囲まれてあります。墓は石を重ねたもので、頂上の形から宝篋印塔と案内するように小僧は兄弟子から教わりました。私の小僧時代、尊氏公は国賊の代表みたいな武士でしたので、よく田舎の中学生が、修学旅行の時、配属将校につれられて拝観にきました。当時は観光といわず、拝観といったのです。尊氏の墓のことを「初代将軍等持院殿尊氏公の墳墓」といっていました。そして私たち小僧は、庭の草取りが毎日の仕事でした。尊氏の椿の垣のある墓地の草もとりました。尊氏の墓石のぐるりは、杉苔が密生していて、草は小さなふたつ葉の根のふかいものなので、竹ヘラで、杉苔を傷つけないように根ごとひきぬくのですが、この仕事は、中腰でやらねばならないのでひどく辛かったのをおぼえております。

どういうわけか、配属将校は、墓前に生徒を整列させると、「気を付けッ」と号令し、そのあと、敬礼とはいわずに、

「この墓は、国賊の墓であるぞ。よく見ておけ」

といいました。生徒の中には、椿の垣根をまたいで墓域へ入りこんで、墓石を編上靴で蹴るのもいました。将校は、それをだまって見ていました。小便をかけられても、小僧はだまっていました。しかし、草取りの時に、小便あとの杉苔がその部分だけ黄色くはげたように、枯れているのは、悲しいことでした。

だいたい、そんなことを書いたか、と思う。じつは、井伏先生は、福山誠之館中学校を卒業しておられるから、当時の修学旅行は京都が多かったので、もしそうであった場合、先生も配属将校に連れられて等持院へこられたのではないか、と想像したのである。そうでないと、寺田さんに、尊氏の墓のことがききたい、とおっしゃる理由がないではないか。

等持院へ行ってもらった京都の知人の写真のなかに、尊氏の墓石のてっぺんの宝篋印塔がよくわかるのが一葉あった。それによると、正面の石にはギザギザの段があって先細りになっている、上の方に「仁山」という字が彫られている由が、書かれ、それらしい彫字がうかがわれた。仁山というのは、諱号で、尊氏公は晩年に出家を願っておられたそうだ。私は十三歳頃から、等持院で、拝観案内役をしたので、この墓の前にくると、「コレハホウキョウイントウ、アシカガショダイショウグントウジインデンジンザンアシカガタカウジコウノフンボ」といって、お辞儀してみせた。だが、拝観者たちは、例によって、誰も頭を下げてくれなかった。ついでに案内しておくと、清蓮亭という茶室が墓の上の台地にあった。そのよこに織田有楽斎の植えた侘助椿の太いのが一本あって、これらの説明にはこういった。「コレハセイレンテイ八代将軍慈照院殿義政公好ミノ茶室。ムコウノ天井アジロ天井、コチラノ天井マエラノ天井。床柱妙心雪江松。茶室左リノ庭ノワビスケツバキハ織田有楽斎公ノオ手植エ、ニホンサイダイノキョボクニゴザイマス」といったように思う。

井伏先生が、中学生時代に等持院へ来られたらしいことを寺田さんからきいた。やはり配属将校に引率されての旅行で、尊氏公の墓前で立小便している人を目撃したようなことを語られたそうだ。しかし、このことも、心筋梗塞で死にかけていた病院でのことなので、頭もボケていたから、たしかなことではないかも知れない。

井伏先生の昔の随筆に、等持院のことが出ていないか、とその後いろいろと漁ってみたが、そういう話は書かれていない。中学校を卒えて、将来画家になりたく思われ、京都の橋本関雪に弟子入りしようと、単身京都へきて、丸太町の宿に泊られる話が「半生記」に出てくる。

「京都では丸太町橋のそばの和泉屋といふ古めかしい宿に泊つた。行き当りばつたりで紹介なしだが、お上さんが京都弁を使つてばかに調子よく二階に案内してくれた。どういふつもりか窓の縦格子を間しげく打つて昼でもほの暗い部屋にしてあつた」

この宿はいまもある。丸太町から少し上った三本木町であろう。井伏さんは和泉屋に一ケ月逗留される。大型のスケッチブックに水彩で二十枚ぐらいの絵を描いただけで、あとはぶらぶらしておられたようだ。

「私の扱つた画材のうち記憶に残るのは、丸太町橋下の流れで友禅を晒している女、川原から見た荒神橋のたもとの大きな家、下賀茂神社の糺の森。伏見稲荷神社の境内に並ぶ朱塗の鳥居の行列。丸太町橋下の砂洲から荒神橋の方を見た景色。それを繰り返して描いた同じ景色などである」

とあるけれど、等持院は出てこない。井伏さんは、写生帳を宿のお上さんの知人で、橋本関雪の弟子という人にあずけ、弟子入りの返事を待たれたので投宿が長びいたようだが、結局、関雪先生に入門をことわられた。「その翌日、郷里へ帰つた」とある。むろん、京都でのことを兄さんに報告されたところ、兄さんは、絵描きになるのはやめて、小説書きになれ、それには、東京の早稲田大学へ入るのがよい、といわれて、大正六年の上京ということになるのだが、むろん、この京都旅行は、その以前だろうから大正五年か六年だろう。

「私は関雪画伯から通知があるのを待つ間、天気の日には清水寺の裏山か知恩院の近辺や植物園のあたりへ写生に行つた。雨がしとしと降る日には雨をさけるため丸太町橋の真下の砂洲に降りてゆき、川上か川下の風景を写生した」

とあるから、退屈な日々を写生で送られたのだから、等持院や竜安寺あたりへはいらっしゃらなかったのかもしれない。すると、修学旅行はこの「半生記」の記述からもれていることになる。

私が病院で手術をうけたのは、足かけ四年前になる。井伏先生は九十一歳であられた。

先生は、「海燕」編集長であった寺田さんが訪問された一日にとつぜん足利尊氏の墓のことを口にされたとみてよい。それで、寺田さんが、何か私のことをしゃべって、資料をということになったのだろう。

私はいま、井伏先生に急逝され、悲しい思いでいる。悲しいのは残念でならない思いも深くまじっている。それは、いつか、先生にお会いすることがあったら、直接、足利尊氏の墓の思い出をききたかったことだ。亡くなられてそれが出来なくなった。

私は、いま、病院へ寺田さんに托された先生の便りを見つめている。

ありがとうございました。早くよくなってください。

便箋に一行小さな字で書かれている。これを眺めていると、先生とばったり新幹線のなかで会った一日が思いだされた。

その時、先生は鉄無地の着物を少しみじかめに着て、白鼻緒の草履をはいておられた。グリーン席の二ばんめぐらいの席だった。三ばんめの席をまわして向きあう形に変え、ひとりの編集者と向きあってウイスキーを呑んでおられた。因みにウイスキーはサントリーのオールドであった。俗にいうダルマである。私は、文藝春秋の松成君と京都で待ちあわせてその車輛へ入ったのだが井伏先生を見て、当然、ごあいさつ申しあげた。これから小豆島へ行って、西光寺へ詣り、尾崎放哉の墓へも詣ってくるつもりの所用を先生にお話し申し上げた。先生は、私に一杯どうかと、すすめられる。通路をはさんで、私は先生から紙コップにウイスキーをいただいてお相手をした。先生も岡山で降りられる由であった。

私は井伏先生の前にすわると、軀がちぢかむような思いがつよくあって、訊ねたいことがあっても云えずにいるといったようなことが多かった。何かの会のあと、新宿の「くろがね」へつれて行っていただいた夜もそうだった。先生とお会いするのはそう機会もないのだから訊ねたいことがあればきけばよいものを、それがうまくいえない。肝心のことをよけて、緊張してしまうのである。むろん、新幹線での時もそうであった。いまにして思うと、あの時、井伏先生の方から、わたしに、にっこりして下さり、「一杯どうかね、水上君」とおっしゃった気がする。

先生は私にとっては、仰ぎ見る山の如き存在であった。私は小さくちぢこまってだまって、先生のお話に聞き入るばかりであった。だまってきくしかない、勿体ないような時間だった。こんど、向うへ行ってお会いできたら、福山誠之館中学の修学旅行には足利尊氏の墓詣りが入っていたかどうか。もし、入っていたなら、先生の仲間のうちで尊氏の墓石を靴で蹴った者がいたかどうか、あるいは、小便をかけたりしなかったか、などのこともゆっくりきいてみたいと思っている。この世できけなかったことは、次の世できくしかないのである。合掌。

野口冨士男さんの思い出

野口冨士男

「毎日新聞」平成五（一九九三）年十一月二十九日夕刊

戦争中の九段上一口坂の家から、パナマ帽にかたびらの羽織を着て、ステッキをついた野口さんと電停の方へ歩いていたら、場所が場所だから、戦闘帽をかぶった兵士の行軍とすれちがった。

あの日の暑い陽照りを忘れないが、大観堂から「眷族《けんぞく》」が出てまもなかった頃の野口さんは、人の世と小説のことばかりに関心を示す人で、私は当時、情報局の指示で合併を余儀なくされた同人誌で名をつらねる後輩の一人だったのだが、和田芳恵さんの世話で、西銀座の学芸社にいた頃だと思う。何か仕事をたのみに行ったのだが、決して背丈もそう高くなかった野口さんが、その時、歩いていなさるだけで、反骨の姿勢があふれていたように思う。その印象が、ずうーッとのちのちまでつづくことになった。

昭和二十二年の冬だったと思う。水兵服に軍靴をはいて、鶯いろのカバンに原稿紙を入れ、たぶん、あの頃は東武電車でゆく先が遠い春日部だったか。

そんな遠方へ帰ってゆかれる野口さんを、湯島の切通しを歩いて上野まで送ったことがある。本郷森川町にいらした宇野浩二先生のお宅へ私が用件があってゆき、野口さんはその宇野邸のうらにあった徳田秋声先生宅の一穂さんに会うての帰りだったか、と思う。何をはなしたかわすれたが、着物に飴色のインバネスが好きだった和田さんも一っしょだったような気がするが、さだかではない。

寄れば小説の話だった。文学以外に話のないのは、宇野さんに似ていて、うつり変りの早い世間一般のことは、小説世界にすべてとじこめる修錬のようなものを積まれていたから、戦争や国のことでめったに口角泡をとばすことはなく、まわりから語り寄せて、ぐさっと刺す物言いだったように思う。そういう語り調であった。

文学もまた終始一貫していて、和田さんに先立たれた日の野口さんの弔辞で、虫がせいいっぱい歌って果てる思いを語られたのが印象ぶかく思いだされるのである。あれはご自分の決意だったにちがいない、といまにして思う。

私は八つ年下だったのに、どういうわけか、温かく見守って下さり、心筋梗塞で先年死線をさまようていた時、「死ぬな、生きてくれよ」との励ましのお手紙をいただいた。何につけ、そういうやさしさと誠実な文士であった。西早稲田の家、つまり、東京のまん中の陋巷にあって、眼を光らせておられるだけで、私のような後輩は褌《まわし》の紐を締められる思いがしていた。

思い出も戦争、敗戦、飢餓、それから文芸家協会での副理事長時代、理事長時代と、いろいろある。野口さんはじっくりと落ちついた作品ばかり発表され、いいかげんなことはなさらなかった。蚕が糸を吐く繭づくりに似ていた。私たちは大切な文士をまたまた失った。いつかは迎えねばならないとは思っていたけれど、やはり、逝かれた。悲痛の思いがつのる。合掌。

野口さんの思い出　野口冨士男

「群像」平成六（一九九四）年一月号

野口冨士男さんにはじめて会ったのは、昭和十七年頃で同人雑誌「新文学」の編集会議だったか、目白の木暮亮氏のお宅だったかと思う。「新文学」は野口さんたちの「現代文学」と木暮さんたちの「作家精神」と梅崎春生さんたちの都庁職員が集まっている雑誌と私の所属していた「東洋物語」の四誌が合同を命じられて、用紙の配給を受けねばならない都合もあり、呉越同舟の合同だったかと思う。創刊号は、十七年の正月か二月頃に出たかと思う。目次に真珠湾攻撃の写真がカット代わりにつかわれていたから十二月八日がその日ゆえ、たぶん一月か二月のことだろう。神田の一ツ橋にある何会館かわすれたけれどビルの四階だったかの広い畳部屋で、あぐらをかいた同人が五十人以上いた。福田恆存、高橋義孝、高木卓、梅崎春生と言った顔ぶれが印象にある。木暮さんは菅藤高徳氏のことで、氏は、明大の独文学教授であった。高木氏は芥川賞辞退作家で著名だった。福田、高橋は東大出身でいくたの著作があった。「平賀源内」を書かれた桜田常久さんの顔も見えた。そんな席上で、新雑誌の編集経過、印刷その他会計報告があり、同人に意見をきく時間もあった。その時、隅にすわっておられた野口さんが手をあげて発言を要求され、遠慮げなやわらかい調子だったが、まわりこんで刺すような言い方で、「どうしてこのような写真を目次カットに使ったか」と編集陣に迫られた。堂内は一瞬しんとなった。なかなか言えないことだったのである。ひと月たつかたたぬ前に、米英に宣戦布告した軍部の指示で同人雑誌などは、用紙を配給できない、廃刊命令の出る直前だった。野口さんの発言に、黙ってしまった編集陣の顔がしっかりいま瞼にうかぶ。四誌の代表があらかじめ会議をやり、印刷は市ケ谷の大日本印刷でだった。校正を私がやった。カットは木暮さん中心の編集会議の指示だったかと思う。私は、毎月木暮邸へ寄って、原稿をもらうと、印刷へまわすのが分担だった。野口さんの憤りは激しく、返答のないのを不満だとさらに詰めるような言い方だったと思う。木暮さんが会議の結果を弁明された。

私は、この日から野口さんを畏敬するようになった。八つ下だった私は二十三、四だったから、野口さんは三十二、三歳だった。「文芸」推薦作になった「風の系譜」はもう出版されていた。「眷属」が大観堂から刊行されたのもその後日だったろう。一口坂のお宅へうかがって、本を頂いたからおぼえているのである。九段上の一口坂から少し神社と反対の方向へ入って右に折れた地点だった。二階屋が別玄関になってひっついている下町ふうの貸家だったと思う。二階へあがると、黒檀のへりに溝のある大きな机があって、まわりに書籍がいっぱい積んであった。本の多さにたまげた。インキ瓶と万年筆と原稿用紙が机上にあった。野口さんは、どこかへ出られるらしく、私も五分間ぐらいで、その家を出て一口坂の電停まで歩いた。夏だったので野口さんは、パナマ帽をかぶり、無地の単衣に帷の羽織、にぎりが洋傘の柄みたいなステッキをついて先を歩かれた。いまもこの着物姿が浮んでしょうがないのだが、軍人の往来する九段上の雰囲気にはそぐわなかった。

敗戦になって、昭和二十一年に疎開先の若狭から上京した私は、梅崎春生さんや地引喜太郎、山岸一夫さんたちと「新文芸」を創刊した。ある日、版元の鍛冶町の封筒工場の事務所へ、野口さんがあらわれた。水兵服に軍靴をはいて、鶯いろの布カバンから、百枚以上はあったろう小説原稿を取りだされた。題名は忘れたが、ある職人の少年期が書かれていた記憶がある。「新文芸」に掲載されたかどうかさだかでないが、私は名前だけの発行人だったので、野口さんの訪問があったのだと思う。梅崎さんの「虹」が載った前後のことだったか。寒い日で、封筒のやれ紙をストーブにくべてもてなしたが、手をひろげてぬくもりながら、野口さんと召集令状をうけた先のお互いの軍隊のことをはなしあった。そのころ鍛冶町へしょっちゅう現れた和田芳恵さんのこと、徳田一穂さんのこと。福井へ嫁に行かれた秋声先生のお嬢さん百子さんのことなども。神田は焼け野だったのだが、鍛冶町の一角は焼けのこっていた。その封筒工場の事務所へ、軍靴を引きずって現れた野口さんは、東武電車でゆかねばならぬ春日部だったか、一口坂からもういまの西早稲田のお宅だったか。

あいまいなことだが、夏の日に西早稲田の家を訪れるとまだ平屋だった玄関を入ったすぐの部屋に一口坂で見た黒檀の机があって、小学生だった一麦さんがとりもちのついた竿をその机にのせていた。野口さんは半ズボンをはいて、竿をまたいでとりもちのねばりをつばをつけて点検している最中だった。外はいちめん陽の当たる畑で、ナスだのキウリだの、トウモロコシが植っているのを見た。野口家のものであったかどうか知らない。とにかく、トンボが舞う西早稲田だった。その町名もむかしはたしか戸塚何丁目とかいったはずだと思う。

こういうことを思いだしてゆくと、一口坂の光景といい、西早稲田の家でのことといい、野口さんは、生涯東京をはなれられなかった大正文士だと思う。つまり、疎開といったようなこととか、湘南に療養といったようなことはなさらなかったのである。

つねに陋巷にあって、小説のことばかり考えている。そういう人であった。徳田秋声、宇野浩二に似通う暮らしぶりであった。前述の如く私は、八つ下の後輩だが、和田芳恵、野口冨士男の名を呪文のように口ずさめば、褌の紐がしめられる気がしていた。

そうだ。年とるごとにまわしの締め直しを迫る気概をもった人は少なくなっていくのである。短い文章を発表されても、決して声高ではなく、独自の云いまわしで反骨を貫かれた。戦争（応召）、終戦、飢餓。東京から一歩もうごかないで、晩年に文学以外のことでは、協会の副理事長、理事長ぐらいで、あまり余《よ》のことはなさらず、作品もみな真剣勝負だった。「なぎの葉考」や「しあわせ」など光る短篇が多い。西早稲田で長生きしていてくださるだけで勇気づけられる先輩だった。大切な人にまたまた先立たれた。悲しい。合掌。

吉行さん

吉行淳之介

「文學界」平成六（一九九四）年九月号

吉行淳之介さんの訃報に接した。大事をとっての入院ときいていたが、こんな早く逝かれるとは思いもしなかった。いまだに信じられない。

敗戦後早々の混乱期に、私はモダン日本や三世社で吉行さんに会った。原稿をもち込んで買ってもらったのである。私は昭和十四年に若狭から上京して小出版社を転々していたため、吉行さんと親しかった作家や評論家、たとえば、和田芳恵、野口冨士男、十返肇氏などと面識があった。吉行さんに逢うと、「あの人はどうしているか」とか「あの出版社はどこにあったか」などとパーティ会場での会話にたびたび出た。だんだん逝く人が多くなったのである。さきにも記した人はみな故人だ。

私は、昭和三十年頃から洋服の行商をしていた。洋服を売った縁で川上宗薫さんを識った。家内の里の友人の姉が川上さんの細君だった。川上さんも吉行ファンで、何どか芥川賞候補にもなってすでに有名だった。私は川上さんとふたりで吉行さんの市ケ谷の家を何どか訪れた。一どめは、私の本を川上さんが河出書房の坂本一亀さんに紹介してくれ、それが「霧と影」と改題して出版されることになった時だ。吉行さんに帯の文章を願いにいったのである。吉行さんは、厚いラクダのメリヤスふうのシャツの上下を着て、自分で袖をめくって、自分で注射中だった。玄関を入ってすぐの部屋で、万年床と机があるきりだった。そこが仕事場らしかった。

万年床と机だけの部屋は、私が昭和二十三年から四年にかけて、口述筆記に通った宇野浩二氏の書斎に似ていた。宇野さんの場合は乱雑にちらかっていたが吉行さんの部屋はそうでもなくて、万年床と机のほかに何もなく、よく片づけられて、簡素だった。

私はそのとき、シャツを着たまま寝るんですか、ときいた。吉行さんは、病院からのくせだというようなことをいった。もう一つ吉行さんのくせを思い出すと、万年筆をつかう時に、クスリ指が中指からはなれて、空を指す光景である。ふつうはクスリ指も中指にひっついて、ペンを握っていて当然だのに、吉行さんのクスリ指は宙をさしてあそぶ。山の上ホテルで何かに署名されるのを見たのだが、クスリ指のそれは眼に焼きついてはなれない。

こんなことを書くのは、吉行さんが都会派の知識人でありながら、地方出身のひとり歩きの男に寛容で身近く寄せ、私にも川上さんにもやさしかったように思うからだ。川上さんは九州出身だった。用心ぶかくなくて、よくふところへふたりを入れてくれたものである。私と川上さんは同じ千葉県下で家も近かった。それで洋服を売ってから急に親しくなり、しょっちゅう吉行さんの作品の話をしたものだった。ふたりは吉行さんのいそうなバアへ、時刻を見はからって出かけもした。川上さんは作風も影響をうけていたと思う。たとえば「傾斜面」という小説だったか、主人公が、家の下駄箱の中を想像する場面が克明に出る。私はむろん感心したのであるが、それは、「原色の街」の男主人公が街を歩いている時、時計屋の数多い時計は針はみなばらばらで、鋭角にあるいは鈍角になっているという描写などと通じていたかと思う。私と川上さんは吉行さんの徹底して男と女にこだわることや、不道徳的な発言や、あるいは、やさしさに心打たれていたと思う。吉行さんは、そんなふたりに「やあ、やあ」とよくいった。言外に何か押しやるところがあった。

この「やあ、やあ」にふたりは魅かれたのだ。

「霧と影」の帯文はいただけた。風景描写がきいている、ということばを私は大切にした。やがて、私は「雁の寺」で直木賞をもらい、大衆小説で忙しくなった。吉行さんにしてみると、ちびた下駄をはいてもち込み原稿にきた男が、どうやら喰ってゆけそうになったのである。やあ、やあというしかなかったろう。「飢餓海峡」の書き足し八百枚が出来、一冊になった時、朝日新聞社出版部にパーティをやってもらった。その時吉行さんが世話人で、私の家内にブローチを贈る役をうけてくれていた。一瞬、会場がしんとなった。理由は、私の家内は私の行商時代に、神田のサロンMに勤めていた。吉行さんが近藤啓太郎さんを同伴して何どか通ってくれた縁があったのである。川上さんも一しょの夜もあったかと思う。不思議なことであるが、吉行さんは、私が別れた最初の妻にも日本橋で働いてもらっていて逃げられる経過を先刻承知であった。私が子をつれ、持ち込み原稿にあけくれる日をよく見ておられたように思う。どこで出あっても、「やあ、やあ」のうしろに、詰まったものがあった。

私にとってこのような作家は、吉行さんひとりだった、といまにして思う。若狭からつれもなく出てきて、同人雑誌をうろうろしていた私に誤魔化しのきかない人があらわれたのである。かけがえのない人だった。吉行さんは、田舎者にもやあ、やあと懐ろふかく寛容だけれど、じつは肝心の文章表現の話になると、曖昧なことをゆるさず、きびしかった。かけがえのない人といったのは、そういうことである。絵そらごとで、男と女を描かなかった作家であった。

ある雑誌（この名も忘れた）で吉行さんと対談し、私が川崎長太郎さんからきいた話（これは川崎さんが徳田秋声氏の言葉として語られた）である。「短篇小説の仕上りは、お絞りがきつく絞られてのち、少し、もどる、あの時のようなやわらかさに仕上らないと、肌が痛い」肌が痛いという意味をどのようにいったか、掲載誌が手もとにないので、そのとおりいえないのだが、そのようなことを吉行さんにいうと、吉行さんの目の色が変った。

つまり、このような話を吉行さんは好んだのである。

私はきのう、吉行さんの訃報を信州の家できいて、うろたえ、万年筆も忘れて汽車にとび乗り、山の上ホテルから、上野毛の吉行邸へ行って、お別れして帰った直後である。吉行さんは、目をつぶってひとまわり小さく、少年のようだった。その死を見てきたのに、私はまだ、信ぜられぬ。じつは私も心筋梗塞で死にかけ、三分の一しかない心臓でどうやらこうやら山で暮らしているのだが、吉行さんの死がブラウン管で報じられても、まったく信じられなかった。あの世もこの世も区別がつかなくなったみたいなぼくに、この稿を書いているいまの部屋が、吉行さんが三十年前によく使っていた部屋であるときいてから、淋しくてしようがない。何か眼の前に幕がおりたみたいだ。

吉行さん追悼

吉行淳之介

「すばる」平成六（一九九四）年九月号

あれは昭和二十六年の夏だったと思う。その頃浦和の白幡町にいた。夏だと記憶しているのは素足に下駄をはいていたのを思いだすからだが、半袖シャツに半ズボンで東京に出て、新富町にあったモダン日本社へいって吉行さんに会った。同社は二階屋で、階下の三和土に五つほどの机が向きあっていたように思う。向い机との境界にゲラや原稿が乱雑に積みかさねられ、同僚の顔が見えぬぐらいに高積みされていた。そんな机に向って吉行さんはいた。たぶん私は「真実」の編集長だった某氏の紹介でか柴田錬三郎さんの紹介で、吉行さんを識ったかと思う。新宿のバラックの二階のようなところで、雑誌の会があった席上。その日私は吉行さんに原稿を持ちこむ約束をしていて出かけたと思う。むろん原稿をおいてすぐ帰ったのだが、その原稿がどんな読物だったか忘れた。だが吉行さんからその日、まだ昼すぎという時刻なのに、新小岩にあるパラダイスの地図を書いてもらって同社を出た記憶がある。吉行さんのすすめる娼家は、どこにあったかそれも忘れたが、むろん、日をへだててから地図をたよりに夕刻その町へ行ってみた記憶がある。吉行さんが「真実」に「薔薇販売人」を発表されたのは年譜によると昭和二十五年となっているから、まちがいはない。私も同じ号ではないが「借金の季節」という短文をのせているから、時期があう。つぎの訪問は、神田の三世社だった。これも記憶はあいまいだが、三崎町から少し入った二階屋で、一階三和土に縄でくくった読物本が山積みされていて、階段がむき出しで二階へ通じていた。その二階から吉行さんが降りてきて、私と近くのそばやへゆき、そばを喰い、私が「堕胎奉加帖」という短い読物をあずけると、受けとってくれ、すぐ、ふたりでそばやの向いのパチンコ屋へ入った。玉のたまりはじめている吉行さんを店において私は浦和へ帰ったのをおぼえている。

私は妻に逃げられ、三歳の子とふたりで農家の離れにいたのだが、読物雑誌に原稿をもち込んで喰おうとしていた田舎者であった。私は年だけは五つ上だったのに、なぜだか、吉行さんの都会的な風貌骨格に魅せられていて、原稿をもちこみつづけたのも、吉行さんから、おもしろいものが出来たらもってきなさい、といわれていたからだと思う。「堕胎奉加帖」は、吉行さんの目にかなった。下宿屋でくらす男主人公が、田舎出の女中さんの妊娠に同情して、身におぼえのない人も、ある人もいくらかずつ彼女のために拠出させて、医者代を募る話だったように思う。結局それがどうなったか結末はわすれたが、原稿を吉行さんの雑誌が買ってくれることになり何某倶楽部といった厚い読物雑誌だったが、私は吉行さんから前払いで貰った原稿料で、娘をつれて若狭へ帰る汽車賃にしたのをおぼえている。

私の逃げた妻は日本橋Sクラブという焼けのこったデパートの裏口エレベーターから上るダンスホールにつとめていたが、このホールへも、深夜、ゴム長をはいてエレベーター口へボーイさんに追いかえされる私になぜか吉行さんがついてきてくれていた記憶がある。吉行さんも迷惑だったろうが、私が同道をせがんだからだと思う。その頃はまだ、東京はバラックと焼け残りのビルの迷彩壁面も露わな廃墟に等しかった。だが、いまのようにこせこせしていなくて、町歩きも楽しかったように思う。つぎの妻、（というといまの家内のことであるが）にも神田司町にあったサロンMで働いてもらっていたことがあって、私は小説をあきらめ、洋服の行商をしていたのだが、家内の夜の勤め先である、サロンMへ吉行さんと私は行ったのである。吉行さんは家内の友人にお気に入りのひとがいたようで、私はそうそうゆけなかった。吉行さんは買い立ての中古車で（たぶんダットサンだったと思う。家内の話だと、うしろの方に傷がついていて、ボンネットもつっかい棒がしてあった由）、夜のあそびはもっぱら運転練習もかねてのはずで、近藤啓太郎さんもよくご一しょだった、と家内はいまもいっている。

私は、自分の妻の働き先へ、何どか吉行さんをつれて行ったのである。いまから思うとどうして、吉行さんがそんなに私たちに関心をもたれていたのか、これも不思議だ。私は、友人の少ない方で、若狭から肺病を抱いて上京し、文学文学といってくらし、戦前は三笠書房、学芸社、戦後は虹書房、文潮社に勤め、宇野浩二さんの口述筆記や、戦後早々に活躍した梅崎春生、十返肇、和田芳恵、野口冨士男氏などと同人雑誌や、出版社を通して知りあっていたこともあって、つまり、昭和十年代の戦争、敗戦、飢餓をはさんでの東京文壇の（疎開する文士も多かったけれど、東京に残っている人もいた）様子を少し覗ける立場にあったから、吉行さんと何やかや話が通じたように思う。田舎からぽっと出てきて、もっとも都会派の精鋭といえた吉行さんに親しくしてもらえたのはなぜだったのだろう、とふりかえるがいまもよくわからない。あの時代を、才能もないままに、ちびた下駄ひきずって東京をうろつき、カストリ焼酎で夕方から酔いしれていた仲間は多いのだが、吉行さんとは共通の知人が多くて、通俗小説を志望している私などにも寛容なところがあったのかと思う。私はいまでも行儀わるいところがある。含羞の濃い都会派の知識人をうろたえさせることもたびたびだが、反省はするものの田舎者の行儀わるさはなかなかなおらない。吉行さんには、そのような私をうけ入れるふところのふかさがあったかに思う。吉行さんに「やあ、やあ」といううくせがあった。「やあ、やあ」の裏にいっぱいつめこまれたものがあったように思う。どこであってもやあ、やあであった。呑み屋でも、バアでも、パーティ会場でも。人づきあいには寛容だったと思うけれど、こと文章表現となると、曖昧な一字をも見逃さない炯眼があって、きびしかった。そういう友人に畏敬の思いをため、ずうっと「やあ、やあ」といわれて、黙って、その裏側を噛みしめてきた。いまもそうだ。

私は、きのう夜信州の家で、テレビで吉行さんの訃報に接した。今日、ひる上野に着いて、山の上ホテルにはいったが、その部屋がまた吉行さんが嘗て愛用されていた部屋なのでうろたえ、昔のことが、あれこれと浮んで、とても、いま上野毛のご自宅で別れてきた直後とはいえど、その死が信じられないでいる。私は、五年前に心筋梗塞で死にかけ、吉行さん宅の近くの病院の集中治療室にいて、命をとりとめたのだが、辛うじて生きている身に吉行さんから長い勇気づけの手紙をもらっていたが、まったくあべこべの気持で、いま、暗澹としているのである。

飢餓地獄のあの時代から、終始、私に親切だった人を失って、眼先に幕が降りた気持である。合掌。一九九四年七月二十七日

吉行さんの心遣い

吉行淳之介

「新潮」平成六（一九九四）年十月号

吉行さんはよく言った。「昭和十年代のことを話す人が少なくなった。あんたも少ない仲間だ」と。十返肇氏が急逝されて淋しくなった頃の述懐だったか、と思う。

私は十五年の上京で、十六年には和田芳恵さんの世話で、報知新聞、学芸社（改造社出版部長広田義夫氏経営）、三笠書房などにいた。紙の配給がやかましくて文芸書も出しにくくなり、同人誌も八誌に合同を命ぜられ、梅崎春生、野口冨士男氏らの「新文学」に私は入っていた。文学報国会があり、有馬頼寧氏中心の農民文学懇話会があり、作家たちの報道班が組まれ、南方諸島まで作家は従軍。一方十返肇氏たちの青年芸術派の活動があった。和田さんや青山光二さんらが映画配給社の南方局勤務となり、いわば徴用のようなもので、映画三社の配給部が三越本店に結集し、前線基地へフィルムをはこんで現地宣撫工作をしていた。私もこの映配に勤めて、八重洲口のマネキンクラブと同居する八誌合同の同人誌集会へ出たことがある。そこで細野孝二郎、古沢元、田宮虎彦氏などを識った。だが、十九年の空襲で若狭へ疎開してしまうから敗戦までのことはよくわからない。昭和二十年十月に上京し、翌二十一年に焼けのこりの鍛冶町にあった封筒工場から「新文芸」が出たので、和田、野口、北条誠、武田麟太郎、宇野浩二、外村繁、田中英光氏などの出入りがあった。戦後は何といっても日本橋白木屋の「鎌倉文庫」だが、ここへも出入りしたから、いくらか文壇事情は見たように思う。

吉行さんとは二十四年頃に、新富町のモダン日本へ雑文を持ち込んだのが最初だったかと思う。つまり吉行さんの「昭和十年代のこと」には、敗戦直後とつながる文壇史の空白部分のことが入っていたようだ。野口冨士男氏に労著はあるけれど、書かれていないその周辺のことなども知りたかったように思う。

私は、昭和三十四年頃に、川上宗薫さんを識り、よくふたりで、吉行さんを市ケ谷に訪ねたが、吉行さんには、田舎者の私を「やあ、やあ」と入れてくれるところがあり、私も川上さんも、神田あたりの呑み屋で一しょだったこともある。よく会ったのは新橋の何といったか、せまいバラックのカストリの店。私はまもなく、文壇に出て、何かの会で吉行さんに会えば「やあ、やあ」とお互い視線をかわすだけで十年の暦の煮つまったものが交し得られたように思った。吉行さんも、清瀬入院、ゼンソクとの闘い、本業も多忙をきわめた時期かと思う。

何どか対談によばれた。話題は「十年代」に入り、宇野浩二、川崎長太郎、和田芳恵の思い出話となった。戦後、宇野さんが信州松本の疎開先から森川町に転居され、私が「思ひ川」の口述筆記に通う話など、それから、正宗白鳥氏を軽井沢から世田谷北沢の「名月」というつれ込み風の宿にカンヅメし、「不徹底なる生涯」を口述筆記して、一冊の本を文潮社からつくる話など、その宿でまた白鳥氏が小用に起きられての帰りにまちがえてべつの部屋の襖をあけられ「失敬」といって部屋へもどられる話など。当時は、まだ、テープレコーダーやファクシミリのなかった時代ゆえ、作家を室内に山椒魚のようにとじこめて、絞り出る言葉を頂戴して、これを文章にしたものである。よそにも書いたので気がひけるが、川崎さんが短篇の仕上りを「お絞りの少しもどったふうな」といわれたあたりの光景も、吉行さんを喜ばせたのではないか、と思う。

私は新潮社の川端賞の詮衡委員会で年に二ど、病気がちの吉行さんに会うようになっていたが、その日が楽しみだった。吉行さんは、今年の春は欠席されたが、めったに欠席はなく、文書回答を拒まれた態度は立派だった。詮衡というものは、いろいろ話しているうちに、美点も欠点も見つかるもので、家を出た時の考えが少しかわることも、私の場合は多かった。そういう時、吉行さんのひとことが私には重要だった。

私は、吉行さんの読みの深さに何どか感銘をうけていた。心筋梗塞で倒れて、目黒の救急病院の集中治療室にいた時、私は吉行さんに別れのつもりの手紙を書いたらしい。吉行さんから、長い返書がきた。鳩のかたちをした木細工のくちばしに、その封筒がさしくわえられてきた。三年間もいた枕もとにその封書はあって何どもよみ返した。鳩は吉行さんの心遣いだった。

吉行さんのくちなし

吉行淳之介

「文藝」平成六（一九九四）年冬季号

とつぜんに先立たれて、お見送りした日から、ひと月近い日が経ってしまった。あの日から、吉行さんを思うことが多い。なのに、書けることが少ない。つまり、書けないことが多いのである。そんなつきあいと云いまわしめくが、私はいくつか年長でありながら、吉行さんを畏敬してきたし、一目も二目もおいていたから、こんな思いでいるのかもしれない。

世田谷に家が買えてうれしかった頃、麻雀にきてもらったことがある。その日と前後して、吉行さんから植木が数本届けられた。Sという背のひくい太った植木屋さんがはこんできた。枝張りも元気なくちなしであった。玄関前の竹垣がぼろぼろなので、家の内がすけてみえるのを、Sさんに目かくしに植えてもらった。このくちなしは年が経つほどに、枝も混み、根株もふえて、夏がくると、大輪の白い花がいくつも咲いた。

めったに、家にいたことのない私だが、たまに花の頃にいて香りもぷーんと匂った。いつも夏の深夜がえりの道で鼻をよせていた。

この木も、先年、心筋梗塞で死にかけた際、病院にいて、家内が家を建てかえたので、土木作業の人が、ひっこぬいてしまった。家内は、くちなしだけ、若狭の図書館の山へ移植しておいてくれた。退院して、すぐ、若狭へ行ってみたが、吉行さんのくちなしは何本かあったうち一、二本しか元気がなく、花もまだだということだった。若狭の湿気の多い寒い谷では温暖地植物のくちなしは無理らしかった。だが、花が咲かないままにこの夏を活きた。

ぼくが、吉行さんを知ったのは、戦後の昭和二十四年ごろで、モダン日本社や、三世社にいた吉行さんをたずねて、しきりに通俗的な文章をもち込んでいた。よそでも書いたので気がひけるが、「堕胎奉加帖」というような文章も買ってもらっている。その稿料で、娘をつれ、若狭へ帰れた日のことを克明におぼえている。どこかの新聞で、そのことをかいたら、吉行さんから電話があって、「あれはおもしろかったが、あれだけ正直になにもかも……」といったようなことだった。それは「読切倶楽部」という雑誌であった。三世社の編集室は二階で、階下のたたきには、返本の雑誌が縄でくくられて山積みされていた。その古雑誌の中に、裸の階段がにゅっとあって、天井穴のような二階から吉行さんが降りてきて稿料をもらった。机を並べて中村メイコさんもおられた記憶があるけれど、たしかなことではない。よくおぼえていない。

それから、もう一つ。あれは「原色の街」が「世代」だったか二どめの雑誌に再録されたとき、講談社に用事があって立ち寄ったといって、吉行さんが私のアパートを訪ねてくれたことがあった。護国寺前のそのアパートで私は某女と同居していた。その日、某女は留守だったが、吉行さんは、某女に関心があるといい、窓の外の干物まで、よく観察して、十分間ほどで帰っていった。

電話もなかったから、とつぜんの訪問が、お互い何でもなかった頃のはなしである。とつぜんの訪問といえば、その頃吉行さんの市ケ谷の家を電話もせずに訪ねて、長居しておびやかす放浪詩人がいた。この詩人には私も一、二ど逢っていた。吉行さんは、私に逢うと、「彼がきてね」とよく話に出た。詩人は用がないのに、よく訪れるそうだった。そういえば、ぼくもそのとつぜん組で、市ケ谷を訪れたことが再々あった。吉行さんはつっかけをはいて、外へ出てきてくれて、陸橋をわたって、大日本印刷へゆく坂道の手前のそばやへ入って、私ともりそばを喰った。むろん、吉行さん払いだった。そばをたべたあと、市ケ谷駅で、ぼくは吉行さんと別れた。吉行さんをとつぜん訪ねておびやかしたことに私は気づいていなかった。そんな田舎者の私に、なぜか親しかったのである。あの人は優しかった、と思う。よくつきあってもらえたと、いまにして思い出すことの多いのに気づくのであるが、そういえば、二、三ど吉行さんも一しょに荒木町へいった十返肇さんも、高松出身だった。私は若狭である。西国から東京へ出て、ひとりこつこつやってきたが、吉行さんはそんな私の足許を見てくれていたように思う。

あとがき

私の追悼文集である。

大勢の師友に先立たれた。師友は私のいま歩いている文学道の糧となった人ばかりだ。

かえりみて、二十一歳で上京、大学にもゆかなかった若狭出の建築作業員の子が文学、文学といって五十余年を生きてきたが、昭和十六年に同人誌の合同命令で、稲門や赤門出身の著名な学者や作家とめぐりあえた。木暮亮、高木卓氏らは東大派の「作家精神」だったし、梅崎春生、地引喜太郎、山岸一夫氏は戦後早々に創刊の「新文芸」仲間だった。早稲田では「東洋物語」で、岡本博、高木喬、田代喜久雄氏などを識った。

また、戦後いちはやく出版をはじめた虹書房、文潮社などの企画に加わり、正宗白鳥、宇野浩二、室生犀星、谷崎潤一郎、菊池寛氏を識り、処女作復刻の仕事にあたり、なかんずく宇野浩二氏には生活上にも文学上にも、一大事といえる影響を受けた。氏が筋肉痛で執筆不能となられたとき私が筆記した、「思ひ川」「思ひ草」「自分一人」など氏の代表作となったがその誕生の裏方をつとめた。

思い出せば、宇野邸は私の文学道場だった気がする。妻に家出され、五歳の娘をつれて宇野邸通いをはじめた日々を思いおこすと、辛い日々ではあったが、幸運なことでもあったといまにして思う。

師の人柄や作品の成立過程をふかく識ることは、私を鏡にうつすことであった。私は師友をふかく識ろうとつとめ、識ることで文学を深め得たように思う。中上健次さんは私より二十七歳も年少であったが、なぜか、文壇登場直後に識りあい、先に逝かれてしまった。年下であっても、中上さんは私の師である。

いろいろな人と出あい、酒を呑んで文学を論じ、道を教えられて五十余年、その間に、別れがたい師友はさっさと冥界へ去った。私はその都度に依頼された新聞、雑誌に追悼の心懐を述べてきたが、それらの文を集めて一冊とするに当って、あらためて校正刷を読んだ。たくさんの師友に先立たれていることに思いを深くせずにおれなかった。また導かれることの多かったことをも。

末尾を借りて、このような短文を新聞、雑誌を渉猟する労を惜しまれなかった小沢書店主長谷川郁夫氏と編集に当られた古川峰子氏に厚くお礼を申し上げたい。

一九九四年十一月二十五日

東信濃北御牧村にて

水上　勉

文学史の〝表通り〟

解説

川村　湊

1

本書にも取り上げられている野口冨士男に『感触的昭和文壇史』（講談社文芸文庫）がある。そこで彼は〝表通り〟と〝裏通り〟の二つの文学史があるということをいっている。名作、傑作、大作を書き残した優れた文学者たちが、踵《きびす》を接して立ち並んでいる〝表通り〟に対して、〝横丁〟や〝裏道〟や〝袋小路〟のある〝裏通り〟の隠された歴史があるというのである。

日本近代文学史においても、夏目漱石・森鷗外・尾崎紅葉・幸田露伴・島崎藤村・谷崎潤一郎など、大家、文豪、天才などと呼ばれた優れた文学者たちは次々と輩出され、堂々たる〝表通り〟を闊歩しているのに対して、文学に心寄せながらも、遂にその道を行くのを断たれなければならなかった者たちの数は、少なくはなかったはずだ。一時的な名声を得て、世にときめいていても遂には没落し、生涯を絶たれた者もいる──。〝天才〟と謳われ、〝我世に勝てり〟とまで豪語した島田清次郎のように──。

　あるいは、『麦と兵隊』『花と兵隊』『土と兵隊』の兵隊小説で一世を風靡し、戦中の大ベストセラー作家になりながら、戦後に自ら命を絶った火野葦平のように──。才に溺れ、名声に目眩み、衰退していった者の末路は、悲惨なものなのだ。文学において志を果さなかった者は多士済々、いや死屍累々というべきだろう。文壇に名を残せた者と、残せなかった者。一体、何が彼らを〝表通り〟と〝裏通り〟へと分かれさせてしまったのだろうか。文学史（文壇史）を繙くたびに、私はそんなことを思わずにはいられなかった。

　水上勉は、間違いなく〝表通り〟を歩いた人だった。社会派ミステリーの嚆矢としての『雁の寺』を書き、それは直木賞を受賞する。続いて『耳』や『海の牙』や『飢餓海峡』などのような、文学性とミステリー性の融合した重厚な作品を書き、一挙に〝文壇の寵児〟に躍り出た。『五番町夕霧楼』『越前竹人形』『越後つついし親不知』『はなれ瞽女おりん』などの〝女性哀史〟を綴り、多くの読者を獲得すると同時に、映画化や演劇化されて、作家・水上勉の名前を映画や芸能ファンの間にも広げたのである。

その後期には、『良寛』や『一休』や『蓑笠の人』などの仏教色の濃い作品は、到達した人生観や世界観を示すものとして、人々に宗教や信仰に代わる感銘を与えたのである。それなのに、野口氏のいう文学史の〝横丁〟や〝裏道〟や〝路地〟のある〝裏通り〟界隈の人々との交流を止めることがなかった。それは、水上氏が、いつも〝表通り〟にも〝裏通り〟にも、同じように文学を志す想いがあり、その想いが、ほんのちょっとの才能の差異や運の出来具合によって、その人の人生を大きく変えさせてゆくことを知っていたからだ。

さて、前置きの文章が長くなったようだが、本書はそうした水上勉が残した、各氏への追悼文・弔辞・回想文を集めたものだ。もとより、同じ時期に、一ぺんに書かれたものではなく、新聞や雑誌の求めに応じて、その時や折々に書かれたものを、まとめたものである。

古いものでは昭和五十一（一九七六）年に亡くなった檀一雄に対してのもの、一番新しいのは、平成六（一九九四）年七月の吉行淳之介のものである。

檀一雄以後、舟橋聖一、吉田健一、和田芳恵、柴田錬三郎、中野重治、小林秀雄、石川達三、川口松太郎、川崎長太郎、中野好夫、山本健吉、富士正晴、大岡昇平、永井龍男、野間宏、井上靖、松本清張、中上健次、井伏鱒二、野口冨士男、吉行淳之介と、二十二人

に及ぶ。中には、水上勉とは必ずしも相性が良いとはいえない人物もいるが、いずれも当時の文壇において中心的な地位を占めていた文学者たちであり、〝表通り〟の中でも、最も広々とした、堂々たる〝通過者〟の一群であり（例外は、川崎長太郎ぐらいなものか）、新聞、雑誌がこぞって水上勉の追悼文の寄稿を求めたのである。

しかし、もちろん、文豪や大家と呼ばれるようになった彼らだって最初から〝表通り〟を歩き、〝表舞台〟で活躍するような、そんな陽の当たる場所にいたわけではない。〝裏通り〟を弛むことなく歩いているうちに、〝裏舞台〟で一生懸命に努めているうちに、彼らはそうした名声と成功を勝ち得たのである。

もちろん、その作家として誕生する瞬間において、最初からスポット・ライトを浴び、一挙に名声を得て文壇に迎えられた文学者がいなかったわけではない。芥川龍之介や横光利一、太宰治、三島由紀夫といった作家たちだ。だが、天才作家、小説の神様、天成の文学者と言われた彼らこそ、その文学者生命を全うしなかったという思いが残る（芥川、太宰、三島は自殺した）。そして水上勉が、生きて、交流し、その死を悼んだ、対象の人たちには、そんな存在はいなかったのである。

水上勉は、文学者たちの〝表通り〟や〝表舞台〟で見せた顔よりも、〝裏通り〟の、日常生活の中で見せた顔に着目する。例えば、檀一雄は、『リッ子・その愛』『リッ子・その死』や、『夕日と拳銃』『真説石川五右衛門』などのエンターテインメント小説、そして私小説の『火宅の人』などの小説で知られた、日本浪曼派であり、坂口安吾や太宰治の親友で、彼らと共に〝無頼派〟として知られる作家だが、水上勉は、『火宅の人』の冒頭が、障害児である次男・次郎君の蒲団の上での水泳の場面であることを指摘している。「第三のコース、桂次郎君」、父親は競技場プールの場内実況の声を真似て、次郎君の名前を読み上げるのである（「桂」は、「檀」の仮名）。

家庭・家族を顧みず、家長たるべき「家」を出て（放棄して）、若い女との放蕩の旅を続ける男。倫理的、道徳的に決して許されない振る舞いを、檀一雄は〝無頼派作家〟として、許容されているように思える。水上勉は、こう書く。

主人公が好んでもらすことば「天然の旅情に忠実であれ」である。この主人公の言にしたがえば、いまは火宅とよぶその家に、夫のふしだらを見守りつつ、幼い子を養育する妻も、じつは天然の旅情で結ばれたはずだ。健康すぎて非行な子も、病気を背負って不具となった子も、やはり旅情の所産であるか。天然の旅情に忠実に生きようということは、主人公によれば、泳ぎたい時はどこへでもすっ飛んでゆく、その気概らしい。町ですれ違った女性に気が動けば素直に結ばれてよいそうである。だから、十八歳頃から知り合ってもいた、格別に縁もふかい恵子との情愛が捨てられずに、もう一つ新しい火宅の建設に走っているわけだ。このあたりの正直な告白に、あるところは感動もし、あるところは複雑な感懐をもった。感懐は、檀さん、たまには一服してくれぬか、あんたの健康な泳ぎにはついてゆけぬ、といった思いである。

水上勉自身も、成長しても、立てない、歩けないという障害を持った次女を持っていた（そのことは『くるま椅子の歌』という小説で書かれている）。それだけに、父親と子との蒲団の上での〝水泳〟遊びには胸に迫るものがあったのだろう。父親はそんな子を、〝火宅〟に残したまま、「天然の旅情」に従って、「家」を出て、気ままな放蕩三昧の旅を続けている。水上勉が「複雑な感懐」を持つのは、障害を持った子どもを見捨てたまま「家」を出ることが、作家の特権ともいえる「天然の旅情」というものに忠実であるということであるとしても、それが本当に許されることであるか、ということだ。妻を娶り、子を生してからも、さすらいの旅に出たい、放浪の道に出たいというのは、家長としては無責任な、許されざることではないのか。文学者であっても、家長として、父親として、そして、それは「人間」としては許されないのではないか。檀一雄の文学と、水上勉の文学は、そこで双方向へと分かれて行くのである。

2

水上勉は、小林秀雄についての追悼の文章を何編か書いている。日本近代文学史の中でも、とりわけ高い山頂に存在する、文芸評論の砦を高く築きあげたとされる〝大批評家〟に対して、大家の風貌を示していた水上勉に、追悼の文章の依頼が、各雑誌や各新聞から殺到したとしても無理はなかった。当時、流行だった文学者たちの講演旅行で、水上勉は小林秀雄の前座として全国を回り歩いたのである。出版社主催の文芸講演会は、そうした実物の文学者にであう機会の、地方の文学愛好者に好まれた催し物であって、一流の文士たちが、三人一組といった具合に、巡業したのだった。それは、文学者たちの旅の欲求を満足させ、作者と出版社の著述物の宣伝・広告という〝一石何鳥〟かの意味を持ったものだったのである（それは、ある意味では「文壇」そのものの形成を物語っていた）。

講演後は、主催者や地元の文化人たちを交えての交歓会が行われることが多かった。酒が入って「べらんめえ調」となった小林秀雄が語ることが、水上勉には面白いとともに、文学者の心構えや、在り方を教えるようで、感銘することが多かった。それは一種の名人芸に似て、そのまま文学者の心底に届くものだったのである。ある日、小林秀雄はこういった。

「きみ、芝居小屋の下足番を軽蔑しちゃいかんね」

役者がその日、どんなところで手をぬいたか、どこを発案して、充実した初日を見せたか、下足番には、それぐらいのことがわかっているものだ。だからあいつは名だけは有名だが、いつも手をぬいてやがるからひやめし草履ぐらい履かせてやりたい、あいつは脇にいて、目立たぬが、芸は一秒とて手をぬいたことがない、名は番付にものらぬ下っ端だが、履かせる草履は、革うらの上等物だ、とこれぐらいの見識をもたねば下足番は、つとまらぬ。

「きみ、いまの文壇に、ちゃんと履きものをまちがいなく作家に揃えてみせる下足番はいるかね」

※下足番とは、昔の芝居小屋の入り口で、客の脱いだ下駄や草履などの履き物を揃え、管理する小身分のもの——引用者注。

もちろん真贋を見分ける眼のことをいっているのだが、この場合、「下足番」が作家であるか評論家であるかは問題とならない。「下足番」とは、見るべき目を持つ者のことであり、小林秀雄自身のことであり、まさに彼は「文壇」の下足番を以って任じているのである。〝表舞台〟どころか、〝裏舞台〟にさえ立つことのない下足番。そんな存在に小林秀雄は、自分をなぞらえてみせたのである。

水上勉が親しみ、懐かしさを感じる文学者たちとは、こういう人たちである。つまり、〝表通り〟を悠然と歩いてゆくような文学者でありながら、〝裏道〟や〝袋小路〟につながるような〝裏通り〟のあることを知っていて、決してそのことを忘れない文学者たちであるということだ。

だが、それらの文学者たちの中でも、和田芳恵と野口冨士男の二人は、少し異なっているといえるかもしれない。もちろん、彼らは結果的には、文学史の〝表通り〟を歩くことになる地位を占めるようになるのだが、その作家生活では、作家ではなく、文芸編集者として、あるいは研究者として長い時間を費やしたという経歴があるからだ。その間、和田芳恵は樋口一葉の研究家として『一葉の日記』をまとめ、野口冨士男が多年をかけて、徳田秋声の研究に没頭し、『徳田秋声の文学』『徳田秋声伝』を書いたことはよく知られている。つまり、彼らは〝裏通り〟をかなり迂回して、〝表通り〟へとまた立ち戻ってきたのである。

また、彼らは水上勉が、洋服生地の行商をしたり、業界新聞の記者をしたり、小さな出版社の編集員として、作家たちから〝原稿採り〟をしていた頃の、いわば彼の〝修業時代〟にすでに親交を結んでいた作家たちでもあった。和田芳恵からは、学芸社という出版社への就職の斡旋を受け（和田は当時、新潮社社員）、水上勉はそこで、片岡鉄兵や海音寺潮五郎の原稿を〝採って〟いたらしい。野口冨士男とは、その頃、学芸社の社員として出会う。「現代文学」という同人雑誌に所属していた彼と会い、何かの仕事を依頼したのが始まりだという。いずれも、作家として独自の立場を築いてから後の出会いではない(無頼派の作家・田中英光の腰巾着のように、一緒に安酒場を飲み回っていたというのもこの頃のことだろう)。戦争末期に、数々の同人制の文芸雑誌は官憲に無理やりに合併させられ、若手の文学者たちが呉越同舟の状況となった。水上勉と野口冨士男という、やや奇妙のような出会いがあったのも、戦時の〝文化政策〟のおかげだったのである。この時期のこうした文化状況については、高見順に『昭和文学盛衰史』があって、いわば戦時中に文学史の〝裏広場〟があり、そこに集まった人々の動きが示されているのである。

水上勉の追悼文の対象となった文学者のうち、最も若かったのが中上健次である。親子ほどの年の差といって良い二人なのだが、文学的に呼応するものが彼らのなかにあった。年下の者が、自分より先にこの世を離れてゆくことはきわめて辛く、悲しいことである。水上勉の文章には、そんな先立たれたことの悔しさが滲み出ている。

水上勉は、自分と中上健次との共通性について、文壇へ、「はだしで村を出た男」として紹介している。若狭と和歌山は、京都を中心とすれば、辺境であり、古代においては〝化外《けがい》の地〟に他ならなかった。そこから出て、学歴も中卒、高卒までしかなく、小説を書き続けたのが二人であって、そうした事柄が、年齢差をものともせずに、互いを親しく交わらせた理由となるだろう。

しかし、水上勉は、中上健次を全面的に支持していたということではないかもしれない。彼は中上健次の傑作として、『岬』『枯木灘』『鳳仙花』『熊野集』と、個別の作品の名前を挙げて賞賛している。しかし、それは初期、あるいは要するに、中期のものまでであって、生涯の終わりに、駆け込むように書き続けた晩期のものは一つも入っていない。つまり、『枯木灘』の続編の『地の果て 至上の時』、『日輪の翼』『軽蔑』『奇蹟』『異族』は入っておらず、中上健次の〝傑作〟からは除外されていると思わざるを得ない(水上勉がその他に挙げているのは、「浄徳寺ツアー」「欣求」「雲山」などのいわゆる〝紀州もの〟の短編である)。それは中上健次の文学の原点である被差別空間としての「路地」が崩壊し、その跡地が拡散し、拡大していったこととちょうど見合っている。中上健次の作品のリアリズムを裏打ちしていたのは、「路地」の存在そのものだったのに、そうした「路地」、つまり〝裏通り〟の空間を喪失することによって、彼の作品は、その支えを失って、果てのない物語空間に彷徨《さまよ》い出て行かざるを得なかったのである。

要するに、水上勉は、『地の果て 至上の時』以降の「路地」の終わった後の中上健次の世界を認めていなかったと思わざるを得ないのである(もちろん、中上健次の死までも見守った水上氏が彼の後期の作品を読んでいないということはないはずだ)。これは水上勉だけの見解にとどまらず、私は、松本健一が、『日輪の翼』以降の中上健次の作品を認めないと断言するのを聞いたことがあった。

水上勉の追悼文には、こうした対象の文学者（文学）に対する根本的な批評が含まれていた。あるいは、彼の文学観をしっかりと表現したものであって、単なる弔いの言葉、追憶や追想の言葉に過ぎないものを超えていたのである。

死者たちへの餞《はなむけ》の言葉としながら、水上勉は、自分自身へ向けた批評の言葉を書きつけた。その文学史の中に、彼は彼自身を埋もれさせたのである。

著者紹介

水上勉（みずかみ・つとむ）

一九一九（大正八）年、福井県若狭に宮大工の次男として生まれる。家が貧しく一〇歳で京都の禅寺に出されたが、一七歳で還俗。寺での修行期間に花園中学校に進学し卒業している。

寺を下りてからは転々と職を替えた。立命館大学の夜間課程に通った時期もあったが、意欲が続かず中途退学してしまう。

一九三八（昭和一三）年に満州で喀血し、翌年帰郷、療養のかたわら文学書を耽読するようになる。翌一九四〇（昭和一五）年に上京し、業界紙、出版社、工場と職場を移りながらも同人誌に拠り文学の道を志したが、一九四四（昭和一九）年になると東京の空襲激化で郷里若狭への疎開を余儀なくされる。

敗戦直後に再び上京し編集者の仕事をしながら雑誌に小説を発表するようにな

る。知遇を得た宇野浩二の推薦により、一九四八（昭和二三）年に最初の著書『フライパンの歌』を自らの勤める文潮社より刊行し、話題となる。その後数年は短篇小説の発表や宇野浩二の口述筆記、名作の子供向けリライトなどをしていたが、子供を置いての妻の家出、再びの喀血、不況による事業の失敗に見舞われ、一九五四（昭和二九）年には洋服の行商に転じた。

行商の旅の途中に手にした松本清張『点と線』から受けた感銘がきっかけとなって小説執筆の意欲がふたたび募り、一九五九（昭和三四）年に長篇『霧と影』を三ヵ月ほどで書き上げ、八月に河出書房新社より刊行する（編集は坂本一亀）。同作は直木三十五賞候補となり、受賞こそ逃すが社会派推理小説の有力な書き手として知られるようになる。

一九六一（昭和三六）年に『海の牙』で日本探偵作家クラブ賞を受賞し、同年に発表した「雁の寺」によって直木賞を受賞する。そして『飢餓海峡』『五番町夕霧楼』『越前竹人形』など、後に映画や舞台の原作となる話題作を次々と発表・刊行し、流行作家の一人に名を連ねていき、その作品世界は社会派推理の枠に留まらず広がっていった（『越前竹人形』は文豪・谷崎潤一郎により新聞紙上で激賞された）。

一方、一九六三(昭和三八)年、次女が重度の身体障碍者であることから気づいた行政の不十分な政策や対応への意見を「中央公論」に発表(「拝啓池田内閣総理大臣殿」)し、社会的な注目も集めていた。

世の中の片隅に追いやられ搾取を受けつづける人々への共感が創作の基礎にあり、若いころに出会った仏教の探究もまた作品に深さを与えていた。読む者の視覚に訴える描写と抒情性を備えた文体で、純文学から児童文学までの幅広い小説、また戯曲や評伝、随筆、紀行などジャンルを超えて健筆を揮った。

直木賞受賞後は婦人公論読者賞、文藝春秋読者賞、菊池寛賞、吉川英治文学賞、谷崎潤一郎賞、川端康成文学賞、毎日芸術賞、日本芸術院恩賜賞、親鸞賞などを受賞し、文壇内外から高い評価を得ていた。

一九八九(平成元)年、北京滞在中に天安門事件を投宿先で目撃して大きな衝撃を受け、帰国後に心筋梗塞で倒れてからも、また一九九八(平成一〇)年に眼底出血と網膜剝離の二度の手術を経ても、執筆を控えることはなく、二〇〇四(平成一六)年の没後に「グミの花」冒頭が「新潮」に遺稿として掲載された。

主な著作に『フライパンの歌』(一九四八、以下西暦年は単行本刊行年)、『霧と影』（一九五九）、『雁の寺』（一九六一）、『五番町夕霧楼』『越前竹人形』『飢餓海峡』（一九六三）、『負籠の細道——日本の底辺紀行』（一九六五）、『城』（一九六六）、『くるま椅子の歌』（一九六七）、『狩野芳崖』（一九六九）、『凩』『宇野浩二伝』（一九七一）、『蛙よ、木からおりてこい』『北国の女の物語』（一九七二）、『古河力作の生涯』（一九七三）、『一休』『はなれ瞽女おりん』（一九七五）、『寺泊』『壺坂幻想』『近松物語の女たち』（一九七七）、『土を喰ふ日々』（一九七八）、『金閣炎上』（一九七九）、『白蛇抄』（一九八二）、『良寛』（一九八四）、『瀋陽の月』（一九八六）、『才市』（一九八九）、『心筋梗塞の前後』（一九九四）、『竹紙を漉く』『虚竹の笛』（二〇〇一）、『植木鉢の土』（二〇〇三）などがある。

（編集部編）

本書は『わが別辞　導かれた日々』（一九九五年一月、小沢書店刊）を底本としました。本文中明らかな誤記や誤植と思われる箇所は正し、ふりがなを調整しました。なお、今日の人権意識から見て不当ないし不適切と思われる語句や表現が本文中に存在しますが、著者が故人であることと時代背景および作品的・資料的価値に鑑み、そのままといたしました。御理解のほど、よろしくお願いいたします。

Kodansha Bungei bunko

わが別辞《べつじ》 導《みちび》かれた日々《ひび》

水上《みずかみ》 勉《つとむ》

2025年3月10日第1刷発行

発行者……………篠木和久
発行所……………株式会社 講談社
〒112-8001 東京都文京区音羽2・12・21
電話 編集 (03) 5395・3513
販売 (03) 5395・5817
業務 (03) 5395・3615

デザイン……………水戸部 功
印刷……………株式会社ＫＰＳプロダクツ
製本……………株式会社国宝社
本文データ制作……講談社デジタル製作

ISBN978-4-06-538852-5

講談社文芸文庫

小沼丹	小さな手袋	中村 明——人／中村 明——年
小沼丹	村のエトランジェ	長谷川郁夫—解／中村 明——年
小沼丹	珈琲挽き	清水良典—解／中村 明——年
小沼丹	木菟燈籠	堀江敏幸—解／中村 明——年
小沼丹	藁屋根	佐々木 敦—解／中村 明——年
折口信夫	折口信夫文芸論集 安藤礼二編	安藤礼二—解／著者——年
折口信夫	折口信夫天皇論集 安藤礼二編	安藤礼二—解
折口信夫	折口信夫芸能論集 安藤礼二編	安藤礼二—解
折口信夫	折口信夫対話集 安藤礼二編	安藤礼二—解／著者——年
加賀乙彦	帰らざる夏	リービ英雄—解／金子昌夫—案
葛西善蔵	哀しき父｜椎の若葉	水上 勉——解／鎌田 慧——案
葛西善蔵	贋物｜父の葬式	鎌田 慧——解
加藤典洋	アメリカの影	田中和生—解／著者——年
加藤典洋	戦後的思考	東 浩紀——解／著者——年
加藤典洋	完本 太宰と井伏 ふたつの戦後	與那覇 潤—解／著者——年
加藤典洋	テクストから遠く離れて	高橋源一郎—解／著者・編集部—年
加藤典洋	村上春樹の世界	マイケル・エメリック—解
加藤典洋	小説の未来	竹田青嗣—解／著者・編集部—年
加藤典洋	人類が永遠に続くのではないとしたら	吉川浩満—解／著者・編集部—年
加藤典洋	新旧論 三つの「新しさ」と「古さ」の共存	瀬尾育生—解／著者・編集部—年
金井美恵子	愛の生活｜森のメリュジーヌ	芳川泰久—解／武藤康史—年
金井美恵子	ピクニック、その他の短篇	堀江敏幸—解／武藤康史—年
金井美恵子	砂の粒｜孤独な場所で 金井美恵子自選短篇集	磯﨑憲一郎—解／前田晃一——年
金井美恵子	恋人たち｜降誕祭の夜 金井美恵子自選短篇集	中原昌也—解／前田晃一——年
金井美恵子	エオンタ｜自然の子供 金井美恵子自選短篇集	野田康文—解／前田晃一——年
金井美恵子	軽いめまい	ケイト・ザンブレノ—解／前田晃一——年
金子光晴	絶望の精神史	伊藤信吉—人／中島可一郎—年
金子光晴	詩集「三人」	原 満三寿—解／編集部——年
鏑木清方	紫陽花舎随筆 山田肇選	鏑木清方記念美術館—年
嘉村礒多	業苦｜崖の下	秋山 駿——解／太田静一——年
柄谷行人	意味という病	絓 秀実——解／曾根博義—案
柄谷行人	畏怖する人間	井口時男—解／三浦雅士—案
柄谷行人編	近代日本の批評 I 昭和篇上	
柄谷行人編	近代日本の批評 II 昭和篇下	

▶解=解説 案=作家案内 人=人と作品 年=年譜を示す。 2025年3月現在

柄谷行人編－近代日本の批評 Ⅲ 明治・大正篇
柄谷行人 ―坂口安吾と中上健次　井口時男―解／関井光男―年
柄谷行人 ―日本近代文学の起源 原本　関井光男―年
柄谷行人
中上健次 ―柄谷行人中上健次全対話　高澤秀次―解
柄谷行人 ―反文学論　池田雄一―解／関井光男―年
柄谷行人
蓮實重彥 ―柄谷行人蓮實重彥全対話
柄谷行人 ―柄谷行人インタヴューズ1977-2001
柄谷行人 ―柄谷行人インタヴューズ2002-2013　丸川哲史―解／関井光男―年
柄谷行人 ―[ワイド版]意味という病　絓 秀実―解／曾根博義―案
柄谷行人 ―内省と遡行
柄谷行人
浅田 彰 ―柄谷行人浅田彰全対話
柄谷行人 ―柄谷行人対話篇Ⅰ 1970-83
柄谷行人 ―柄谷行人対話篇Ⅱ 1984-88
柄谷行人 ―柄谷行人対話篇Ⅲ 1989-2008
柄谷行人 ―柄谷行人の初期思想　國分功一郎―解／関井光男・編集部―年
河井寬次郎－火の誓い　河井須也子―人／鷺 珠江―年
河井寬次郎－蝶が飛ぶ 葉っぱが飛ぶ　河井須也子―解／鷺 珠江―年
川喜田半泥子－随筆 泥仏堂日録　森 孝―解／森 孝―年
川崎長太郎－抹香町|路傍　秋山 駿―解／保昌正夫―年
川崎長太郎－鳳仙花　川村二郎―解／保昌正夫―年
川崎長太郎－老残|死に近く 川崎長太郎老境小説集　いしいしんじ―解／齋藤秀昭―年
川崎長太郎－泡|裸木 川崎長太郎花街小説集　齋藤秀昭―解／齋藤秀昭―年
川崎長太郎－ひかげの宿|山桜 川崎長太郎「抹香町」小説集　齋藤秀昭―解／齋藤秀昭―年
川端康成 ―一草一花　勝又 浩―人／川端香男里―年
川端康成 ―水晶幻想|禽獣　高橋英夫―解／羽鳥徹哉―案
川端康成 ―反橋|しぐれ|たまゆら　竹西寛子―解／原 善―案
川端康成 ―たんぽぽ　秋山 駿―解／近藤裕子―案
川端康成 ―浅草紅団|浅草祭　増田みず子―解／栗坪良樹―案
川端康成 ―文芸時評　羽鳥徹哉―解／川端香男里―年
川端康成 ―非常|寒風|雪国抄 川端康成傑作短篇再発見　富岡幸一郎―解／川端香男里―年
上林暁 ―聖ヨハネ病院にて|大懺悔　富岡幸一郎―解／津久井 隆―年

菊地信義──装幀百花 菊地信義のデザイン 水戸部功編　水戸部 功──解／水戸部 功──年
木下杢太郎-木下杢太郎随筆集　岩阪恵子──解／柿谷浩一──年
木山捷平──氏神さま|春雨|耳学問　岩阪恵子──解／保昌正夫──案
木山捷平──鳴るは風鈴 木山捷平ユーモア小説選　坪内祐三──解／編集部──年
木山捷平──落葉|回転窓 木山捷平純情小説選　岩阪恵子──解／編集部──年
木山捷平──新編 日本の旅あちこち　岡崎武志──解
木山捷平──酔いざめ日記
木山捷平──[ワイド版]長春五馬路　蜂飼 耳──解／編集部──年
京須偕充──圓生の録音室　赤川次郎・柳家喬太郎──解
清岡卓行──アカシヤの大連　宇佐美 斉──解／馬渡憲三郎-案
久坂葉子──幾度目かの最期 久坂葉子作品集　久坂部 羊──解／久米 勲──年
窪川鶴次郎-東京の散歩道　勝又 浩──解
倉橋由美子-蛇|愛の陰画　小池真理子-解／古屋美登里-年
黒井千次──たまらん坂 武蔵野短篇集　辻井 喬──解／篠崎美生子-年
黒井千次選-「内向の世代」初期作品アンソロジー
黒島伝治──橇|豚群　勝又 浩──人／戎居士郎──年
群像編集部編-群像短篇名作選 1946～1969
群像編集部編-群像短篇名作選 1970～1999
群像編集部編-群像短篇名作選 2000～2014
幸田 文──ちぎれ雲　中沢けい──人／藤本寿彦──年
幸田 文──番茶菓子　勝又 浩──人／藤本寿彦──年
幸田 文──包む　荒川洋治──人／藤本寿彦──年
幸田 文──草の花　池内 紀──人／藤本寿彦──年
幸田 文──猿のこしかけ　小林裕子──解／藤本寿彦──年
幸田 文──回転どあ|東京と大阪と　藤本寿彦──解／藤本寿彦──年
幸田 文──さざなみの日記　村松友視──解／藤本寿彦──年
幸田 文──黒い裾　出久根達郎-解／藤本寿彦──年
幸田 文──北愁　群 ようこ──解／藤本寿彦──年
幸田 文──男　山本ふみこ-解／藤本寿彦──年
幸田露伴──運命|幽情記　川村二郎──解／登尾 豊──案
幸田露伴──芭蕉入門　小澤 實──解
幸田露伴──蒲生氏郷|武田信玄|今川義元　西川貴子──解／藤本寿彦──年
幸田露伴──珍饌会 露伴の食　南條竹則──解／藤本寿彦──年
講談社編──東京オリンピック 文学者の見た世紀の祭典　高橋源一郎-解

講談社文芸文庫

講談社文芸文庫編-第三の新人名作選　富岡幸一郎-解
講談社文芸文庫編-大東京繁昌記 下町篇　川本三郎——解
講談社文芸文庫編-大東京繁昌記 山手篇　森 まゆみ—解
講談社文芸文庫編-戦争小説短篇名作選　若松英輔——解
講談社文芸文庫編-明治深刻悲惨小説集 齋藤秀昭選　齋藤秀昭——解
講談社文芸文庫編-個人全集月報集 武田百合子全作品・森茉莉全集
小島信夫—抱擁家族　大橋健三郎-解／保昌正夫——案
小島信夫—うるわしき日々　千石英世——解／岡田 啓——年
小島信夫—月光|暮坂 小島信夫後期作品集　山崎 勉——解／編集部——年
小島信夫—美濃　保坂和志——解／柿谷浩——年
小島信夫—公園|卒業式 小島信夫初期作品集　佐々木 敦——解／柿谷浩——年
小島信夫—各務原・名古屋・国立　高橋源一郎-解／柿谷浩——年
小島信夫—[ワイド版]抱擁家族　大橋健三郎-解／保昌正夫——案
後藤明生—挾み撃ち　武田信明——解／著者——年
後藤明生—首塚の上のアドバルーン　芳川泰久——解／著者——年
小林信彦—[ワイド版]袋小路の休日　坪内祐三——解／著者——年
小林秀雄—栗の樹　秋山 駿——人／吉田凞生——年
小林秀雄—小林秀雄対話集　秋山 駿——解／吉田凞生——年
小林秀雄—小林秀雄全文芸時評集 上・下　山城むつみ-解／吉田凞生——年
小林秀雄—[ワイド版]小林秀雄対話集　秋山 駿——解／吉田凞生——年
佐伯一麦—ショート・サーキット 佐伯一麦初期作品集　福田和也——解／二瓶浩明——年
佐伯一麦—日和山 佐伯一麦自選短篇集　阿部公彦——解／著者——年
佐伯一麦—ノルゲ Norge　三浦雅士——解／著者——年
坂口安吾—風と光と二十の私と　川村 湊——解／関井光男——案
坂口安吾—桜の森の満開の下　川村 湊——解／和田博文——案
坂口安吾—日本文化私観 坂口安吾エッセイ選　川村 湊——解／若月忠信——年
坂口安吾—教祖の文学|不良少年とキリスト 坂口安吾エッセイ選　川村 湊——解／若月忠信——年
阪田寛夫—庄野潤三ノート　富岡幸一郎-解
鷺沢萠—帰れぬ人びと　川村 湊——解／著者、オフィスめめ-年
佐々木邦—苦心の学友 少年倶楽部名作選　松井和男——解
佐多稲子—私の東京地図　川本三郎——解／佐多稲子研究会-年
佐藤紅緑—ああ玉杯に花うけて 少年倶楽部名作選　紀田順一郎-解
佐藤春夫—わんぱく時代　佐藤洋二郎-解／牛山百合子-年
里見弴—恋ごころ 里見弴短篇集　丸谷才一——解／武藤康史——年

講談社文芸文庫

澤田 謙——プリューターク英雄伝	中村伸二——年
椎名麟三—深夜の酒宴|美しい女	井口時男—解／斎藤末弘—年
島尾敏雄—その夏の今は|夢の中での日常	吉本隆明—解／紅野敏郎—案
島尾敏雄—はまべのうた|ロング・ロング・アゴウ	川村 湊——解／柘植光彦—案
島田雅彦—ミイラになるまで 島田雅彦初期短篇集	青山七恵—解／佐藤康智—年
志村ふくみ-一色一生	高橋 巖——人／著者———年
庄野潤三—夕べの雲	阪田寛夫—解／助川徳是—案
庄野潤三—ザボンの花	富岡幸一郎-解／助川徳是—年
庄野潤三—鳥の水浴び	田村 文——解／助川徳是—年
庄野潤三—星に願いを	富岡幸一郎-解／助川徳是—年
庄野潤三—明夫と良二	上坪裕介—解／助川徳是—年
庄野潤三—庭の山の木	中島京子—解／助川徳是—年
庄野潤三—世をへだてて	島田潤一郎-解／助川徳是—年
笙野頼子—幽界森娘異聞	金井美恵子-解／山﨑眞紀子-年
笙野頼子—猫道 単身転々小説集	平田俊子—解／山﨑眞紀子-年
笙野頼子—海獣|呼ぶ植物|夢の死体 初期幻視小説集	菅野昭正—解／山﨑眞紀子-年
白洲正子—かくれ里	青柳恵介—人／森 孝———年
白洲正子—明恵上人	河合隼雄—人／森 孝———年
白洲正子—十一面観音巡礼	小川光三—人／森 孝———年
白洲正子—お能|老木の花	渡辺 保——人／森 孝———年
白洲正子—近江山河抄	前 登志夫—人／森 孝———年
白洲正子—古典の細道	勝又 浩——人／森 孝———年
白洲正子—能の物語	松本 徹——人／森 孝———年
白洲正子—心に残る人々	中沢けい—人／森 孝———年
白洲正子—世阿弥 ——花と幽玄の世界	水原紫苑—人／森 孝———年
白洲正子—謡曲平家物語	水原紫苑—解／森 孝———年
白洲正子—西国巡礼	多田富雄—解／森 孝———年
白洲正子—私の古寺巡礼	高橋睦郎—解／森 孝———年
白洲正子—[ワイド版]古典の細道	勝又 浩——人／森 孝———年
鈴木大拙訳-天界と地獄 スエデンボルグ著	安藤礼二—解／編集部———年
鈴木大拙—スエデンボルグ	安藤礼二—解／編集部———年
曽野綾子—雪あかり 曽野綾子初期作品集	武藤康史—解／武藤康史—年
田岡嶺雲—数奇伝	西田 勝——解／西田 勝——年
高橋源一郎-さようなら、ギャングたち	加藤典洋—解／栗坪良樹—年

講談社文芸文庫

高橋源一郎	ジョン・レノン対火星人	内田 樹――解／栗坪良樹――年
高橋源一郎	ゴーストバスターズ 冒険小説	奥泉 光――解／若杉美智子―年
高橋源一郎	君が代は千代に八千代に	穂村 弘――解／若杉美智子・編集部―年
高橋源一郎	ゴヂラ	清水良典――解／若杉美智子・編集部―年
高橋たか子	人形愛｜秘儀｜甦りの家	富岡幸一郎―解／著者――――年
高橋たか子	亡命者	石沢麻依――解／著者――――年
高原英理編	深淵と浮遊 現代作家自己ベストセレクション	高原英理――解
高見順	如何なる星の下に	坪内祐三――解／宮内淳子――年
高見順	死の淵より	井坂洋子――解／宮内淳子――年
高見順	わが胸の底のここには	荒川洋治――解／宮内淳子――年
高見沢潤子	兄 小林秀雄との対話 人生について	
武田泰淳	蝮のすえ｜「愛」のかたち	川西政明――解／立石 伯――案
武田泰淳	司馬遷―史記の世界	宮内 豊――解／古林 尚――年
武田泰淳	風媒花	山城むつみ―解／編集部――年
竹西寛子	贈答のうた	堀江敏幸――解／著者――――年
太宰 治	男性作家が選ぶ太宰治	編集部――年
太宰 治	女性作家が選ぶ太宰治	
太宰 治	30代作家が選ぶ太宰治	編集部――年
田中英光	空吹く風｜暗黒天使と小悪魔｜愛と憎しみの傷に 田中英光デカダン作品集 道籏泰三編	道籏泰三――解／道籏泰三――年
谷崎潤一郎	金色の死 谷崎潤一郎大正期短篇集	清水良典――解／千葉俊二――年
種田山頭火	山頭火随筆集	村上 護――解／村上 護――年
田村隆一	腐敗性物質	平出 隆――人／建畠 晢――年
多和田葉子	ゴットハルト鉄道	室井光広――解／谷口幸代――年
多和田葉子	飛魂	沼野充義――解／谷口幸代――年
多和田葉子	かかとを失くして｜三人関係｜文字移植	谷口幸代――解／谷口幸代――年
多和田葉子	変身のためのオピウム｜球形時間	阿部公彦――解／谷口幸代――年
多和田葉子	雲をつかむ話｜ボルドーの義兄	岩川ありさ―解／谷口幸代――年
多和田葉子	ヒナギクのお茶の場合｜海に落とした名前	木村朗子――解／谷口幸代――年
多和田葉子	溶ける街 透ける路	鴻巣友季子―解／谷口幸代――年
近松秋江	黒髪｜別れたる妻に送る手紙	勝又 浩――解／柳沢孝子――案
塚本邦雄	定家百首｜雪月花(抄)	島内景二――解／島内景二――年
塚本邦雄	百句燦燦 現代俳諧頌	橋本 治――解／島内景二――年

講談社文芸文庫

塚本邦雄	王朝百首	橋本 治――解／島内景二――年
塚本邦雄	西行百首	島内景二――解／島内景二――年
塚本邦雄	秀吟百趣	島内景二――解
塚本邦雄	珠玉百歌仙	島内景二――解
塚本邦雄	新撰 小倉百人一首	島内景二――解
塚本邦雄	詞華美術館	島内景二――解
塚本邦雄	百花遊歴	島内景二――解
塚本邦雄	茂吉秀歌『赤光』百首	島内景二――解
塚本邦雄	新古今の惑星群	島内景二――解／島内景二――年
つげ義春	つげ義春日記	松田哲夫――解
辻 邦生	黄金の時刻の滴り	中条省平――解／井上明久――年
津島美知子	回想の太宰治	伊藤比呂美-解／編集部――年
津島佑子	光の領分	川村 湊――解／柳沢孝子――案
津島佑子	寵児	石原千秋――解／与那覇恵子-年
津島佑子	山を走る女	星野智幸――解／与那覇恵子-年
津島佑子	あまりに野蛮な 上・下	堀江敏幸――解／与那覇恵子-年
津島佑子	ヤマネコ・ドーム	安藤礼二――解／与那覇恵子-年
坪内祐三	慶応三年生まれ 七人の旋毛曲り 漱石・外骨・熊楠・露伴・子規・紅葉・緑雨とその時代	森山裕之――解／佐久間文子-年
坪内祐三	『別れる理由』が気になって	小島信夫――解
鶴見俊輔	埴谷雄高	加藤典洋――解／編集部――年
鶴見俊輔	ドグラ・マグラの世界｜夢野久作 迷宮の住人	安藤礼二――解
寺田寅彦	寺田寅彦セレクション Ⅰ 千葉俊二・細川光洋選	千葉俊二――解／永橋禎子――年
寺田寅彦	寺田寅彦セレクション Ⅱ 千葉俊二・細川光洋選	細川光洋――解
寺山修司	私という謎 寺山修司エッセイ選	川本三郎――解／白石 征――年
寺山修司	戦後詩 ユリシーズの不在	小嵐九八郎-解
十返肇	「文壇」の崩壊 坪内祐三編	坪内祐三――解／編集部――年
徳田球一 志賀義雄	獄中十八年	鳥羽耕史――解
徳田秋声	あらくれ	大杉重男――解／松本 徹――年
徳田秋声	黴｜爛	宗像和重――解／松本 徹――年
富岡幸一郎	使徒的人間 ―カール・バルト―	佐藤 優――解／著者――年
富岡多恵子	表現の風景	秋山 駿――解／木谷喜美枝-案
富岡多恵子編	大阪文学名作選	富岡多恵子-解

土門拳 ——風貌|私の美学 土門拳エッセイ選 酒井忠康編　酒井忠康—解／酒井忠康—年
永井荷風—日和下駄 一名 東京散策記　川本三郎—解／竹盛天雄—年
永井荷風—[ワイド版]日和下駄 一名 東京散策記　川本三郎—解／竹盛天雄—年
永井龍男 —一個|秋その他　中野孝次—解／勝又 浩——案
永井龍男 —カレンダーの余白　石原八束—人／森本昭三郎-年
永井龍男 —東京の横丁　川本三郎—解／編集部——年
中上健次—熊野集　川村二郎—解／関井光男—案
中上健次—蛇淫　井口時男—解／藤本寿彦—年
中上健次—水の女　前田 塁——解／藤本寿彦—年
中上健次—地の果て 至上の時　辻原 登——解
中上健次—異族　渡邊英理—解
中川一政—画にもかけない　高橋玄洋—人／山田幸男—年
中沢けい—海を感じる時|水平線上にて　勝又 浩——解／近藤裕子—案
中沢新一—虹の理論　島田雅彦—解／安藤礼二—年
中島敦 ——光と風と夢|わが西遊記　川村 湊——解／鷺 只雄——案
中島敦 ——斗南先生|南島譚　勝又 浩——解／木村一信—案
中野重治—村の家|おじさんの話|歌のわかれ　川西政明—解／松下 裕——案
中野重治—斎藤茂吉ノート　小高 賢——解
中野好夫—シェイクスピアの面白さ　河合祥一郎-解／編集部——年
中原中也—中原中也全詩歌集 上・下 吉田凞生編　吉田凞生—解／青木 健—案
中村真一郎-この百年の小説 人生と文学と　紅野謙介—解
中村光夫—二葉亭四迷伝 ある先駆者の生涯　絓 秀実——解／十川信介—案
中村光夫選-私小説名作選 上・下 日本ペンクラブ編
中村武羅夫-現代文士廿八人　齋藤秀昭—解
夏目漱石—思い出す事など|私の個人主義|硝子戸の中　石﨑 等——年
成瀬櫻桃子-久保田万太郎の俳句　齋藤礎英—解／編集部——年
西脇順三郎-*ambarvalia*|旅人かへらず　新倉俊一—人／新倉俊一—年
丹羽文雄—小説作法　青木淳悟—解／中島国彦—年
野口冨士男-なぎの葉考|少女 野口冨士男短篇集　勝又 浩——解／編集部——年
野口冨士男-感触的昭和文壇史　川村 湊——解／平井一麥—年
野坂昭如—人称代名詞　秋山 駿——解／鈴木貞美—案
野坂昭如—東京小説　町田 康——解／村上玄一—年
野崎 歓 ——異邦の香り ネルヴァル『東方紀行』論　阿部公彦—解
野間宏 ——暗い絵|顔の中の赤い月　紅野謙介—解／紅野謙介—年

野呂邦暢 ―[ワイド版]草のつるぎ|一滴の夏 野呂邦暢作品集　川西政明―解／中野章子―年
橋川文三 ―日本浪曼派批判序説　井口時男―解／赤藤了勇―年
蓮實重彥 ―夏目漱石論　松浦理英子―解／著者―年
蓮實重彥 ―「私小説」を読む　小野正嗣―解／著者―年
蓮實重彥 ―凡庸な芸術家の肖像 上 マクシム・デュ・カン論
蓮實重彥 ―凡庸な芸術家の肖像 下 マクシム・デュ・カン論　工藤庸子―解
蓮實重彥 ―物語批判序説　磯﨑憲一郎―解
蓮實重彥 ―フーコー・ドゥルーズ・デリダ　郷原佳以―解
花田清輝 ―復興期の精神　池内 紀―解／日高昭二―年
埴谷雄高 ―死霊 I II III　鶴見俊輔―解／立石 伯―年
埴谷雄高 ―埴谷雄高政治論集 埴谷雄高評論選書1 立石伯編
埴谷雄高 ―酒と戦後派 人物随想集
埴谷雄高 ―系譜なき難解さ 小説家と批評家の対話　井口時男―解／立石 伯―年
濱田庄司 ―無盡蔵　水尾比呂志―解／水尾比呂志―年
林 京子 ―祭りの場|ギヤマン ビードロ　川西政明―解／金井景子―案
林 京子 ―長い時間をかけた人間の経験　川西政明―解／金井景子―年
林 京子 ―やすらかに今はねむり給え|道　青来有一―解／金井景子―年
林 京子 ―谷間|再びルイへ。　黒古一夫―解／金井景子―年
林 芙美子 ―晩菊|水仙|白鷺　中沢けい―解／熊坂敦子―案
林原耕三 ―漱石山房の人々　山崎光夫―解
原 民喜 ―原民喜戦後全小説　関川夏央―解／島田昭男―年
東山魁夷 ―泉に聴く　桑原住雄―人／編集部―年
日夏耿之介 ―ワイルド全詩 (翻訳)　井村君江―解／井村君江―年
日夏耿之介 ―唐山感情集　南條竹則―解
日野啓三 ―ベトナム報道　著者―年
日野啓三 ―天窓のあるガレージ　鈴村和成―解／著者―年
平出 隆 ―葉書でドナルド・エヴァンズに　三松幸雄―解／著者―年
平沢計七 ―一人と千三百人|二人の中尉 平沢計七先駆作品集　大和田 茂―解／大和田 茂―年
深沢七郎 ―笛吹川　町田 康―解／山本幸正―年
福田恆存 ―芥川龍之介と太宰治　浜崎洋介―解／齋藤秀昭―年
福永武彦 ―死の島 上・下　富岡幸一郎―解／曾根博義―年
藤枝静男 ―悲しいだけ|欣求浄土　川西政明―解／保昌正夫―案
藤枝静男 ―田紳有楽|空気頭　川西政明―解／勝又 浩―案
藤枝静男 ―藤枝静男随筆集　堀江敏幸―解／津久井 隆―年

講談社文芸文庫

藤枝静男 ─ 愛国者たち　清水良典─解／津久井 隆─年
藤澤清造 ─ 狼の吐息|愛憎一念 藤澤清造 負の小説集 西村賢太編・校訂　西村賢太─解／西村賢太─年
藤澤清造 ─ 根津権現前より 藤澤清造随筆集 西村賢太編　六角精児─解／西村賢太─年
藤田嗣治 ─ 腕一本|巴里の横顔 藤田嗣治エッセイ選 近藤史人編　近藤史人─解／近藤史人─年
舟橋聖一 ─ 芸者小夏　松家仁之─解／久米 勲─年
古井由吉 ─ 雪の下の蟹|男たちの円居　平出 隆─解／紅野謙介─案
古井由吉 ─ 古井由吉自選短篇集 木犀の日　大杉重男─解／著者─年
古井由吉 ─ 槿　松浦寿輝─解／著者─年
古井由吉 ─ 山躁賦　堀江敏幸─解／著者─年
古井由吉 ─ 聖耳　佐伯一麦─解／著者─年
古井由吉 ─ 仮往生伝試文　佐々木 中─解／著者─年
古井由吉 ─ 白暗淵　阿部公彦─解／著者─年
古井由吉 ─ 蜩の声　蜂飼 耳─解／著者─年
古井由吉 ─ 詩への小路 ドゥイノの悲歌　平出 隆─解／著者─年
古井由吉 ─ 野川　佐伯一麦─解／著者─年
古井由吉 ─ 東京物語考　松浦寿輝─解／著者─年
古井由吉・佐伯一麦 ─ 往復書簡『遠くからの声』『言葉の兆し』　富岡幸一郎─解
古井由吉 ─ 楽天記　町田 康─解／著者─年
古井由吉 ─ 小説家の帰還 古井由吉対談集　鵜飼哲夫─解／著者・編集部─年
北條民雄 ─ 北條民雄 小説随筆書簡集　若松英輔─解／計盛達也─年
堀江敏幸 ─ 子午線を求めて　野崎 歓─解／著者─年
堀江敏幸 ─ 書かれる手　朝吹真理子─解／著者─年
堀口大學 ─ 月下の一群（翻訳）　窪田般彌─解／柳沢通博─年
正宗白鳥 ─ 何処へ|入江のほとり　千石英世─解／中島河太郎─年
正宗白鳥 ─ 白鳥随筆 坪内祐三選　坪内祐三─解／中島河太郎─年
正宗白鳥 ─ 白鳥評論 坪内祐三選　坪内祐三─解
町田 康 ─ 残響 中原中也の詩によせる言葉　日和聡子─解／吉田凞生・著者─年
松浦寿輝 ─ 青天有月 エセー　三浦雅士─解／著者─年
松浦寿輝 ─ 幽|花腐し　三浦雅士─解／著者─年
松浦寿輝 ─ 半島　三浦雅士─解／著者─年
松岡正剛 ─ 外は、良寛。　水原紫苑─解／太田香保─年
松下竜一 ─ 豆腐屋の四季 ある青春の記録　小嵐九八郎─解／新木安利他─年
松下竜一 ─ ルイズ 父に貰いし名は　鎌田 慧─解／新木安利他─年

松下竜一──底ぬけビンボー暮らし　松田哲夫──解／新木安利他─年
丸谷才一──忠臣蔵とは何か　野口武彦──解
丸谷才一──横しぐれ　池内 紀──解
丸谷才一──たった一人の反乱　三浦雅士──解／編集部──年
丸谷才一──日本文学史早わかり　大岡 信──解／編集部──年
丸谷才一編─丸谷才一編・花柳小説傑作選　杉本秀太郎─解
丸谷才一──恋と日本文学と本居宣長｜女の救はれ　張 競──解／編集部──年
丸谷才一──七十句｜八十八句　編集部──年
丸山健二──夏の流れ 丸山健二初期作品集　茂木健一郎─解／佐藤清文──年
三浦哲郎──野　秋山 駿──解／栗坪良樹──案
三木清──読書と人生　鷲田清一──解／柿谷浩一──年
三木清──三木清教養論集 大澤聡編　大澤 聡──解／柿谷浩一──年
三木清──三木清大学論集 大澤聡編　大澤 聡──解／柿谷浩一──年
三木清──三木清文芸批評集 大澤聡編　大澤 聡──解／柿谷浩一──年
三木卓──震える舌　石黒達昌──解／若杉美智子─年
三木卓──K　永田和宏──解／若杉美智子─年
水上勉──才市｜蓑笠の人　川村 湊──解／祖田浩一──案
水上勉──わが別辞 導かれた日々　川村 湊──解／祖田浩一──年
水原秋櫻子─高濱虚子 並に周囲の作者達　秋尾 敏──解／編集部──年
道簱泰三編─昭和期デカダン短篇集　道簱泰三──解
宮本徳蔵──力士漂泊 相撲のアルケオロジー　坪内祐三──解／著者──年
三好達治──測量船　北川 透──人／安藤靖彦──年
三好達治──諷詠十二月　高橋順子──解／安藤靖彦──年
村山槐多──槐多の歌へる 村山槐多詩文集 酒井忠康編　酒井忠康──解／酒井忠康──年
室生犀星──蜜のあわれ｜われはうたえどもやぶれかぶれ　久保忠夫──解／本多 浩──案
室生犀星──加賀金沢｜故郷を辞す　星野晃一──人／星野晃一──年
室生犀星──深夜の人｜結婚者の手記　髙瀨真理子─解／星野晃一──年
室生犀星──かげろうの日記遺文　佐々木幹郎─解／星野晃一──解
室生犀星──我が愛する詩人の伝記　鹿島 茂──解／星野晃一──年
森敦──われ逝くもののごとく　川村二郎──解／富岡幸一郎─案
森茉莉──父の帽子　小島千加子─人／小島千加子─年
森茉莉──贅沢貧乏　小島千加子─人／小島千加子─年
森茉莉──薔薇くい姫｜枯葉の寝床　小島千加子─解／小島千加子─年
安岡章太郎─走れトマホーク　佐伯彰一──解／鳥居邦朗──案

講談社文芸文庫

安岡章太郎-ガラスの靴|悪い仲間　加藤典洋──解／勝又 浩──案
安岡章太郎-幕が下りてから　秋山 駿──解／紅野敏郎──案
安岡章太郎-流離譚 上・下　勝又 浩──解／鳥居邦朗──年
安岡章太郎-果てもない道中記 上・下　千本健一郎-解／鳥居邦朗──年
安岡章太郎-[ワイド版]月は東に　日野啓三──解／栗坪良樹──案
安岡章太郎-僕の昭和史　加藤典洋──解／鳥居邦朗──年
安原喜弘──中原中也の手紙　秋山 駿──解／安原喜秀──年
矢田津世子-[ワイド版]神楽坂|茶粥の記 矢田津世子作品集　川村 湊──解／高橋秀晴──年
柳 宗悦──木喰上人　岡本勝人──解／水尾比呂志他-年
山川方夫──[ワイド版]愛のごとく　坂上 弘──解／坂上 弘──年
山川方夫──春の華客|旅恋い 山川方夫名作選　川本三郎──解／坂上 弘─案・年
山城むつみ-文学のプログラム　著者──年
山城むつみ-ドストエフスキー　著者──年
山之口貘──山之口貘詩文集　荒川洋治──解／松下博文──年
湯川秀樹──湯川秀樹歌文集 細川光洋選　細川光洋──解
横光利一──上海　菅野昭正──解／保昌正夫──案
横光利一──旅愁 上・下　樋口 覚──解／保昌正夫──年
吉田健一──金沢|酒宴　四方田犬彦-解／近藤信行──案
吉田健一──絵空ごと|百鬼の会　高橋英夫──解／勝又 浩──案
吉田健一──英語と英国と英国人　柳瀬尚紀──人／藤本寿彦──年
吉田健一──英国の文学の横道　金井美恵子-人／藤本寿彦──年
吉田健一──思い出すままに　粟津則雄──人／藤本寿彦──年
吉田健一──時間　高橋英夫──解／藤本寿彦──年
吉田健一──旅の時間　清水 徹──解／藤本寿彦──年
吉田健一──ロンドンの味 吉田健一未収録エッセイ 島内裕子編　島内裕子──解／藤本寿彦──年
吉田健一──文学概論　清水 徹──解／藤本寿彦──年
吉田健一──文学の楽しみ　長谷川郁夫-解／藤本寿彦──年
吉田健一──交遊録　池内 紀──解／藤本寿彦──年
吉田健一──おたのしみ弁当 吉田健一未収録エッセイ 島内裕子編　島内裕子──解／藤本寿彦──年
吉田健一──[ワイド版]絵空ごと|百鬼の会　高橋英夫──解／勝又 浩──案
吉田健一──昔話　島内裕子──解／藤本寿彦──年
吉田健一訳-ラフォルグ抄　森 茂太郎──解
吉田知子──お供え　荒川洋治──解／津久井 隆─年
吉田秀和──ソロモンの歌|一本の木　大久保喬樹-解